Eve Armanton ist achtundvierzig und lebt in einer gutsituierten, aber unglücklichen Ehe. Als sie in einem Trödelladen in Manhattan eine alte Viola findet, ahnt sie noch nicht, dass dieses Instrument ihr Leben für immer verändern wird. Denn am selben Tag begegnet sie auch Micajah, dem Sohn eines Schulfreundes. Micajah, halb so alt wie sie und erfolgreicher Musiker, zeigt nicht nur Interesse an der Violine, er flirtet auch unverhohlen mit Eve – der Beginn einer leidenschaftlichen Affäre, in der Eve nicht nur ihre Sinnlichkeit neu entdecken wird.

ALLEGRA HUSTON ist Schriftstellerin und Journalistin. Sie hat im Verlagswesen und der Filmbranche gearbeitet und ist heute Redakteurin bei dem Kulturmagazin *Garage*. Allegra Huston wuchs in dem berühmten Huston-Künstlerclan auf: Regisseur John Huston ist ihr Stiefvater, Schauspielerin Angelica Huston ihre Halbschwester. Sie lebt mit ihrem Sohn in Taos, New Mexico.

ALLEGRA HUSTON

NACHT JASMIN

Roman

Deutsch von Mechthild Barth

btb

Die Originalausgabe erschien 2017 unter dem Titel
»Say My Name«
by HQ, an imprint of Harper CollinsPublishers Ltd., London.

FSC www.fsc.org
MIX
Papier aus verantwortungsvollen Quellen
FSC® C014496

Verlagsgruppe Random House FSC® N001967

1. Auflage
Deutsche Erstausgabe Januar 2019 btb Verlag
in der Verlagsgruppe Random House GmbH,
Neumarkter Straße 28, 81673 München

Covergestaltung: semper smile, München
Covermotiv: © plainpicture/Kerstin Lakeberg
Satz: Uhl + Massopust, Aalen
Druck und Einband: GGP Media GmbH, Pößneck
MK · Herstellung: sc
Printed in Germany
ISBN 978-3-442-71721-7

www.btb-verlag.de
www.facebook.com/btbverlag

Für dich, mein ramponierter Engel

1

Dort, unter einem Tisch voller Porzellanstücke, die niemand mehr gebrauchen kann, entdeckt sie es, kaum sichtbar hinter irgendwelchen Dingen mit Preisaufklebern, die schon lange verblasst sind. Tageslicht fällt durch die schmutzigen Fensterscheiben auf verschlissenen grünen Samt und honigfarbenes Holz. Seltsamerweise steht der Kasten offen – als ob es hoffte, auf diese Weise eher gefunden zu werden.

Es ist größer als eine Geige, aber deutlich kleiner als ein Cello. Es ist breit, eckiger als die meisten Instrumente dieser Art, mit einem langgezogenen Hals und – das zieht Eve besonders an – verziert mit geschnitzten Ranken. Die zierlichen Schnitzereien schimmern ein wenig grünlich. Vielleicht waren sie ursprünglich einmal bemalt.

Eve schiebt das Gerümpel drumherum beiseite, um besser unter den Tisch kriechen zu können. Bei derartigen Unternehmungen trägt sie gewöhnlich Jeans. Doch heute ist ein heißer New Yorker Sommertag, und sie hat sich in der Früh für ein leichtes Kleid entschieden, dessen detailreiches Muster mögliche Flecken verdecken wird. Allerdings reißt der Stoff auch leicht, weshalb sie nun den Saum des Kleides kurz entschlossen in ihre Unterwäsche stopft, um ihn so vom Boden und den anderen Dingen um sie herum fernzuhalten.

Als sie in die Hocke geht, knacken die Knochen in ihren

Knien. Auch wenn sie durchtrainiert und fit ist, beginnt ihr achtundvierzigjähriger Körper sein Alter doch allmählich zu zeigen. Ihre braunen Haare sind bisher kaum grau durchzogen – gute Gene, wie ihre Mutter sagen würde –, aber bald wird sie sich entscheiden müssen, ob sie färbt oder lieber nicht. Bisher hat sie nicht verstanden, warum sie über ihr Alter lügen sollte. Als verheiratete Frau macht sie sich vermutlich weniger Gedanken darüber, jung auszusehen, als sie das als Single getan hätte. Dennoch: Der hässliche Meilenstein zeichnet sich allmählich am Horizont ab. Ihr Haar hat sie zu einem Pferdeschwanz zusammengebunden und den Kopf mit einem Schal bedeckt, um ihn vor möglichen Spinnweben zu schützen.

Eve ist Gartenarchitektin. Ihr Mann Larry verdient als Produktentwicklungsleiter eines Zulieferers von Pillenüberzug für die Pharmaindustrie genug, dass sie sich ihr kleines Geschäft mehr oder weniger als Hobby leisten kann. Das ärgert Eve, aber in Wahrheit betrachtet auch sie ihre Arbeit eher als Freizeitbeschäftigung. Würde sie das Ganze ernster betreiben, müsste sie sich hinstellen, ihre Zeit klar für sich einfordern und andere Prioritäten als bisher setzen – wozu sie aber nicht bereit ist. Der Status quo fühlt sich zwar etwas wackelig an, doch zugleich scheint er so beständig zu sein, wie das im Leben nur möglich ist. Sie muss nur das empfindliche Gleichgewicht halten und weder Staub aufwirbeln noch schlafende Hunde wecken. Deshalb hat sie sich angewöhnt, die Kommunikation fast ausschließlich auf praktische Themen zu konzentrieren und nach außen hin den Anschein von Nähe zu wahren, der auch ihr die Sicherheit gibt, dass in ihrer Ehe alles in bester Ordnung ist.

An den Wochenenden stöbert sie – ohne Schuldgefühle

und frei von anderweitigen Verpflichtungen – nach Schätzen für den Antiquitätenladen ihrer Freundin Deborah. Larry hat nichts dagegen; sie vermutet sogar, dass er froh ist, das Haus dann eine Weile für sich zu haben. Sie jedenfalls ist erleichtert, es zur Abwechslung einmal hinter sich lassen zu können. Die besonderen Gegenstände, auf die sie bei ihren Entdeckungstouren stößt, entfachen ihre Fantasie und lassen sie ein Leben ausmalen, das aufregender und erschreckender ist als die gemächlich dahinplätschernde Sicherheit, in der sie sich eingerichtet hat. Heute erkundet sie den nördlichen Teil von New York, wo sich wie in einem Gezeitentümpel nach mehreren Flutwellen Menschen aus Ländern niedergelassen haben, die es zum Teil schon nicht mehr gibt: Assyrer, Armenier, Mazedonier, Belutschen. Die Schriften und Zeichen, in denen die Schilder in dieser Gegend geschrieben sind, ändern sich fast von Block zu Block. Viertel wie dieses sind ihr liebstes Jagdrevier.

Auf Händen und Knien versucht sie jetzt das Instrument aus seinem Kasten zu zerren. Der Kasten kommt ein wenig ins Rutschen und hinterlässt auf dem Boden eine staubige Spur. Wahrscheinlich ist er seit Jahren nicht bewegt worden. Sie hebt ihn auf eine Eisentruhe, wobei sie dem Ladenbesitzer den Rücken zudreht, um ihr Interesse nicht zu früh zu verraten.

Die geschnitzten Ranken winden sich über den Instrumentenkörper dessen Hals hinauf, um sich dann dort zu verlieren. Die Schnitzarbeit wirkt dabei so delikat, als wäre sie von Elfen angefertigt, und doch strahlt sie die Kraft von Kletterpflanzen aus: wild rankend und der Schwerkraft trotzend. Zwischen den Blättern blitzen kleine Blüten auf; es ist Jasmin, der so genau nachempfunden wurde, dass Eve ihn problemlos erkennt. Unter einer samtbezogenen Klappe im Kasten verbirgt sich ein Bogen, der von Bändern an seinem Platz gehalten wird. Auch dieser ist von Ranken überzogen.

Vorsichtig schiebt sie ihre Finger in die Lücken zwischen Instrument und Samtauskleidung, um es zu lockern. Eine Motte flattert ihr ins Gesicht und verschwindet in den Strahlen des durch die Scheiben hereinfallenden Lichts.

Als sie das Instrument am Hals hält, erspürt sie eine weitere Form. Mit Spucke und dem Saum ihres Kleids wischt sie den Staub weg und entdeckt ein rundes, kindliches Gesicht, über dessen Augen die Ranken verlaufen: Cupido, vor Liebe blind.

Eve fährt mit den Fingern über den Schmutz am Boden und macht dann das Gesicht wieder unkenntlich. Sie hat gelernt, das Aussehen der Dinge erst nach dem Feilschen und einem abgeschlossenen Handel zu verbessern. Jetzt dreht sie das Instrument um.

Der Rücken ist eingedrückt.

Sie streicht mit einem Finger über die einzelnen Bruchstellen im Holz und wünscht sich, sie könnte es wieder ganz machen. Der Schaden muss bewusst dort entstanden sein, denn ein zufälliger Unfall hätte wohl auch die Ranken absplittern lassen. Was hat denjenigen so weit gebracht? War es die Frustration eines Musikers? Oder Wut über das Schicksal? Liebeskummer? Fast glaubt sie, die Gefühle noch spüren zu können, die an diesem Bruch kleben – wie kleine Tropfen getrockneten Bluts.

Wenn sie es reparieren lässt, wären die Kosten wahrscheinlich höher als der eigentliche Wert des Instruments. Selbst ein Fachmann wäre zudem nicht in der Lage, es wieder ganz zu richten. Man könnte es höchstens als dekorativen Gegenstand verwenden, indem man den Riss hinten verbarg. Deborah würde es sicher nicht wollen; sie hat grundsätzlich etwas gegen kaputte Dinge. Außerdem bevorzugt sie Gegenstände, die man benennen kann – wie Schalen, Vasen oder Kerzenständer. Leidenschaftslose Gegenstände, die dann dekorativ in einem Raum platziert werden. Die Geschichte, die dieses Instrument mit sich herumträgt, würde Deborah vermutlich völlig überfordern.

Eve will das Instrument wieder in den Kasten legen. Doch sie kann es nicht. Nachdem sie es berührt hat, vermag sie es nicht wieder in die Dunkelheit zu verbannen.

Es ist ein extravaganter Luxus, mit dem Auto nach Manhattan zu fahren, allein wegen der Parkkosten und des dahinkriechenden Verkehrs durch die Stadt. Aber Eve hatte den Wagen für ihre Erkundungen der ferner gelegenen Viertel gebraucht, und jetzt ist sie noch nicht bereit, wieder zurück nach New Jersey zu fahren. Sie entdeckt einen teuren Platz in einem Parkhaus und beginnt die acht Blocks bis zur Public Library zu laufen. Das seltsame Instrument lässt sie in seinem Kasten auf der Rückbank, neben einem Vogelkäfig aus geschwungenen Schmiedeeisen, den sie bereits zuvor entdeckt hat.

»Eve? Eve Armanton?«

Sie dreht sich um, unsicher, woher diese aufgeregt klingende Stimme kommt. Mit ihrem Mädchennamen ist sie seit dem College nicht mehr angesprochen worden.

»Eve! Ich kann es nicht fassen!«

»Robert?«

Robert Burnett, der beste Freund ihres Bruders Bill. Und neben ihm ein jüngerer Mann, der sein Sohn sein muss. Die beiden kommen ihr wie eine Fata Morgana vor, zwei Männer in einer Art Zeitschleife: Robert jetzt und Robert damals, nebeneinander auf der 34th Street. Der Sohn ist, wie Eve feststellt, sogar noch schöner, als es der Vater gewesen ist – mit dichten schwarzen Haaren, einer feingeschnittenen Nase und geschwungenen Augenbrauen über langen, weit auseinanderstehenden Augen. Das Alter hat die früher einmal markante Kinnlinie von Robert nach unten gezogen und sein Haar dünner werden lassen. Die leuchtend blauen Augen, die sie so faszinierten, als sie fünfzehn war, sind wässriger geworden, und seine Haut schimmert so, als würde das Cholesterin in seinem Blut durch die Poren dringen.

Damals erinnerte Robert mit seiner ungebändigten Energie und Sorglosigkeit sie an Tigger aus *Pu der Bär.* Er und Bill waren zweiundzwanzig Jahre alt – Zimmergenossen, begeisterte Partygänger, denen alle Türen offen zu stehen schienen. Robert wirkte so, als wäre das Leben für ihn leicht und unbeschwert. Bill hingegen sah dort Schatten, wo Robert nur Licht erkannte. Roberts Wildheit war reiner Übermut. Bill forderte das Schicksal heraus, wie Eve mit der Ängstlichkeit eines Teenagers zu spüren glaubte. Fast als wollte er die Tragödie heraufbeschwören, die er so sicher erwartete. Seit der Beerdigung ihres Bruders hatte Eve kaum je an Robert gedacht. Nach Bills Tod hatte sie jegliche Verbindung zu seinem früheren Leben und zu dem, was es bestimmt hatte, abgebrochen, weil sie fürchtete, dass die Dunkelheit, die ihn in den Freitod getrieben hatte, auch sie erfassen könnte.

Robert bewegt sich langsamer als früher. Sein Überschwang ist durch die Jahre sichtbar gedämpft worden, und die verrückten Hawaiihemden, die er einmal trug, sind einem gut geschnittenen Anzug, einem rosafarbenen Hemd und einer leuchtend gemusterten Krawatte gewichen. Sie weiß, was er tun wird, und lässt es um der alten Zeiten willen zu: Er hebt sie hoch und wirbelt sie so lange im Kreis herum, bis ihnen beiden schwindlig wird. Bill hat das gemacht, wenn er seine Schwester nach vielen Wochen wiedersah. Die Tatsache, dass Bill so etwas tat, gab auch Robert die Erlaubnis, die kleine Schwester seines Freundes zu umarmen, deren Bewunderung er selbstverständlich und kommentarlos als etwas akzeptierte, das ihm von Natur aus zustand.

Roberts Arme, die sie hochheben, fühlen sich so stark an wie früher. Autos, Fußgänger und Schaufenster schwirren verschwommen an ihr vorbei. Eve sucht nach einem Punkt, den sie fixieren kann, wie ihr das als Kind im Ballett beigebracht worden war. Sie bemerkt den Blick des jüngeren Mannes, dessen Augen überraschend grün leuchten und ihr folgen, während Robert sie durch die Luft wirbelt.

Schließlich spürt sie wieder festen Boden unter den Füßen. Robert hält sie noch am Arm fest, damit sie beide nicht stürzen. Bill musste immer lachen, wenn sie danach das Gleichgewicht verlor – die liebevolle Grausamkeit des älteren Bruders.

»Wie lange ist das jetzt her?« Roberts Gesicht strahlt vor Freude darüber, dass sie ihm über den Weg gelaufen ist.

»Neunundzwanzig Jahre. Fast.«

»Die Beerdigung.«

Eve nickt. Sie hatte im November stattgefunden. Das Laub war von den Bäumen gefallen, und die Zweige waren kahl. Der Anblick hatte sie an die toten Knochen ihres Bruders denken lassen.

»Erinnerst du dich noch, dass wir damals ein Baby dabeihatten? Nun, das ist es. Das ist Mick. Mick, das ist Eve.«

»Micajah«, sagt er, um seinen Vater sanft zu korrigieren. Ein Name, den sie noch nie zuvor gehört hat. *Mic-KAY-jah.* Ihr gefällt der Klang.

Er streckt ihr die Hand entgegen. »Eve«, fügt er nun hinzu.

Sie zögert für einen Moment, als sie ihm die Hand gibt, als befürchte sie, einen Stromschlag zu bekommen. Als seine Hand die ihre umschließt, spürt sie die Schwielen an seinen Fingerkuppen. Sie senkt den Blick. Er trägt Jeans und ein weites blaues Hemd, dessen Ärmel ein wenig nach oben gerollt sind. Seine Füße in Flipflops wirken sehnig und haben lange Zehen. Plötzlich schaut sie weg, um diese Körperteile nicht länger anzusehen, die ihrem Blick so ungeschützt ausgesetzt sind.

»Eves Bruder hat mir alles beigebracht, was ich über Musik weiß«, erklärt Robert. »Was zugegebenermaßen im Vergleich zu dir nicht viel ist, Mick. Mein Sohn ist nämlich ein Rockstar, musst du wissen, Eve.«

»Ich spiele in einer Band.« Seine Stimme ist tief, beinahe heiser – ganz anders als die von Robert. Seine Worte dienen nur als Erklärung, um die Prahlerei seines Vaters ein wenig abzumildern.

»Hat heute Vormittag den Vertrag unterschrieben.« Robert klopft seinem Sohn auf die Schulter. »Wir wollen das mit einem Mittagessen feiern. Komm doch mit, Eve! Wen auch immer du treffen willst – lass ihn stehen.«

Das ist der Robert, an den sie sich erinnert – ein Mann,

der nie im Traum daran zu denken schien, dass es auch Zurückweisungen geben könnte. Der davon überzeugt war, dass man ihm nicht widerstehen konnte. Er hat stets bereits das nächste Projekt im Blick, ist Feuer und Flamme und so umwerfend wie ein Wirbelsturm. Früher faszinierte und beängstigte es sie zugleich, wie die Vergangenheit einfach hinter ihm zu liegen und für seine Gegenwart keine Bedeutung zu haben schien. Sie fragte sich oft, ob eigentlich irgendetwas in seinem Leben tatsächlich von Gewicht für ihn war.

Aus alter Verbundenheit und in Erinnerung an Bill erklärt sich Eve bereit, zum Mittagessen mitzukommen.

»Es ist ein alter Shakername«, erklärt ihr Micajah auf ihre Frage. »Der Bruder meines Ur-Ur-Ur-Ur-Großvaters war Architekt und der erste Micajah Burnett. Der erste, von dem ich weiß jedenfalls.«

»Ich war einmal in einer Shakergemeinde in Kentucky«, erzählt sie, »als ich meinen Sohn zum College fuhr. Es war einer der schönsten Orte, die ich jemals gesehen habe.«

Sie erinnert sich an die elegante Symmetrie – doppelt verlaufende Treppen und doppelte Zimmer, um Männer und Frauen voneinander zu trennen. Und dann diese Ruhe und Gelassenheit, die dort wahrscheinlich schon immer herrschte, da es keine Ehen, keine Kinder und keinen Sex gibt.

Micajah besitzt die makellosen Manieren seines Vaters. Doch während Robert Stühle und Türen wie ein Pfau hielt, der der Welt sein wunderschönes Rad präsentiert, zieht Micajah Eves Stuhl auf eine selbstverständliche Weise heraus, als wollte er wie nebenbei gegen die Achtlosigkeit in der Welt rebellieren. Eve hatte nie den militanten College-Feministinnen zugestimmt, die solche Gesten als beleidigend verurteilten. Sie brachte ihrem eigenen Sohn bei, Türen aufzuhalten, allerdings nicht nur für Frauen. Einmal hatte sie mehrere Minuten lang vor der Tür einer Bank gestanden und gewartet, während zahlreiche Leute hineingingen und wieder herauskamen, bis der achtjährige Allan endlich bemerkte, dass sie ihm in seinem kopflosen Hineinstürzen in Richtung Geldautomat bewusst nicht gefolgt war.

»Es sieht so aus, als hätten Sie heute Vormittag bereits ein paar Böden gewienert.«

Sie spürte, wie Micajah den staubigen Saum ihres Kleids und die Flecken auf ihren Knien musterte, als sie sich setzte. Im Auto hatte sie versucht, den Schmutz abzuwischen, aber es gelang ihr nicht, sondern sie hatte ihn dabei nur tiefer in ihre Haut gerieben.

»Ich habe etwas unter einem Tisch in einem Trödelladen in der Bronx hervorgezogen und war gerade auf dem Weg in die Bücherei, als mir Ihr Vater auflauerte.«

»Das gefällt mir«, stellt er fest. »Es ist Ihnen also egal, wenn Ihre Knie schmutzig sind.« Seine Mundwinkel ziehen sich leicht nach unten, wenn er lächelt, als wollte er einen Teil seiner Belustigung für sich behalten. »Was haben Sie denn herausgezogen?«

»Ein Musikinstrument. Ich weiß nicht, wie es heißt. So etwas ist mir bisher noch nie begegnet.« Eve ist sich nicht sicher, ob er sich über sie lustig macht. Zum Glück kann sie sich im Gespräch nun hinter dem Instrument verstecken. »Es sieht wie eine Violine aus, mit Saiten und einem Bogen, ist aber eckiger und hat einen längeren Hals.«

»Hört sich ganz an wie die Instrumente, die Mick gerne spielt«, meint Robert. »Seltsame Apparate, die nicht mal einen englischen Namen haben.«

Seine Stimme klingt auf einmal etwas schneidend. Oder eifersüchtig? Als er Micajah lobte, tat er das vor allem um seiner eigenen Eitelkeit willen, wie Eve jetzt versteht. Sie ist nicht gerne sein Publikum, weil sie weder seine Prahlerei noch seine Sticheleien mag. Allmählich wünscht sie sich, sie hätte doch nicht die Einladung zu dem Essen angenommen.

»Mein Vater hält mich für einen Terroristen«, erklärt Micajah ungerührt. »Weil ich Musik aus Ländern spiele, vor denen uns die Regierung warnt.«

Er strahlt etwas zwischen einem Bohemien und einem Outlaw aus.

»Wenn du damit Millionen verdienst, werde ich mich nicht beschweren!« Roberts Lachen klingt eher wie ein wütendes Bellen. Eve bemerkt, wie ein Paar am Nebentisch sichtlich erstarrt und so tut, als würde es nichts hören.

»Genau – all das Geld«, erwidert Micajah leise. »Ich plane, es in Blattgoldunterwäsche zu investieren. Nichts Ostentatives, sondern nur um mich ein wenig verwöhnt zu fühlen.«

Seine Mundwinkel ziehen sich nach unten. Seine frech blitzenden Augen schauen Eve an. Sie spürt, wie ein paar Schweißtropfen ihren Rücken hinunterlaufen, obwohl es im Restaurant kühl ist. Der Sport-BH, den sie für ihre Trödeljagd ausgesucht hat, fühlt sich auf einmal wie ein Folterwerkzeug an.

»Du ziehst als Erstes aus diesem Kakerlaken-Motel aus«, erklärt Robert. »Kauf etwas, das man schätzen kann.«

»Ich schätze, wo ich jetzt wohne«, erwidert Micajah. Dann fragt er Eve: »Haben Sie gekauft?«

»Ja.«

»Sind Sie Musikerin?«

»Nein. Und selbst wenn ich eine wäre, könnte ich das Instrument nicht spielen. Sein Rücken ist defekt.«

»Warum haben Sie es dann gekauft?«

»Es ist einfach sehr schön«, erklärt sie.

»Und Sie konnten es nicht einfach zurücklassen.«

Sie fühlt sich so, als könne er in sie hineinsehen.

»Wenn es nicht kaputt gewesen wäre, hätte ich es mir wahrscheinlich gar nicht leisten können«, sagt sie. »Es hat wunderbare Schnitzereien, Ranken, die sich überall entlangwinden. Ich bin mir ziemlich sicher, dass es Jasmin sein soll. Ich musste an geheime Gärten denken, wie sie oft in Kinderbüchern vorkommen. Oder an die *Märchen aus Tausendundeiner Nacht.*«

»Woher zum Teufel willst du wissen, dass es Jasmin ist? Es ist doch nur Holz, du meine Güte!« Da ist wieder die unangenehme Seite von Robert. Er kann es nicht ertragen, nicht im Zentrum der Aufmerksamkeit zu stehen.

Sie greift in ihre Tasche, um eine Visitenkarte herauszuholen. »Ich bin jetzt Gartenarchitektin. Jasmin verwende ich oft. Er ist widerstandsfähig, blüht den ganzen Sommer und duftet herrlich, wenn man abends noch draußen sitzt.«

Robert hält die Karte auf Armeslänge von sich, als ob er nicht glauben könnte, was darauf steht. Eve interessierte sich damals, als sie einander kannten, nicht sonderlich für Blumen. Sie hat den Eindruck, als würde er ihre Veränderung über die Jahre als eine Art Betrug wahrnehmen.

Micajahs Blick wandert von seinem Vater zu Eve. Sie ist sich sicher, dass er sich fragt, ob sie früher einmal ein Liebespaar gewesen sind. Das waren sie nie. Eve ist etwas schockiert, als sie merkt, wie wichtig es ihr ist, dass Micajah das weiß. Als die kleine Schwester hatte sie ein Schild mit den

Worten NICHT BERÜHREN auf ihrer Stirn kleben. Als Bill starb, ging sie mit der sie belastenden Vorstellung auf die Beerdigung, dass die extremen Gefühle sie und Robert vielleicht dazu bringen könnten, sich in den Armen des anderen wiederzufinden. Sie hasste sich für diese kaltschnäuzige Untreue ihrem Bruder gegenüber – dass sie ihrer körperlichen Sehnsucht erlaubte, die Reinheit ihrer Trauer um Bill zu vergiften. Als sie in die Kirche kam, wusste sie nicht, dass Robert bereits verheiratet war und einen Sohn hatte.

Der Kellner tritt an ihren Tisch, einen Teller in jeder Hand und einen dritten auf dem Handgelenk balancierend. Vor Robert platziert er ein Steak, vor Eve einen Salat. Vorsichtshalber hatte sie etwas von den günstigeren Gerichten auf der Karte bestellt.

»Und hier ist Ihr Saltimbocca«, erklärt der Kellner, als er Micajahs Teller auf den Tisch stellt und ihn dabei so dreht, dass das Essen besonders gut zu sehen ist. »Ihr ›Spring in den Mund‹. Das bedeutet es übersetzt.« Er flirtet, angezogen wie ein Eisenspan von Micajahs magnetischem Feld. Als er zuvor ihre Bestellungen aufgenommen hatte, war Eve seine Anspannung aufgefallen. Er tut ihr ein wenig leid. Früher waren die Frauen in Roberts Gegenwart ähnlich nervös. Sie hatte miterlebt, wie Mädchen ihn auf der Straße verfolgten und ihm ihre Telefonnummer aufdrängten. Er genoss das Ganze stets mit der trägen Gelassenheit eines majestätischen Löwen.

»Danke, Josh«, erwidert Micajah. Er erinnert sich an den Namen des Kellners, und einen kurzen Moment treffen sich die Blicke der beiden Männer, ehe er seine Aufmerksamkeit wieder Eve zuwendet. Elegant gelöst, denkt sie – eine männliche Liebenswürdigkeit, wie sie sein Vater nie hinbekam.

»Zumindest sind es keine Rosen«, meint Micajah jetzt.

Wenn die geschnitzten Blüten Rosen gewesen wären, hätte sie das Instrument dann auch gekauft? Eher nicht. Es war der Jasmin – geheimnisvoll und in der Dunkelheit blühend –, der sie verführt hatte.

»Ich hasse Rosen«, fügte er hinzu.

»Warum?«

»Die Drag Queens der Blumenwelt.«

»Und was soll das genau heißen?«, mischt sich sein Vater ein. Er schaut von Eve zu Micajah und dann wieder zu Eve, wie ein Ringrichter, der überlegt, wann er am besten den Kampf einläutet.

»Ach, ich finde diese ganze kulturelle Tradition um diese Blumen abstoßend«, erklärt sein Sohn. »Die künstliche Wertschätzung, wie dieser ganze *Diamonds are forever*-Mist. Und dabei zerstören Rosenfabriken in Ländern wie Kenia ganze Landstriche, während die Leute, die dort leben, verhungern. Mir kommt es so vor, als würden sie nur existieren, um lügen zu können. Ich hab dich mies behandelt, Liebling, hier ist ein Strauß Rosen. Von der ganzen Sadomaso-Seite dieser Blumen ganz zu schweigen. Ein Symbol der Liebe, das einem die Finger zerpiekst? Aber Quatsch – tun wir doch einfach so, als hätten Rosen keine Dornen und stellen Kinder aus Slums an, sie mit Rasierklingen abzuschneiden.«

»Er ist ein Hitzkopf«, sagt Robert.

»Ich mache mir Gedanken«, entgegnet Micajah. Es scheint so, als hätten die beiden schon öfters diese Art von Diskussion geführt.

»Glauben Sie wirklich, dass es Liebe ohne Verletzungen gibt?«, will Eve von Micajah wissen, wünscht sich aber sogleich, sie hätte nicht gefragt.

»Ich weiß nicht«, antwortet er. »Ist es möglich, so sehr zu lieben, dass man beschließt, den Schmerz nicht zu fühlen? Es scheint jedenfalls wert zu sein, das zu probieren. Denn wenn man es nicht tut, was ist dann? Dann zerstört man das, was eigentlich am schönsten sein sollte.«

Wie Bill. Oder wie der Unbekannte, der das Instrument kaputt schlug, sich aber nicht dazu bringen konnte, es ganz zu zerstören.

»Werden Sie es denn reparieren lassen?«, will Micajah jetzt von ihr wissen. »Oder Sie mögen Dinge, die nicht mehr ganz heil sind.«

Es ist keine Frage, sondern eine Feststellung. Wieder hat sie das Gefühl, als würde er direkt in ihr Herz schauen. Verwirrt lässt sie den Blick durch das Restaurant schweifen. Die anderen Gäste plaudern und lachen miteinander, während die Kellner souverän hin und her laufen. Auf den Tischen stehen Gerbera in kleinen Vasen.

»Was machst du eigentlich in einem Trödelladen in der Bronx?«, will Robert wissen. »Nach Secondhand-Pflanzen Ausschau halten? Offenbar hast du sogar eine gefunden.« Wieder dieses bellende Lachen.

»Ich suche dort im Auftrag einer Freundin, die ein Antiquitätengeschäft hat. Das mache ich öfters am Wochenende. Jetzt, wo mein Sohn Allan erwachsen ist.« Selbst nach vierundzwanzig Jahren verspürt sie noch ein warmes Gefühl, wenn sie seinen Namen sagt. »Er ist gerade in Kambodscha und arbeitet dort nach seinem ersten Jahr als Medizinstudent für Smile Train.«

»Was ist das?«, erkundigt sich Robert, wobei er nicht sonderlich interessiert klingt.

»Eine Hilfsorganisation, die Gaumenspalten bei Kindern

operiert«, antwortet Micajah. »Das ist großartig«, sagt er zu Eve. »Sie müssen sehr stolz auf ihn sein.«

»Bin ich auch.«

»Sie sollten auch stolz auf sich selbst sein. Sie haben ihn offenbar richtig erzogen.«

Ein wenig beschämt gelingt es ihr zu lächeln. Zum Glück weiß sie nicht, was sie erwidern soll, denn ihr würde bestimmt die Stimme versagen. Vermutlich würde sie entweder quietschen oder hörbar zittern oder auch stumm wie ein Fisch auf dem Trockenen nach Luft schnappen.

»Wenn man dich so sieht, kann man sich überhaupt nicht vorstellen, dass du bereits einen erwachsenen Sohn hast«, bemerkt Robert mit dem für ihn typischen Bemühen um Charme.

Eve spürt einen warmen, sanften Druck an ihrem Fuß. Als sie überrascht Micajah ansieht, hört der Druck auf. Unmerklich schüttelt er den Kopf.

Nein was, überlegt sie. Nein, antworte ihm nicht? Nein, du siehst nicht jünger aus, als du bist? Nein, das tust du – oder du tust es nicht, aber es ist gleichgültig?

Eve trinkt einen Schluck Wasser und nimmt auf einmal wahr, dass ihre Haut leicht nach Moschus riecht. Sie hat plötzlich das Gefühl, innerlich zu schmelzen. Ihr Körper eilt einen Weg voran, von dem sie weiß, dass sie ihm nicht folgen sollte. Dieser Junge – er ist noch ein Junge, ermahnt sie sich, auch wenn er schon achtundzwanzig oder neunundzwanzig Jahre alt sein muss – bringt sie völlig aus dem Gleichgewicht. Damals im College hatte sie für diese Empfindungen gelebt, von denen sie bis gerade eben glaubte, sie hinter sich gelassen zu haben. Es sich in dem trägen Einerlei des Alltags eingerichtet zu haben mit dem erleichternden

Wissen, dass derartige Verwirrungen nie mehr über sie hereinbrechen würden.

Als sie es wagt, Micajah wieder anzusehen, sind seine grünen Augen wie Wellen, die sie umtosen, mitreißen und davontragen. Hör auf, denkt sie, während sie zugleich nicht will, dass es aufhört.

2

In der Bibliothek zwingt sich Eve zur Konzentration. Am ehesten ähnelt eine Viola d'amore ihrem Instrument, deren geschwungener Hals in einem Cherubim mit verbundenen Augen endet. Ansonsten gibt es außer den üblichen Geigenlöchern keine Schnitzereien, und das Tuch um die Augen ist auch nur ein Stück Stoff. Außerdem ist die Form der Viola d'amore anders, und sie hat deutlich mehr Saiten. Nirgendwo findet sie etwas Vergleichbares zu diesen fast unheimlich lebensechten Ranken auf ihrem Instrument.

Während sie nach Hause fährt, gehen ihr Micajahs Worte nicht aus dem Kopf. Hat er jemals tiefe Liebe und Verlust erlebt?, überlegt sie. Gerne würde sie das wissen.

Es ist falsch, tadelt sie sich dann, um sich kurz darauf noch stärker zu verurteilen: Du bist altmodisch und antifeministisch. Ja, es stimmt, sie ist verheiratet, aber das bedeutet nicht, dass sie eingesperrt und angekettet sein muss wie die Frau eines Saudi. Sie kann auch männliche Freunde haben, daran ist nichts auszusetzen.

Allerdings ist es wahrscheinlicher, dass sie ihn nie wiedersehen wird.

Sie bemüht sich, das Abendessen zu etwas Besonderem zu machen und kauft einen Heilbutt, obwohl er teuer ist. Larry hat diesen Fisch immer besonders gemocht, doch sie haben ihn bereits seit mehr als einem Jahr nicht mehr gegessen – seit jenem Tag, als er von einer Klausurtagung seiner Firma zurückkam und erklärte, dass er sein Totemtier gefunden habe. Ein *Empowerment Trainer* habe ihn auf einer Visionssuche begleitet, bei der ihm ein Wolf begegnet sei. Der Wolf, so habe ihm der Trainer erklärt, sei gekommen, um ihm dabei zu helfen, sein wahres Selbst zu erkennen.

Es war schwer, sich jemanden weniger Wolfsähnlichen als Larry vorzustellen. Aber vielleicht ging es ja gerade darum: Er brauchte die Eigenschaften eines Wolfs. Das konnte sie verstehen. Schon eine ganze Weile war er irgendwie unzufrieden. Im Beruf schlug er den üblichen Weg zu einem soliden Managerposten ein, doch in seine Berichte vom Büroalltag schlich sich immer mehr Verbitterung ein. Eve merkte, dass ihn sein Erfolg unzufrieden zurückließ, er fühlte sich mittelmäßig an und schließlich immer mehr wie eine Niederlage. Larry begann für ihn ungewöhnliche Kleidungsstücke zu kaufen – pinkfarbene Socken, eine Bomberjacke aus Leder –, die aber nach ein paar Mal Tragen wieder verschwanden.

»Ich habe das Gefühl, als wäre ich nur die Illusion meiner selbst«, sagte er einmal zu ihr in einem seltenen Moment der Offenheit. Als sie ihn fragte, was er damit genau meine, konnte er es nicht wirklich erklären. Er würde sich in der Masse von Menschen verlieren, und die Vorstellung, dass er, Larry, ein Individuum sei, das sich von anderen unterscheide, sei letztlich falsch. Es sei keine Horrorvision wie in dem Film *Matrix*, denn das würde nicht auf alle zutreffen. Nur auf ihn und auf Menschen wie ihn. Er habe das Gefühl, seine Konturen zu verlieren oder vielmehr bezweifle er, jemals welche besessen zu haben. Im Grunde würde er einfach nur ohne scharfe Umrisse durchs Leben stolpern.

Vom ersten Moment an, den sie zusammen verbrachten,

hatte Eve Larrys oft surrealen Humor geliebt. Diese Seite verlieh seiner zupackenden Zuverlässigkeit eine große Lebendigkeit. Doch inzwischen fand er kaum mehr etwas lustig. Eve lief es fast kalt den Rücken herunter, als sie merkte, wie seine Vision menschlicher Schemenhaftigkeit von Verbitterung durchsetzt war.

Er schaute noch immer gerne Sport im Fernsehen an, doch seine Augen wirkten wässriger, und das Bier in seiner Hand hielt er so ungeschickt wie ein Laiendarsteller eine Requisite. Er traf seine alten Freunde nicht mehr, und Eve war sich nicht sicher, ob er inzwischen neue gewonnen hatte. Ihre sozialen Kontakte wurden immer weniger, bis sie ihre eigenen Freunde an einer Hand abzählen konnte. Irgendwann zog Larry ins Gästezimmer – zuerst war es nur seine Kleidung, dann Kamm und Nagelschere, und schließlich schlief er auch dort. Die Zuverlässigkeit, dieses Gefühl einer rationalen, praktischen Sicherheit, die sie so wichtig und attraktiv fand, hatte er offenbar verloren.

Immer wieder hat sie versucht, jenen Moment auszumachen, als der Abstieg begann. Aber es gelingt ihr nicht. Larrys Desillusionierung ist wie ein sich ausbreitender Fleck, der weiter und weiter in die Vergangenheit hineinreicht.

Zuerst hat sich Eve über Larrys inneren Wolf gefreut, wobei sie sich über alles gefreut hätte, das versprach, ihm dabei zu helfen, wieder ein Gefühl für sich selbst zu entwickeln. Inzwischen hasst sie jedoch diesen Wolf und misstraut ihm. Früher einmal war Larry sanft und rücksichtsvoll; inzwischen ist er brüsk, manchmal sogar absichtlich unhöflich und stolz auf jede selbstsüchtige Handlung und jedes schlecht gelaunte Schnappen nach der Welt. Als Allan noch klein war, hat er seine Mutter immer wieder gebeten, ihm *Das Dschungelbuch* vorzulesen. Sie erinnert sich noch gut an die Wölfe darin, die würdevoll und beschützend sind und sich durch einen starken Familiensinn auszeichnen. Larrys inneres Raubtier hingegen ist ein einsamer Wolf, der durch eine grausame, selbstsüchtige Welt läuft. Wenn er doch nur einmal *Das Dschungelbuch* gelesen hätte, hatte sie schon des Öfteren gedacht.

Aber Larry war ein guter Vater. Sie beobachtete gerne durchs Fenster, wie er mit Allan draußen im Garten Fangen spielte, wobei Larry seinen Körper in die seltsamsten Gestalten verformen konnte. Allan quietschte vor Vergnügen und versuchte, es ihm nachzumachen. Als ihr Sohn ein Teenager war, nahm ihn Larry am Wochenende manchmal zum Angeln mit. Wenn Eve wissen wollte, was sie taten, antwortete Allan meist: »Nicht viel.« Doch sie merkte, dass ihm diese anspruchslose Gemeinschaft mit seinem Vater ein stilles Selbstvertrauen und In-sich-Ruhen gab.

»Meine Grundstimmung ist Zufriedenheit«, versicherte ihr Allan, als er sein fünftes Absageschreiben von einer Uni erhielt. Sie selbst wurde allmählich ziemlich nervös, doch er blieb so ruhig und sicher, als wüsste er, dass sich alles zum Guten wenden würde. Was es auch tat.

Der Heilbutt ist Eves Versuch, Larry an jene schönen Tage zu erinnern, ehe jedes Abendessen aus rotem Fleisch bestand. Doch als sie ihn zu Tisch ruft, kommt er erst nach zehn Minuten. Bis dahin ist der Fisch bereits trocken, und er isst ihn ostentativ geduldig, als ob er ihr etwas verzeihen müsste. Dann hebt er einen Spargel hoch, beobachtet, wie dieser den Kopf hängen lässt, und legt ihn wieder angewidert auf den Teller zurück. Es ist nicht meine Schuld, würde Eve am liebsten schreien, du hast das Abendessen ruiniert!

»Es tut mir leid. Er hat zu lange gekocht«, sagt sie, fügt

dann aber doch noch hinzu: »Weil du nicht heruntergekommen bist.«

»Du hättest mich etwas vorwarnen können«, entgegnet er. »Ich hatte noch etwas Wichtiges zu erledigen.«

»Etwas für die Arbeit?«, fragt sie in der Hoffnung, die Unterhaltung in andere Bahnen zu lenken.

»Nein.«

Das Instrument liegt, verborgen in seinem Kasten, auf der Anrichte hinter Larry. Eve hat sich überlegt, wie sie ihm die Geschichte ihrer Detektivarbeit im Viertel der vielen Nationen erzählen kann, und freute sich bereits darauf. Larry erkundigt sich selten nach ihrem Tag, und seit einiger Zeit erzählt er auch wenig von seinem, weshalb sie begonnen hat, sich während des Kochens zu überlegen, worüber sie reden könnten. Jetzt hat sie jedoch keine Lust, ihm das Instrument als eine Art Friedensangebot darzubieten. Wenn sie es täte, würde sie es einem weiteren Schlag ausliefern – diesmal von Larrys selbstsüchtiger Gleichgültigkeit. Sie merkt, dass sie das Instrument beschützen möchte, als sei es ein elternloses Kind, um das sie sich kümmert, bis die Mutter gefunden ist.

»Ich gehe jetzt joggen«, sagt er und steht auf, noch ehe er ganz fertig gegessen hat. Im vergangenen Jahr hat er an Gewicht verloren und sieht schlank und fit aus. Die Tatsache, dass er jetzt gesünder lebt, ist das einzig Gute an seiner Veränderung.

Er faltet die Serviette, gibt ihr einen flüchtigen Kuss auf die Wange und holt sich auf dem Weg nach draußen aus einem Schrank ein Stück Trockenfleisch. Noch vor einem Jahr hätte er ihr beim Abräumen geholfen.

Als sie später im Bett liegt, fällt ihr auf einmal auf, dass sie beim Essen mit Robert und Micajah ihren Ehemann kein einziges Mal erwähnt hat. Sie nannte bewusst Allans Name und sprach auch von ihrem Geschäft, weil sie den beiden den Eindruck vermitteln wollte, unabhängig und nicht nur die Ehefrau von irgendjemandem zu sein. Heißt das, dass sie es besser fand, so zu tun, als wäre sie gar nicht verheiratet? Keiner der beiden hatte sie nach ihrem Mann gefragt, was irgendwie auch seltsam ist, vor allem wenn man bedenkt, dass sie schließlich einen Ehering trägt.

Was Robert betrifft, ist es wahrscheinlich gar nicht so seltsam. Ihm war es egal. Er freute sich, sie zu sehen, weil sie ihm einen Spiegel bot, in dem er sich als großartigen Vater und erfolgreichen Anwalt bewundern konnte. Es ging nicht um sie. Jede alte oder neue Bekanntschaft wäre ihm recht gewesen.

Und Micajah?

Auch Micajah schien es egal zu sein. Was in seinem Fall aber etwas anderes bedeuten konnte. Zum Beispiel, dass er – wie sie selbst – keinen Ehemann in die Begegnung zwischen ihnen beiden bringen wollte.

Sie versucht sich daran zu erinnern, wie es war, als Micajahs intensiver Blick das erste Mal auf sie fiel. Ehe er sie mit dem Fuß berührte. Ehe er von seiner Abneigung gegen Rosen sprach. Als sie ihn dabei erwischte, wie er ihre schmutzigen Knie betrachtete? Nein. Schon draußen auf dem Bürgersteig, als Robert sie herumwirbelte. Sie war es, die nach seinen Augen suchte, um sich an etwas festzuhalten. Als sie die Füße wieder auf festem Boden hatte, war die Verbindung zwischen ihnen bereits da.

Dann gab es später diesen schockierend vertrauten Blick.

War ein solcher Blick überhaupt über die Entfernung eines Restauranttischs hinweg möglich? Ja, das war er, wie sie jetzt wusste. Er sah sie an, als würden sie einander lieben. Der Blick sagte: Wir sind so miteinander verbunden, so sehr ein Ganzes, dass der Rest der Welt gar nicht existiert. Diesem Blick zu begegnen, kam ihr wie ein Ritt auf einem Rodeopferd vor. Als sich Micajah seinem Vater zuwandte und etwas Spöttisches sagte, war das wie das Klingeln nach acht Sekunden beim Rodeo. Was auch immer er sagte und was auch immer Robert erwiderte – in ihren Ohren war es nur undefinierbares Rauschen. Sie hatte nach ihrer Handtasche gefasst, etwas von einer Verabredung gemurmelt, die sie ganz vergessen habe, und das Restaurant verlassen.

In Larrys Augen war ihr ein solcher Blick nie begegnet. In den frühen Jahren hatte er sie mit Liebe angesehen und mit einem vergnügten Funkeln, wenn einer von beiden etwas Lustiges gesagt oder sie zufällig die gleiche Bewegung gemacht hatte. Sex war allerdings immer nur eine Art von Schnell-ran, Schnell-vorbei gewesen. Sie nahm an, dass er das so wollte. Er sah sie nur rasch an und wandte dann den Blick ab, als ob er sich schämen würde oder sie nicht dazu zwingen wollte, ihn anzusehen. Inzwischen fragt sie sich, ob er es nur nicht wagte, innezuhalten und sich ihr zu öffnen aus Angst, dass sie sich vor ihm verschließen würde.

Das hätte sie vielleicht auch. Denn auch sie hatte Angst.

Es war dieselbe Angst, die Larry empfand – die Angst, ganz gesehen zu werden. Sowohl sie als auch Larry wollten so sein, wie der andere es wollte. Sie verbargen ihre Zerbrechlichkeit und schämten sich für ihre Fehler. Vielleicht, denkt sie, hat er geglaubt, dass ich eine Vorstellung von ihm liebe, nur einen Teil seiner Person und nicht ihn als ganzen

Menschen. Er fürchtete sich, gesehen zu werden – und ich habe mich auch gefürchtet.

Nachdem sie jetzt den ruhigen Blick von Micajah erlebt und zutiefst genossen hat, sehnt sie sich danach, gesehen zu werden. Allein die Unwahrscheinlichkeit eines Interesses an ihr lässt eine Heuchelei in dieser Hinsicht absurd erscheinen.

Hat sie Larry wirklich einmal geliebt? Ganz und gar? Noch gestern hätte sie diese Frage mit Ja beantwortet. Ja, sie liebte ihn. Doch jetzt, während sie im Bett liegt und an Micajah denkt, merkt sie, dass sie es in Wahrheit gar nicht mehr weiß.

Ich benehme mich lächerlich, denkt sie ein wenig panisch. Er hat meinen Fuß nur aus Versehen berührt. Wahrscheinlich sieht er jeden so an. Es gibt keinen Grund anzunehmen, dass er sich für mich interessieren könnte.

Vielleicht hatte er einen Mutterkomplex, überlegt sie weiter. Doch dieser Gedanke beruhigt sie und kommt ihr nicht wie etwas Krankes vor – mehr wie eine Möglichkeit und nicht ein Problem. Es würde sie nicht davon abhalten, Ja zu sagen.

Und erneut findet sie sich an derselben Stelle wieder wie zuvor – wie eine Kompassnadel, die es unabwendbar Richtung Norden zieht.

Am nächsten Tag wacht Eve wieder mit dieser Spinne auf. Seit Monaten ist sie jetzt fast jeden Morgen da – eine schwere Dunkelheit, die ihr auf die Stirne drückt und mit scharfen Spitzen in ihre Augen, ihre Nebenhöhlen und ihre

Mundwinkel bohrt, einen scheußlichen Schmerz in ihrem Schädel erzeugt.

Ihr Atem geht flach, obwohl sie inzwischen so sehr daran gewöhnt ist, dass sie es kaum mehr bemerkt. Ihr Magen fühlt sich sauer an, wie er das meistens tut, bis sie die Zähne geputzt hat. Ihre Schenkel liegen da wie aus Blei, und ihre Füße sind heiß und verschwitzt. Sie lässt sie nachts unter der Decke hervorschauen, und oft sind sie kalt. Doch sie kann sie nicht wärmen, ohne diese schreckliche Hitze ertragen zu müssen. Manchmal träumt sie davon, die Füße einfach abhacken zu können.

Oft rollt sie sich morgens zur Seite und vergräbt ihr Gesicht in Kissen, weil sie am liebsten gleich wieder in den Schlaf zurück möchte. Wenn es ihr nicht gelingt, liegt sie regungslos da, einen Arm über den Augen, und sammelt alle Kraft, um den neuen Tag voller Optimismus begrüßen zu können. So etwas nannte ihre Mutter eine gesunde Veranlagung. Eve mag keine Menschen, die sich selbst leidtun. Ihre eigene dunkle Last lässt sie im Bett zurück, und sobald sie sich einmal aufrecht hingesetzt hat, tut sie entschlossen so, als gäbe es diese gar nicht.

Auch ihr Herz schlägt zu schnell und zu heftig, als ob es versuchte, an Geschwindigkeit zu gewinnen, um weglaufen zu können. Bald wird es sich wieder beruhigen, wie es das immer tut. Allein der Gedanke an einen Kaffee hilft. Ein Latte, warm und bittersüß, beruhigt ihre bloßliegenden Nerven. Sie spaziert morgens oft zu einem Coffeeshop und lässt sich dort einen machen. Diesen Luxus gönnt sie sich ein paar Mal in der Woche, an Tagen, an denen sie sich ein wenig verwöhnt fühlen möchte.

Eve beschließt, heute jeglichen Gedanken an Micajah aus

ihrem Bewusstsein zu verbannen. Allein sein Name lässt sie wieder an diese Shakergemeinde denken mit ihrer simplen, reinen Schönheit. Da Sex verboten war, wuchs die Sekte allein durch Übertritte. Kein Wunder, dass sie irgendwann einmal aussterben musste.

Sie hört Larry im Flur. Die Tür zu seinem Zimmer öffnet und schließt sich dann wieder. Ihr getrenntes Schlafen hat etwas Vorwurfsvolles und erscheint ihr wie der Ausdruck einer unterdrückten Ungleichheit, nicht wie der friedlicher Asexualität. Das Badezimmer, das Larry benutzt, grenzt nicht an sein Schlafzimmer, sondern gehört auch zu dem Raum, den Eve immer noch als den ihres Sohnes betrachtet. Obwohl er seine Zimmertür meist geschlossen hält, lässt Larry die Tür zum Bad immer offen. Eve sieht das Ganze als Machtspiel, was sie akzeptiert, da er dafür das schlechtere Schlafzimmer abbekommen hat. Erst wenn sie seine Schritte auf der Treppe hört, betritt auch sie den Flur.

Das Surren des Mixers dringt von der Küche zu ihr herauf. Larry macht seinen morgendlichen Smoothie. Die Zutaten dafür bewahrt er in einem besonderen Fach im Kühlschrank auf, in das nichts anderes hineindarf, und das er ihr verboten hat zu öffnen. Vielleicht bewahrt er dort rohes Fleisch auf, denkt sie, findet aber den Witz – falls es denn einer ist – nicht sonderlich lustig.

Sie hat Hunger. Ihr Magen krampft sich zusammen in einem Gefühl des Verrats, weil sie ihn weder sehen noch mit ihm sprechen will. Sie wartet, bis sie die Haustür ins Schloss fallen hört. Erst dann wird sie aufstehen und das leere Haus genießen. In dieser Woche fährt er geschäftlich nach Arizona, und sie freut sich bereits auf ein paar Tage des Alleinseins.

Es ist einfacher, seitdem er sein eigenes Zimmer hat. In den letzten Jahren, als sie miteinander ein Bett teilten, wachten sie auf und wandten sich voneinander ab, wenn der andere nicht bereits abgewandt lag. Sie tauschten ein flüchtiges »Guten Morgen« miteinander aus, ehe sie ihn fragte, was er zum Frühstück wolle. Pflichtbewusst hatte sie stets Müsli, Eier oder French Toast für ihn bereitet, wenn er nach unten kam. Auch die heimlichen Smoothies sind eine Erleichterung. Bis sie damit aufgehört hatte, war ihr gar nicht bewusst gewesen, wie sehr sie es hasste, jeden Tag damit zu beginnen, ihm zu Diensten zu sein.

Dieselbe Frage hatte sie jeden Tag ihrem Sohn gestellt, bis er auszog. Jetzt denkt sie darüber nach, während sie im Bett liegt – wie sie die nächste Generation darauf konditionierte, dass die Frau zu Diensten steht. Aber ist es nicht das, was eine gute Mutter tut? Wenn ihre Mutter das zu ihr sagte, war es etwas anderes: An den Tagen, an denen ihre Mutter im Bett liegen blieb, musste sie ihrem Vater und ihrem Bruder das Frühstück machen.

Bis zu dem Moment, an dem er sie verließ, diente Eves Mutter ihrem Vater. Sie brachte ihm etwas zu trinken, wenn er von der Arbeit nach Hause kam, fragte ihn pflichtbewusst, wie sein Tag gewesen war, und beschwerte sich nie darüber, dass er ihr weder beim Kochen noch beim Abwasch half, obwohl sie mit den fünf Kindern einen viel anstrengenderen Tag gehabt hatte als er in seinem bequem ausgestatteten Büro mit einer effizienten Sekretärin. Die Details mögen sich geändert haben, doch nicht die Dynamik. Das Dienen ist subtiler geworden und zeigt sich darin, dass sie Weihnachtsgeschenke für Larrys Mutter kauft, ihn dafür lobt, wenn er auch nur ein klitzekleines bisschen im Haushalt hilft oder sich »Daddy-Zeit« für die Familie nimmt. Im Laufe der Jahre beginnt Eve zu verstehen, warum in den grausameren Zeiten alte Frauen geschmäht, ausgestoßen oder als Hexen verbrannt wurden: Sie hatten aufgehört, sich vor dem Altar in den Staub zu werfen, weil sie erkannten, dass alles nur Blendwerk war.

Eve sitzt am Küchentisch und isst ein Stück Aprikosenkuchen, den sie eigentlich als Nachtisch für den gestrigen Abend geplant hatte. Ihr Handy piepst. Seitdem Allan nicht mehr im Land ist, bekommt sie nur noch wenige Textnachrichten. Die meisten sind von Deborah. Doch diese ist zu früh für ihre Freundin. Sie öffnet das Geschäft nicht vor zwölf Uhr, damit sie noch länger im Bett liegen bleiben kann.

»Morgens ist es am besten«, erklärte sie einmal lasziv und genoss dabei sichtlich Eves Unbehagen. »Da habe ich Zeit für meinen kleinen Freund. Eigentlich eher für meinen großen Freund. Der arme Ted – er hat es nie geschafft. Aber welcher Mann tut das schon? Jedenfalls keiner, den ich kenne. Sobald man einmal auf die elektrische Version umgestiegen ist, gibt es keinen Weg mehr zurück. Solltest du mal ausprobieren, Eve. Hör endlich auf, die wiedergeborene Jungfrau zu geben.« Deborah weiß, dass Larry ins Gästezimmer gezogen ist.

Eve hat immer wieder einmal darüber nachgedacht, findet aber die Vorstellung, in einen Sexshop zu gehen, abstoßend. Online danach zu suchen, will sie auch nicht, weil sie befürchtet, dass dann jedes Mal irgendwelche Anzeigen für

Sex-Spielzeuge oder Sex-Partner auf ihrem Bildschirm auftauchen, sobald sie den Computer anschaltet. Manchmal fragt sie sich, ob sie überhaupt noch eine Libido hat. Die Wechseljahre haben sich bisher noch nicht bemerkbar gemacht, aber vielleicht ist das fehlende Interesse am Sex ein erstes Zeichen.

Die SMS stammt von einer Nummer, die sie nicht kennt und dementsprechend nicht zuordnen kann.

Hi, Eve. Schicken Sie mir ein Foto, vielleicht kann ich helfen. M.

Micajah.

Einen verrückten Moment lang malt sie sich nackte Selfies, Politiker und Stars in kompromittierenden Posen aus. Sie muss laut lachen. Die plötzliche Rückkehr ihres Begehrens ist verstörend und berauschend zugleich. Sie ist es leid, sich ständig wegen Larry schuldig zu fühlen. Zumindest für den Augenblick will sie dieses Schuldgefühl beiseiteschieben.

Micajah bietet ihr einfach seine Hilfe an. Oder vielmehr *wäre* es einfach, wenn da nicht dieses »M« stünde.

Sie weiß, dass sie eigentlich keine Hilfe braucht. Das Instrument war ein spontaner Kauf, und sie kann sich die sechzig Dollar, die es gekostet hat, problemlos leisten. Sie kann es einfach verräumen und vergessen. Allan kann es dann später einmal wegwerfen, wenn sie gestorben ist.

Sie geht ins Esszimmer und klappt den Kasten auf. Es ist ganz einfach: Entweder retten oder in sein Grab befördern. Seltsamerweise strahlt dieses leblose Objekt etwas Lebendiges aus. Sie nimmt es mit beiden Händen hoch und dreht es um. Das zersplitterte Holz schimmert hell und rau in der honigfarbenen Lackierung, die in diesem klaren Licht so vielschichtig wirkt, als würden sich Jahrhunderte darin verbergen. Sie kann es nicht wegwerfen. Unmöglich. Sie möchte vielmehr die Wunde heilen.

Sie legt das Instrument auf den Tisch, wo am meisten Licht hinfällt, und macht vier Fotos – eine Weitwinkelaufnahme und ein paar Nahaufnahmen von den geschnitzten Ranken und dem blinden Cupido sowie dem Bruch am Rücken. Während sie auf das leise Rauschen wartet, das ihr zeigt, dass ihre Nachricht versendet wurde, legt sie das Instrument in seinen Kasten zurück. Die Kletterpflanzen scheinen nach ihr zu fassen, sie zu sich zu ziehen und sie mit Micajah zu verbinden.

Zwanzig Minuten später ruft er an. Sie merkt, wie ihr Herz pocht, als sie seine Nummer auf ihrem Handy erkennt. Ein paar Mal lässt sie es klingeln und versucht, tief durchzuatmen, doch dann hebt sie ab, damit der Anruf nicht in ihrer Voicemail landet. Zitternd fährt sie mit dem Finger über das Display.

»Ich glaube, ich kann helfen«, sagt er.

»Kennen Sie jemand, der das richten könnte?«

»Ja.«

»Können Sie mir seine Nummer geben?«

»Ich weiß nicht, ob das eine gute Idee wäre.«

»Warum nicht?«

»Er ist … speziell.«

»Oh«, sagt sie.

Eve fühlt sich wie ein stammelnder Teenager und hofft inbrünstig, dass Micajah es nicht bemerkt. Früher einmal liebte sie die Vorstellung der physischen Verbindung zwischen ihr und Larry, wenn sie miteinander am Telefon sprachen – der Hörer an ihrem Ohr, das Kabel, das sie mit dem

Telefon verband, dann die Leitungen und Drähte, welche über viele Kilometer hinweg bis zu Larry reichten, wo es wieder eine Telefonschnur gab und den Hörer, der sein Ohr berührte. Doch die Elektronen, die jetzt zwischen ihr und Micajah hin- und hersausen, hinterlassen keine Spuren. Sie stellt sich eine Kette aus kleinen Atomen und Wellen vor, die zusammen mit weiteren Millionen und Milliarden anderer Ketten durch die Atmosphäre surren – so ungreifbar wie Magie.

»Treffen wir uns«, sagt er.

Beinahe will sie ihn fragen: Können Sie mir nicht einfach seine Nummer geben? Doch stattdessen erwidert sie nur: »Wann?«

Sie vereinbaren den kommenden Donnerstag. Er nennt ihr eine Adresse.

Micajahs Beharrlichkeit hinterlässt bei Eve ein Gefühl, wie sie das noch nie erlebt hat. Sie fühlt sich beinahe auserwählt. Larrys Urteil besaß nie dasselbe Gewicht wie das von Micajah, obwohl er im Grunde ein Fremder für sie ist. Für Larry war sie die Auserwählte, als sie noch jung waren, aber sie wusste, dass diese Tatsache sie nicht zu etwas Besonderem machte. Sie passte einfach nur sehr gut zu ihm. Auch er war nicht außergewöhnlich, was ihr damals gerade recht war. Sie vermutete, dass sie eine ähnliche Wildheit in sich trug wie ihr Bruder Bill, denn sie war schon immer von Abenteuergeschichten und rebellischen Ideen fasziniert, die sie wie Gasballons in den Himmel steigen ließ. Als die Wildheit Bill das Leben kostete, beschloss sie, diese in sich abzutöten.

Fünf Tage lang hat sie das Gefühl, sich im siebten Himmel zu befinden. Sie ist sich sicher, dass es Micajah nicht so geht.

3

An dem Club hängt kein Namensschild. Er befindet sich in der Upper East Side, einem ruhigen Teil von Manhattan. Auf den Straßen sieht man gepflegte ältere Damen, die gepflegte kleine Hunde ausführen, und dazwischen laufen Kindermädchen in Uniform, die Buggys schieben, die an Mountainbikes erinnern. Es ist um die Mittagszeit, und Männer sind kaum zu entdecken.

Zwei elegante, schöne junge Frauen sitzen hinter einem dekorativen Schreibtisch.

»Ich bin mit Micajah Burnett verabredet.«

»Ms. Armanton?«

»Genau.« Es fühlt sich irgendwie gegen die Regeln an, sich mit ihrem Mädchennamen ansprechen zu lassen.

»Er erwartet Sie in der Bibliothek.«

Die zweite junge Frau drückt auf einen Knopf. Eve hört ein diskretes Surren, und ein Türsteher öffnet eine Tür von innen. Noch nie zuvor ist Eve an einem solchen Ort gewesen. Er strahlt Komfort aus, scheint eine Patina aus Geld und Ansehen zu haben, und jede Oberfläche glänzt, ist bemalt oder mit einem weichen Samtkissen bedeckt.

Sie findet Micajah in einer Ecke, das Licht einer Lampe spiegelt sich in seinen dunklen Haaren wider. Er sitzt in einem Sessel. Vor ihm liegt ein Backgammon-Brett auf einem niedrigen Tischchen. Als er sie sieht, erhebt er sich.

»Sie sind gekommen.«

»Dachten Sie, dass ich nicht kommen würde?«

»Ich habe befürchtet, dass Sie vielleicht nur zusagen, um mich so schnell wie möglich wieder loszuwerden. Sie sind zu höflich, um einfach aufzulegen.«

»Aber zu höflich, um einfach nicht zu erscheinen, wenn ich zugesagt habe.«

Ihr Lächeln verliert bald jegliche Höflichkeit – als ob Micajah es mit einem Lasso eingefangen und zu sich herangezogen hätte.

»Was ist das hier? Das ist ja ein unglaublicher Ort.«

»Ein Club. Beliebt bei älteren britischen Rockstars, südamerikanischen Drogenbossen mit Gesichtsoperationen und russischen Oligarchen.«

»Und Sie?«

»Zu besonderen Gelegenheiten.«

Seine Kleidung wirkt auf eine Weise schlampig, wie sie das bei Filmstars tut, die von Paparazzi im Park erwischt werden: Jeans, T-Shirt, zerknittertes Baumwolljackett. Flipflops wie an jenem Tag, als sie sich zum ersten Mal begegneten. Glatte, quadratische Zehennägel.

»Zwei Schwestern«, sagt er, als er ihren Blick sieht. »Man gewöhnt sich schnell daran, eine Pediküre zu bekommen.«

Sie ist sich nicht sicher, ob das ein Scherz ist oder nicht. Um sich keine Blöße zu geben, schaut sie auf das Backgammon-Brett, auf dessen acht Spitzen die Steine liegen, bereit zum Spiel. Es ist aus schokoladenbraunem Leder gefertigt, wobei die Spitzen abwechselnd cremefarben und ocker sind, umfasst von einem goldenen Faden. Die Steine sind aus achatgrünem und weißem Marmor. Es ist ein Spiel für Plutokraten und Herrscher. Sie lässt den Finger über einen

Saum wandern, wo sich zwei Lederfarben treffen, merkt, dass er nicht oben, sondern unten verläuft, damit man die Steine problemlos hin und her schieben kann.

»Dad meinte, dass Sie ziemlich gut seien.«

»Das war einmal«, erwidert sie. »Seit dem Tod meines Bruders habe ich nicht mehr gespielt.«

»Das muss sehr schwierig für Sie gewesen sein. Mein Vater …« Er zuckt mit den Achseln. Wir sind anders als er, signalisiert sein Schweigen. Es ist nicht nötig, es auszusprechen.

»Ich habe Tee bestellt«, sagt er und setzt sich.

»Tee ist perfekt.« Leute, die eine Verabredung haben, trinken keinen Tee. Man trinkt nur Tee mit den Kindern früherer Freunde. Das scheint akzeptabel.

Er reicht ihr ein Stück Papier mit einem Namen und einer Telefonnummer. »Das ist der Geigenbauer, den ich meinte«, erklärt er. »Der Mann, der Ihr Instrument reparieren könnte. Er heißt Yann Logue und ist ziemlich exzentrisch. Lassen Sie sich nicht von seinen Manieren abhalten, er ist nicht absichtlich unhöflich. Das ist nichts Persönliches.«

»Ich dachte, Sie hielten es für keine gute Idee, dass ich ihn selbst anrufe«, sagt Eve.

»Das Beste wäre es, wenn wir das Instrument zusammen zu ihm bringen«, antwortet Micajah. »Aber jetzt haben Sie zumindest schon mal seine Telefonnummer, falls Sie mich doch nicht mehr wiedersehen möchten.«

Sie steckt den Zettel in ihre Handtasche, wirft zuvor aber noch einen Blick darauf, um sicherzugehen, dass sie seine Schrift auch lesen kann. Die Schrift wirkt beinahe wie Kalligraphie, so sorgfältig ist jeder einzelne Buchstabe niedergeschrieben. Sie fragt sich, ob er wohl immer so formvollendet schreibt.

»Es tut mir leid, wenn ich Sie bei unserer letzten Begegnung verärgert habe«, sagt er, während er Tee aus einer Kanne eingießt, die auf einem Seitentischchen steht. »Vielleicht lieben Sie ja Rosen.«

»Ich mag Kletterrosen. Aber viele Leute wünschen sich heutzutage einen klassischen Rosengarten.«

»Als Statussymbol?«

»Vermutlich. Oder weil ihnen für anderes die Fantasie fehlt.« Sie nippt an ihren Tee. »Wussten Sie, dass es eine Rose namens Richard M. Nixon gibt?«

»Mit dem M.?«

»Ja, mit dem M.«

»Das ist ja widerlich.«

Er fasst hinter seinen Sessel und zieht einen Strauß atemberaubend schöner, voll erblühter Pfingstrosen hervor, deren Stiele mit einem Stück feuchten Küchenkrepp umwickelt sind.

»Ich weiß nicht, ob sie lange genug durchhalten, bis Sie zu Hause sind.«

»Sie sind viel schöner als Rosen.«

Ein junger Mann – Kellner? Page? Portier in der Ausbildung? – taucht auf einmal aus dem Nichts auf und bringt eine Vase mit Wasser. Er stellt sie auf den Seitentisch und verschwindet dann wieder lautlos.

»Haben Sie das arrangiert?«, fragt sie Micajah.

»Sie sind hier ziemlich gut und denken einfach an alles.«

»Das waren Sie.« Anstatt es zu leugnen, nimmt er den Würfelbecher und hebt ihn hoch, als wollte er einen Toast auf sie aussprechen.

»Wollen wir spielen?«

»Gerne.« Sie nimmt ihren eigenen Becher. Er hat einen

Würfel in der Hand und würfelt mit dem anderen. Eine Sechs. Sie macht es ihm nach. Ebenfalls eine Sechs. Einen Moment lang verspürt sie eine gewisse Scham, weil sie sich so vorkommt, als hätte sie das absichtlich gemacht, um mit ihm zu flirten.

»Na warte!«, sagt er und würfelt mit dem zweiten Würfel eine Zwei.

Jetzt ist wieder sie an der Reihe. Zu ihrer Überraschung bewegt sie die Steine, ohne zählen zu müssen. Sie weiß instinktiv, wann sie es riskieren kann, hinausgeworfen zu werden, und wann sie vorsichtig sein muss. Es ist zudem entspannend, nicht sprechen zu müssen. Sie überlässt sich dem Rhythmus des Spiels, der Ebbe und Flut einer Energie, die auf dem Spielbrett zwischen ihnen hin- und herfließt. Seine Hand fasst in ihre Richtung, wenn er seinen Würfel einsammelt, während die ihre nach ihm greift, wenn sie an der Reihe ist. Immer wieder betrachtet sie seine langen Finger, wie sie die Marmorsteine an ihre Stellen rücken.

»Dopplerwürfel?«

Er schiebt ihr den Würfel hin. Sie schaut ihm in die Augen, die grün mit goldenen Flecken sind. Sie muss nicht aufs Brett schauen, um zu wissen, dass sie sich einverstanden erklären wird. Schließlich steht nichts auf dem Spiel.

Sie nimmt den Würfel mit der linken Hand und bemerkt das Schimmern ihres Eherings.

Sie spielen beinahe zwei Stunden lang. Das Brett gehört dem Club, erklärt er ihr. Deshalb hat er vorgeschlagen, sich hier zu treffen. Sie erkundigt sich nach seiner Band und erfährt, dass sie *Blisskrieg* heißt, sie den Namen aber vielleicht noch in Metropolis umändern, weil das Label vermutet, *Blisskrieg* könnte gedruckt seltsam aussehen. Sie seien seit neun Jahren zusammen, sagt er. Es sei ein langer Weg zu einem nun plötzlich wirkenden Erfolg gewesen. Zu ihrer Erleichterung kann sie auf einmal sogar in dem schwach beleuchteten Raum die Ansätze von Fältchen um seine Augen erkennen.

»Welches Instrument spielen Sie?«, möchte sie wissen.

»Alle möglichen. Vorrangig Fiddle und Cello. Was immer dem jeweiligen Titel den richtigen Drive gibt. Manchmal auch Akkordeon, und vor Kurzem habe ich jetzt angefangen, das Theremin zu erlernen.«

»Was ist denn ein Theremin? Das habe ich noch nie gehört.«

»Ein Mann namens Léon Theremin hat es erfunden. Es klingt wie ein Zombie-Opernsänger und sieht aus, als käme es direkt aus Dr. Frankensteins Labor. Man spielt es, ohne es zu berühren. Es nimmt einfach die elektrische Energie von den Händen auf.«

»Es ist also fast so, als würde man aus der Luft Musik holen?«

»Genau!« Er freut sich, dass sie es so schnell verstanden hat.

»Das würde ich gerne einmal sehen«, meint sie.

»Ich werde es Ihnen zeigen«, erwidert er. »Beim nächsten Mal.«

Es wird also ein nächstes Mal geben. Das ist damit ausgemacht.

Sie gewinnt ein Acht-Punkte-Spiel, und er klatscht mit ihr ab. Es fühlt sich wie ein natürliches Ende an. Ohne es abzusprechen, stellen sie die Steine nicht noch einmal auf. Er schaut auf sein Handy, um zu sehen, wie viel Uhr es ist.

»Allmählich könnte man sich Cocktails bestellen«, meint er.

»Ich sollte nach Hause fahren«, entgegnet sie. Obwohl Larry erst morgen von seiner Geschäftsreise zurückkommt und sich die Katze um sich selbst kümmern kann.

»Nur einer?«

Er steht auf und hält ihr die Hand hin.

»Nicht hier?«

»In gewisser Weise schon«, antwortet er, »und in anderer nicht.«

Wieder dieses Gefühl, auf einem Pferd zu sitzen, das zwar diesmal nicht ausschlägt, aber deutlich an Geschwindigkeit gewinnt. Ja, sie sollte nach Hause fahren – zurück in die Sicherheit ihres Heims und den Hafen ihrer Ehe. Aber diesmal gibt es zumindest Zügel; diesmal hat sie es besser unter Kontrolle.

»Also gut«, sagt sie. »Einen.«

Er hebt einen Rucksack auf und führt Eve, nachdem er sich versichert hat, dass niemand zusieht, zu einer unscheinbaren Tür, die nur für die Angestellten gedacht ist. Durch diese geleitet er sie in einen winzigen Raum mit einer weiteren Tür. Er sucht in seiner Hosentasche und zieht einen Mitarbeiterausweis an einem Schlüsselband heraus, den er durch ein Lesegerät führt.

»Arbeiten Sie hier?«, fragt Eve und ist erleichtert, dass dieser extravagante Treffpunkt damit irgendwie mehr Sinn ergibt.

»Kunstlieferungen«, erklärt er so leise, dass es beinahe ein Flüstern ist. »Dieser Club gehört zu einem Hotel, in dem

Leute dauerhaft wohnen. Jene Art von Leuten, die keine Besucher in ihren Apartments wünschen und die auch nicht rausgehen wollen. Weil sie zu berühmt sind. Zu verfolgt in jeglicher Hinsicht. Aber sie kaufen Kunst. Sehr große, teure Kunst, die ihnen jemand bringen muss. Und dieser Jemand bin ich.«

»Dann schleichen wir uns also unerlaubt hier herein?«

Eve schlägt üblicherweise schon das Herz bis zum Hals, wenn sie nur einen Polizeiwagen sieht, selbst wenn sie nicht zu schnell fährt.

»Ist Ihnen das unangenehm?«

Der Gedanke, erwischt zu werden, ist ihr tatsächlich unangenehm. Aber sie hat jegliche Vorsicht in den Wind geschlagen, als sie vor vielen Stunden ihr Haus verlassen hat. Und jetzt rauscht Adrenalin durch ihre Adern. Sie kommt sich vor wie ein Kind, das heimlich ins Schlafzimmer der Eltern schlüpft, während diese abends ausgegangen sind. Sie wird etwas Verbotenes entdecken. Sie wird ein paar Geheimnisse lüften.

Micajah führt sie rasch durch mehrere Dienstbotengänge zu einem Lift, wo er den Knopf für den obersten Stock drückt. Sobald sich die Lifttüren schließen, spricht er wieder mit normal lauter Stimme. »Den hier«, sagt er und zeigt auf den Mitarbeiterausweis, »habe ich, weil ich einmal eine komplizierte Installation geliefert habe und ziemlich oft rein- und rausmusste Die Nachtschicht hat vergessen, mir den Ausweis abzunehmen, als ich ging. Später habe ich ihn dann zu einem Typen gebracht, den ich kenne.«

»Zu was für einem Typen?«

»Einem Typen, der einen Tagespass in ein Platin-Wunderwerk verwandeln kann, mit dem man überall zu jeder

Zeit Zugang hat.« Er grinst sie an. »Die Vorteile des Lebens im Grenzland. Brooklyn. Nicht der schicke Teil.«

Als sie aus dem Lift treten, führt er sie einen schäbigen Gang zu einer Tür, auf der NOTAUSGANG steht. Er drückt den großen Riegel nach unten, um sie zu öffnen. Jetzt stehen sie am Fuß einer Betontreppe, die zu einer weiteren Tür nach oben führt.

»Schließen Sie Ihre Augen.«

Eve hört das Klicken eines weiteren Riegels, der nach unten gedrückt wird, und dann das Quietschen von Türangeln. Micajah nimmt vorsichtig ihre Hand.

»Passen Sie auf, dass Sie nicht stolpern.«

Eve tastet sich mit dem Fuß vor. Es ist nur ein hoher Türsturz. Sie tritt darüber hinweg.

»Lassen Sie die Augen weiterhin geschlossen, okay?«

»Okay.«

Micajah lässt ihre Hand los. Hinter ihr fällt die Tür ins Schloss. Sie hört, wie er den Reißverschluss seines Rucksacks aufzieht und etwas herausholt.

»Jetzt können Sie die Augen wieder öffnen.«

Sie befinden sich auf einem großen Flachdach, auf dem einige kleine Türmchen stehen, in denen sich die Ventilatoren und Kamine des Gebäudes verbergen. Das Dach ist mit Terrakottaziegeln ausgelegt. Es ist das höchste Haus der Gegend. Der ganze Himmel um sie herum ist rosa erleuchtet.

Micajah setzt sich auf eine ausgebreitete Decke. Darauf stehen ein paar Fläschchen Alkohol, zwei kegelförmige Gläser und ein ziemlich ramponiert aussehender Cocktailshaker.

»Ich hoffe, Sie mögen Martini.«

»Ich habe schon seit Jahren keinen Martini mehr getrunken.« Sobald sie das gesagt hat, bereut Eve es bereits. Das Jahrzehnt, seitdem sie das letzte Mal einen Martini hatte, gibt ihr das Gefühl, alt zu sein. Noch schlimmer ist der Gedanke, dass Martini ein Getränk für alte Leute ist und dass er es wahrscheinlich deshalb für sie mitgebracht hat.

»Retrostil«, sagt er. »Ich wollte eigentlich einfach nur beeindrucken. Ich habe nämlich einen Preis für meine Martinis gewonnen, als ich vor einer Weile in Berlin als Barkeeper gejobbt habe. Vorsichtshalber habe ich auch eine Flasche Weißwein mitgebracht, falls Ihnen das lieber ist.«

»Ich bleibe beim Martini«, erwidert sie. »Er passt zum Sonnenuntergang.«

»Zitrone oder Olive?«, fragt er und hält zwei kleine Tüten hoch.

»Beides.«

»Lebe wild und ungestüm«, meint er und beugt sich über die Drinks. Sein Hemd ist herausgerutscht, und Eve sehnt sich danach, es wieder hineinzustecken, um dabei seine Wirbelsäule hinauffahren zu können und die Muskeln zu spüren, die sie umgeben.

Er reicht ihr ein Glas. Sie nimmt einen kleinen Schluck. Der Alkohol wird ihre Sinne, die bereits wild entbrannt sind, nur ein wenig betäuben.

Er führt sie zu der Brüstung mit Zinnen, die das Dach umgibt. Eve kennt den Architekturstil dieses Gebäudes. Es ist die sogenannte Strawberry-Hill-Gotik, die gelegentlich in New York eingesetzt wurde, und zwar hundert Jahre, nachdem der Stil in England sehr beliebt war. Für ein Projekt im Trenton Country Club hatte sie sich mit den klassischen englischen Gärten auseinandergesetzt und muss jetzt an diese Häuser denken – an Strawberry Hill und an

Cholmondeley Castle. Kleine, rechteckige Fensterscheiben. Lange Reihen von Lavendel. Schmucklilien. Sie versucht sich mit diesen Begriffen abzulenken, um sich so nicht ganz zu verlieren.

»Reißt einen mit, wenn man es zulässt.«

Seine Stimme bringt sie in die Gegenwart zurück. Bisher hat sie nie darüber nachgedacht, dass es eine bewusste Entscheidung sein kann, sich mitreißen zu lassen. Also gut, denkt sie, ich lasse es zu. Ich bin jetzt, in diesem Augenblick meines Lebens, mit einem unglaublich attraktiven jungen Mann auf einem Dach, und dieser Mann hält meine Hand, während er mir den Central Park unter uns zeigt, als wäre er Arthur und das hier sein Königreich.

Eve blickt auf den Park hinunter, wo Tausende von unterschiedlichen Grüntönen wie nach einem Frühlingsregen zu ihnen heraufleuchten. Dort das riesige Metropolitan Museum. Die viele Zeit, die Bemühungen, die Fantasie und die Genialität – all das ist in die Entstehung dieser Stadt geflossen. Die großzügige Gabe, einen derart weitläufigen öffentlichen Park in das Herz der Stadt zu setzen.

»Danke, dass Sie mich hierhergebracht haben«, sagt sie.

Er stellt sein Glas auf die Brüstung. Es ist ein Zeichen, das sie, obwohl bereits Jahrzehnte vergangen sind, seitdem ein Mann mit ihr geflirtet hat, sofort erkennt.

Jetzt wäre ein guter Zeitpunkt wegzulaufen, denkt sie, es einen Fehler zu nennen, nach Hause zu fahren und dort in die Sicherheit zu fliehen. Wenn ich es jetzt nicht tue, wird sich mein Zuhause nie mehr sicher anfühlen.

Sie stellt ihr Glas ebenfalls in die nächste Lücke zwischen zwei Zinnen. Die Gläser dürfen auf keinen Fall runterfallen, denkt sie. Sonst könnten sie jemanden töten.

Micajahs Mund berührt den ihren. Seine Lippen sind weich und kraftvoll. Er drückt sie gegen die ihren, um diese zu öffnen, und zieht sich dann leicht zurück – eine Einladung für ihren Mund, sich gegen den seinen zu pressen. Doch stattdessen weicht sie zurück.

»Du bist jung genug, um mein Sohn sein zu können«, sagt sie.

»Und?«

Wieder küsst er sie. Seine Zunge berührt sanft die Spitze der ihren, liebkost sie und zieht sich dann zurück, wobei es so wirkt, als würde er dabei ihre Zunge mit sich nehmen wollen. Sie denkt: Ich bin in ihm. Das hat sie noch nie zuvor gedacht, wenn sie einen Mann küsste. Es fühlt sich wunderbar an, ihm so nahe zu folgen. Ihr Instinkt leitet sie mit einer Selbstverständlichkeit, von der sie gar nicht wusste, dass sie diese besaß. Das Führen und Folgen ihrer Küsse ist völlig natürlich. Sie spürt, wie sich ihr Atem verbindet und die Luft zwischen ihren Körpern warm hin- und herfließt. Er atmet mich ein, denkt sie. Ich atme ihn ein. Seine DNA ist in meinen Venen.

Seine Daumen streicheln ihre Wangenknochen. Seine Finger fahren durch ihre Haare und finden die Ränder ihrer Ohren, den empfindlichen Punkt, wo das Kinn auf den Hals trifft, die weiche Delle unter ihrem Kinn. Auf einmal wandern seine Lippen zu ihrer Stirn, von dort den Nasenrücken hinunter, auf ihre Oberlippe und drücken dann eine Reihe von Küssen um ihren Mund. Sie stellt sich eine Kette aus Perlen vor, die seine Küsse auf ihrem Gesicht zurücklassen.

Noch nie zuvor hat sie etwas Vergleichbares empfunden. Seine Lippen, seine Zunge, seine Finger liebkosen ihren Geist, ihre Seele.

Durch den dünnen Baumwollstoff ihrer Bluse spürt sie die Brüstung warm an ihrem Rücken. Sie lehnt sich gegen eine Zinne und erwidert Micajahs Küsse, während sie sich ganz darauf konzentriert, wie sich seine Küsse anfühlen.

Was mache ich da, denkt sie. Ich küsse diesen Jungen, diesen Mann, und schon bald werde ich ihn … vögeln? Sie hat dieses Wort eigentlich noch nie benutzt und stockt auch jetzt. Sie und Larry vögelten nicht, es war nie so direkt und unverstellt. Sie »hatten Sex«, wenn auch seit Jahren nicht mehr. In den Anfangsjahren ihrer Ehe hatten sie »Liebe gemacht«, was weniger unpersönlich klang, auch wenn Eve diesen Ausdruck immer ein wenig gestelzt fand. *Machten* sie denn irgendetwas zusammen? Natürlich machten sie ein Kind, aber es verging eine lange Zeit zwischen dem Machen und dem Erscheinen dieses Kindes. In jener Nacht wie in jeder anderen Nacht kam Larry zum Höhepunkt und rollte sich dann weg, wobei er sie nicht ansah. Es gab nichts, was sie zusammen gemacht oder vielmehr erschaffen hätten.

Also werden wir vögeln, denkt sie und schiebt jeglichen Gedanken an Larry beiseite. Vielleicht. Das klingt gut. Zugleich denkt sie: Das hier sollte eigentlich nicht passieren. Das ist nicht meine Welt. Aber es ist ihre Welt: Seine Zunge wandert nun an ihrem Hals entlang und vergräbt sich in der Höhle ihres Schlüsselbeins. Seine Hände wandern unter ihre Bluse und suchen nach nackter Haut.

Sie lässt ihre Hand über seinen Brustkorb und Rücken wandern, während sie sich von der Zinne abstößt, um sich enger an ihn zu pressen. Hinter sich spürt sie eine Ecke, einen Rand und darüber nur Luft. Die Lücke zwischen den Zinnen. Etwa einen Meter.

Sie rutscht nach links und lässt sich halb sitzend auf dem

Rand der Brüstung nieder. Dann zieht sie ein Knie hoch und stellt den Fuß auf die Mauer. Ihr angewinkeltes Bein drückt gegen seinen Schenkel. Sie nimmt ihre Hände auf seine Hüften und spürt die Knochen unter der Jeans, während sie ihn an sich zieht. Er hält inne.

Ihr bleibt fast das Herz stehen. Ich weiß gar nicht mehr, was ich tue, denkt sie. Ich bin zu weit gegangen.

Er lehnt sich weit genug zurück, dass sie sein Gesicht sehen kann, die ovale Form, die zerzausten dunklen Haare, diese wunderschönen Lippen, die dunklen Brauen, die seine grünen Augen überschatten, die an moosgrüne Tümpel erinnern, auf die das Sonnenlicht fällt. Er schaut sie an. Das war's, denkt sie und merkt, wie sie innerlich zu schlittern beginnt.

Er hebt sie hoch und setzt sie auf die Brüstung. »Eve«, sagt er.

Ihr Name klingt anders, wenn er ihn ausspricht – fest und klar. Das bin ich, denkt sie. Eve. Die Eve, die hier ist und ihren Namen hört. Aus dem Mund dieses Mannes, der mich bald vögeln wird. Unter dem weiten Himmel im Abendlicht auf einem Dach, das über New York blickt.

Sie lässt ihre Sandalen fallen und schmiegt den Rist ihrer Füße um die Muskeln seiner Waden.

Seine Hände sind nun unter ihrer Bluse. Finger fahren die Spitzen ihrer Unterwäsche entlang, über ihren Rücken und dann weiter nach unten und hinein. Seine Daumen halten inne und scheinen eine Frage zu stellen. Ihr ganzes Inneres drängt zu ihm.

»Ja«, sagt sie.

Die untergehende Sonne fühlt sich auf ihrem Gesicht warm an und lässt seine dunklen Haare schimmern. Sie drückt ihre Hände gegen die Brüstung, um sich ein wenig hochzustemmen, während er ihre Unterwäsche auszieht. Innerlich bedankt sie sich bei Macy's für diese luxuriösen Dessous, die sie irgendwann einmal im Schlussverkauf erworben hat. Sie betrachtet die dunkle Mähne seiner Haare und spürt, wie der Stoff über ihre Knie, die spitzen Knochen ihrer Fesseln und schließlich ihre Füße rutscht. Weg.

Als er sich aufrichtet, lächelt er verschmitzt. Ihr eigenes Lächeln lässt sie daran denken, wie sie mit Allan am Strand entlangrannte und die Wellen verfolgte, als er vier Jahre alt war.

»Du bist schön«, sagt er.

»Du auch.«

»Ich bin bloß jung«, erwidert er abwehrend. »Das ist alles.«

Wieder sind seine Hände unter ihrer Bluse. Er drückt auf die unterste Rippe, dann auf die darüber und streicht von außen zur Mitte hin, wie er sich der nächsten Rippe widmet. Am liebsten würde sie sich zurücklehnen und sich seinen Händen öffnen, ihm erlauben, sie wie ein Instrument zum Klingen zu bringen. Doch hinter ihr ist nichts – nur die Lücke zwischen den Zinnen, Luft, dreißig Stockwerke über dem Boden. Sie umschlingt mit beiden Händen seine Schultern.

»Dir passiert nichts«, sagt er. »Ich halte dich.«

Er legt einen langen Arm um ihren Rücken, zieht sie an sich und streichelt mit der anderen Hand die Innenseite ihrer Schenkel, um die Beine sanft zu öffnen. Sie schließt die Augen und spürt, wie er sie berührt und wie sie zusammenpassen.

»Keine Angst«, murmelt er. »Ich lasse dich nicht los.«

In ihrem Kopf scheinen Feuerwerke loszugehen, und

kein klarer Gedanke ist mehr möglich. Sie spürt nur noch die Höhe und Leere hinter ihr, die sie nicht sehen kann; den lodernden Mann vor ihr, der sich einen Weg aus Feuer in sie zu brennen scheint; den Stein, der gegen ihr Steißbein drückt; die Muskeln seiner Schultern, die sich unter ihren Fingern bewegen; seine Hand um ihre Brust, der Daumen auf ihrer Brustspitze. Wenn ich mich nicht festhalte, stürze ich, denkt sie. Wenn ich loslasse, wird er mich so heftig vögeln, dass ich hinunterfallen und sterben werde.

Auf einmal hält er inne, tief in ihr vergraben. »Schau, Eve«, sagt er. »Schau nur, wo wir sind.«

Sie weiß, dass sie da ist, die gewaltige Höhe hinter ihr. Doch sie zu sehen – die Baumwipfel, die Autos und die Kutschen –, während sie spürt, wie Micajahs Arme sie über der Brüstung festhalten, jagt so viel Blut in ihren Kopf, dass ihr einen Moment lang schwindlig wird. Sie blickt hoch zu den fernen Wolkenkratzern von Midtown, die rosa vor einem indigoblauen Himmel schimmern. Auf einmal fragt sie sich, ob irgendwo hinter diesen Fenstern jemand steht, der sie beobachtet – sie bewundert, sie beneidet.

Micajah beginnt sich wieder zu bewegen. Immer schneller und tiefer breitet sich das Feuer der Lust in ihr aus. Ihr ganzer Körper konzentriert sich auf diese Stelle. Die Intensität wird beinahe unerträglich, bis sie schließlich aufschreit, sich in einer herrlichen Hitzewelle auflöst, die sie durchflutet – ihre Hüften, ihre Beine, hinauf zu ihrem Herzen, ihren Brüsten, ihrem Hals und ihrem Gesicht. Sie zittert in seinen Armen. Er streicht mit dem Finger ihr Rückgrat entlang.

Irgendwann öffnet sie die Augen und sieht ihn an. »Was ist mit dir?«

»Was soll mit mir sein?«, fragt er leichthin.

»Aber … Bist du dir sicher?«

»Aber was?«, erwidert er, ehe er über ihre Lider streicht und diese zärtlich küsst. »Es hat doch Spaß gemacht, oder?«

Was kann sie dazu sagen? Ja, es hat Spaß gemacht, mehr als Spaß. Viel mehr als Spaß. Es ist vielmehr auf verrückte Weise todernst. Ihr Körper spannt sich an, während noch die Süße des Orgasmus in ihm ist.

Sie lässt sich von der Brüstung herab und schlüpft in ihre Sandalen. Micajah sieht, wie ihre Augen zu ihrem Höschen wandern, das auf dem schmutzigen Dach liegt. Er hebt es auf, schüttelt es und reicht es ihr.

»Ich kann das nicht«, sagt sie, während sie es anzieht und ihm erlaubt, es ihr zurechtzuziehen.

»Ich weiß«, antwortet er.

Und wieder sieht sie diesen Blick in seinen Augen, der die Distanz zwischen ihnen mit einem Schlag auflöst.

4

Im Vorortzug zurück nach New Jersey fechten Eves Körper und Geist einen heftigen Kampf aus. Ihre Glieder fühlen sich zu schwer an, um sich zu bewegen, fast so, als wäre sie hypnotisiert worden. Gleichzeitig rasen ihr die Gedanken durch den Kopf, die wie Guerillakämpfer auf dem Höhepunkt eines wichtigen Gefechts immer wieder angreifen oder in Deckung gehen. Diese Gedanken tragen Schilder, auf denen *Richtig* und *Falsch* steht, wobei sie sich dennoch nicht sicher ist, auf welcher Seite sie eigentlich kämpfen. Sie fühlt sich verfolgt, ihre Tarnung ist aufgeflogen. Als stünde sie mitten in einem Kreuzfeuer.

Als sie von dem Dach des Gebäudes herabblickte und Micajah sie dabei festhielt, sah sie tief unter sich den Garten aus *Alice im Wunderland*: die Raupe auf dem Pilz, der verrückte Hutmacher beim Einschenken von Tee. Was ihr geschah, war das Gegenteil von dem, was Alice passierte. Sie war auf einen hohen Turm gebracht worden, in eine neue Wirklichkeit jenseits der Probleme und Alltäglichkeiten ihres normalen Lebens, wo sie sich dem Licht einer rosafarbenen, milden Sonne hingeben konnte.

Jetzt, auf dem Weg nach Hause, kommt sie sich so vor, als würde sie in die Höhle eines Ungeheuers zurückgeschleift werden. An einen Ort des Schreckens und stumm schreiender Seelen – ihrer eigenen und auch der von Larry. Auf einmal wird ihr bewusst, wie unglücklich er sein muss. Und wie tot sie innerlich in den letzten Jahren tatsächlich gewesen ist.

Seit einiger Zeit denkt sie immer wieder mit der nüchternen Leidenschaftslosigkeit eines Wissenschaftlers darüber nach, dass sie nicht mehr weiß, wie sich Freude anfühlt, Glück – jenes berauschende Gefühl, am Leben zu sein und das Leben in vollen Zügen zu genießen. In den letzten Jahren hatte sie Glück nur noch als Abwesenheit von Traurigkeit erlebt, weshalb sie manchmal von sich selbst behaupten konnte, glücklich zu sein, und so ihr Leben nicht ganz sinnlos wirkte. Hätte man sie gefragt, hätte sie wahrscheinlich geantwortet, dass sie zufrieden sei. Doch jetzt erkennt sie, was das wirklich heißt: Jegliches Gefühl verschwimmt in dem alles überdeckenden Nebel der Betäubung. Mit Micajah befreite sie sich daraus, doch als sie jetzt so im Zug sitzt, fühlt sie, wie diese Empfindung wieder von ihr Besitz ergreift. Nur extreme Gefühle vermögen die Taubheit zu durchbrechen, und jetzt äußern sich diese in Form von Aggression – Wut auf so viele der anderen Passagiere, dass sie glaubt, sie müsste jeden Moment platzen. Die Lichter auf dem Bahnsteig sind so grell, dass sie in den Augen brennen, und ein eisiger Wind begrüßt sie, als sie aussteigt. Ihre Nerven sind zum Zerreißen gespannt, und gereizt hört sie das dröhnende Gelächter einer leicht angeheiterten Gruppe, die sich für einen Abend in der Stadt aufgehübscht haben. Als sie vom Bahnhof nach Hause fährt, rasen Autos auf dem Highway an ihr vorbei, viel zu schnell und viel zu nahe.

Sobald sich das Garagentor hinter ihr geschlossen hat, drängt sich ihr ein flüchtiger Gedanke auf: Ich könnte den Motor anlassen. Für ein paar Sekunden inhaliert sie den süßen Geruch der Abgase. Sie stellt sich vor, dass die Atome ihres Körpers auseinandergerissen werden, dass sich die Sehnen und Bänder ihrer Gliedmaßen lösen und ihr eigentliches Selbst davonschwebt. Eine gute Art zu gehen, denkt sie. Einfach zu verschwinden.

Sie kehrt in die Wirklichkeit zurück und schaltet den Motor ab. Larrys Acura steht in der Garage, was aber nicht bedeutet, dass er zu Hause ist. Er hat ein Taxi zum Flughafen genommen. Im Erdgeschoss brennt kein Licht. Falls er also doch zu Hause sein sollte, hat er sich bereits in sein Zimmer zurückgezogen. Gut – so wird sie zumindest Raum zum Atmen haben. Sie möchte den Tag forträumen, in eine Schublade stecken und diese verschließen. Manchmal wird sie ihn dann vielleicht wieder herausholen, wenn sie allein ist, und dabei ein wenig ihren Gedanken nachhängen. Doch was heute passiert ist, wird nicht wieder passieren.

Sie wandert durch das dunkle Haus zur Treppe, ohne das Licht einzuschalten. Ein Tag wie dieser sollte einfach nur aufhören und seine Gegenwart nicht auch noch in die Nacht hineintragen.

Nur ein einziges Mal zuvor hatte Eve daran gedacht, ihrem Mann untreu zu werden. Es hatte nichts mit Larry zu tun und auch nicht viel mit dem anderen Mann. Es war nur eine Gelegenheit, die sich ihr bot und über die sie ein wenig nachdachte.

Es war vor neun Jahren gewesen, als Allan im Teenageralter war. Sie arbeitete im Garten einer Kundin, und der Mann dieser Kundin tauchte plötzlich aus dem Haus auf. Es war ein warmer Frühlingstag, und sie trug ein ärmelloses Top. Seine Hand auf ihrem Oberarm, als er ihr anbot, beim Umgraben zu helfen, fühlte sich fest und zugleich zart an – eine verführerische Mischung. Die Tatsache, dass dieser Mann verheiratet war – seine Frau und seine Kinder waren für den Tag zum Schwimmen verschwunden –, sprach in diesem Fall für ihn. Es würde nicht mehr als eine heimliche Affäre werden. Er hatte seine Verpflichtungen und sie nicht den Wunsch, seine Ehe zu zerstören. Natürlich wusste sie, dass verheiratete Männer – und verheiratete Frauen – immer wieder vergaßen, dass sie ihren Partnern einmal Treue geschworen hatten; doch diese Tatsache schien in dem Moment unwichtig zu sein. Sie spielte die Situation in Gedanken durch. In der Wirklichkeit jedoch geschah nichts.

Eve wusste, dass ihre Überlegungen moralisch verwerflich waren. Aber an jenem Tag, in jenem Monat, jenem Jahr war sie bereit gewesen, solche Bedenken über Bord zu werfen. Er hatte sich ein wenig zu nahe neben ihr hingekniet und mit der Hand wie zufällig die ihre berührt, während sie zusammen die Erde um die neu gepflanzte Glyzinie festdrückten. Wenn ich ihm jetzt mein Gesicht zuwende, hatte sie gedacht, werden wir uns küssen. Ich werde umsinken, wir werden gemeinsam auf dem Boden liegen, und das wird nicht in Ordnung sein. Abrupt hatte sie mit ihrer Tätigkeit aufgehört und sich erhoben. Sie hatte sich auf eine Weise die Erde von den Händen geklopft, von der sie hoffte, dass sie besonders professionell aussah, und stand dann da, um ihr Werk zu betrachten. Im Grunde hätte sie allerdings gleich den Gartenschlauch holen und die Pflanze einwässern müssen. Als auch er aufstand, wandte sie sich ihm betont entspannt zu, um so zu wirken, als ob sie einfach mit ihm plaudern wollte – falls jemand sie auf diese Situation ansprach, was in einem Garten mit hohen Hecken allerdings recht unwahrscheinlich war. Die hohen Hecken hätten ein solches Abenteuer schließlich auch erst möglich gemacht.

Mit beiden Händen umfasste er ihre Oberarme. Sie ließ das ohne Protest geschehen, aber auch ohne näher an ihn heranzutreten. Sie wollte vom Pfad ihrer möglichen Entschuldigung nicht abweichen. Während sich sein Gesicht dem ihren näherte, schloss sie die Augen und dachte: Das ist es. Das jetzt verwandelt mich von einer langweiligen Ehefrau in eine … was? Vielleicht in eine andere Art langweilige Ehefrau, jene Art von Ehefrau, die betrügt. Aber ich betrüge nicht, widersprach sie sich innerlich. Ich möchte nur wieder wissen, wie es sich anfühlt, begehrt zu sein.

Die Küsse des Mannes hatten etwas von einem Kamel. Wenn sie später daran dachte, musste sie immer kichern. Seine Oberlippe war wie ein Organ, das an ihr schnupperte. In Gedanken wanderte sie zu den Kamelen im Tierpark – als Allan klein war, hatte sie ihn viermal hintereinander zu seinem Geburtstag in den Bronx Zoo ausgeführt. Sie musste daran denken, wie die Tiere mit ihren Oberlippen das Heu aufnahmen und sie dabei so drehten und wendeten, dass es Eve damals beinahe obszön vorkam. Mit ihrem Fell sahen die Kamele auch immer ziemlich räudig aus, da es ihnen in Büscheln auszufallen schien. Das mochte auch an der Jahreszeit liegen, denn Allans Geburtstag war im Mai.

Auch wenn dieser Mann in dieser Hinsicht ganz und gar nicht wie ein Kamel war – er war perfekt gepflegt und jemand, der das Beste aus seinem Aussehen herausholte –, konnte sie ihre Assoziation nicht abschütteln. Er hielt sich offensichtlich für einen fantastischen Küsser. Stumm ertrug sie es, bis er sie losließ und auf ein Glas Wein zum Mittag ins Haus einlud – eine Einladung, die sie sehr gut verstand: Sie würde betrunken sein, nackt und in der Horizontalen. Nein, sagte sie. Es tut mir leid, ich verspäte mich bereits bei meinem nächsten Termin. Die Aufregung, die sie empfand, als sie ihn stehen ließ, war deutlich erregender als der Kuss.

Während das warme Wasser der Dusche über sie läuft, geht sie in Gedanken noch einmal den Quantensprung durch, den sie an diesem Nachmittag vollzogen hat: der schöne junge Mann, der Sonnenuntergang, der Himmel über ihnen und die Tiefe hinter ihr. Während sich die Szene in allen Einzelheiten noch einmal vor ihr ausbreitet, kommt es ihr vor, als sei das Ganze einer anderen Frau passiert, während sie, Eve, von oben zusieht. Doch zugleich spürte sie noch immer Micajahs Hände auf ihrem Körper, seine Haut auf ihrer Haut. Sie duschte sich, um dieses Gefühl wegzuwaschen. Aber seine Zellen scheinen sich mit den ihren vereint zu haben.

Eve hatte es früher gemocht, dass Larry nach dem Sex aufstand und sich duschte. Sie schätzte seine Sauberkeit, außerdem hatte sie so ein paar Minuten für sich, die sie immer mehr genoss. Über die Jahre hatte sie sich so sehr angewöhnt, einen Orgasmus vorzutäuschen, dass sie sich dessen kaum mehr bewusst war: im richtigen Moment stöhnen, ihre Finger in seinen Rücken krallen, seinen Namen murmeln, einen kurzen Schrei von sich geben und erbeben, wenn alles zu lang wurde und sie hoffte, dass er endlich kommen würde. Zum Akt gehörte das Schauspiel, wobei sie es gar nicht als Vortäuschung betrachtete. Sie sah es vielmehr als ein Teilnehmen und nicht nur passiv Daliegen. Die Laute, die sie von sich gab, und die Bewegungen waren für sie Zeichen dafür, dass sie Larry noch liebte. Das redete sie sich zumindest ein. Doch ein Teil von ihr musste sich erholen, sie musste ihren Geist wieder eins werden lassen und die Energie, mit der er in ihr gewesen war, abschütteln. Das

Geräusch des Wassers, während sie im Bett lag, half ihr, ihr gespaltenes Selbst wieder zusammenzubringen.

Jetzt fällt es ihr schwer, das laufende Wasser abzudrehen. Solange sie in der Dusche bleibt und nicht hören kann, ob sich die Haustür öffnet oder das Telefon klingelt, befindet sie sich in einem Vakuum der Zeit, wo es keine Anforderungen an sie gibt und keine Notwendigkeit, sich wieder auf verträglich und umgänglich zu trimmen. Wenn sie das Wasser ausmacht, wird sie entscheiden müssen, wer sie ist: eine Frau mit all den Möglichkeiten, die in diesem Wort stecken, oder eine Ehefrau. Sie wird akzeptieren müssen, dass sie ihren Mann betrogen hat, dass solches Tun eine Ursache hat und alle Ursachen Auswirkungen zeigen.

Ich sollte mehr Spaß haben, denkt sie, während sie darauf wartet einzuschlafen. Dann würde ich sicher auch nicht so schnell meinen Kopf verlieren.

Micajah nannte es Spaß, und sie hatte zugestimmt. Doch das ist es nicht, was sie in ihrem jetzigen benommenen Zustand meint. Was meint sie eigentlich? Autoscooter? Bridge? Line Dance? Als sie zweiundzwanzig Jahre alt war, ehe Allan auf die Welt kam, hätte sie sich vielleicht als lebenslustig bezeichnet, wenn lebenslustig nicht im Sinne ihrer Mutter ein »leichtes Mädchen«, eine »Schlampe« bedeutet hätte. Heutzutage spricht wahrscheinlich niemand mehr von leichten Mädchen, das klingt zu altmodisch und irgendwie unschuldig. Lebenslustig beschreibt wahrscheinlich einfach jemanden, der Spaß am Leben hat, und es hat gar nichts mehr mit losen Moralvorstellungen zu tun. Was früher einmal als verwerflich galt, ist heutzutage oft normal. So etwas nennt man »einen abschleppen«, »Friends with benefits« oder Ähnliches. Eve lachte über ihre Mutter, wenn diese die Mädchen in »brav« und »schlecht« einteilte. Doch selbst wenn dieses grobe moralische Urteil antiquiert zu sein schien, gab es weiterhin eine unangenehme Trennung in Mädchen, die mit vielen ins Bett stiegen, und in jene, die das nicht taten. Solche, die das nicht taten – so wie Eve –, verachteten diejenigen, die das taten, und betrachteten sie mit Abscheu, Neid oder auch Frust. Diejenigen, die es taten, bemitleideten wiederum diejenigen, die es nicht taten, und vielleicht beneideten sie sie auch, wie Eve erst jetzt begreift.

Ihr tun auf einmal all die Mädchen leid – einschließlich sie selbst –, die sich alle etwas wünschten, was sie nicht waren. Als Jugendliche sehnte sich Eve nach einem Modelkörper ohne Brüste, während sich ihre Freundinnen, die kaum Busen hatten, den BH ausstopften und sich später operieren ließen. Die schüchternen Mädchen sehnten sich danach, extravertiert zu sein, während die selbstbewussteren lieber auch einmal hofiert worden wären, anstatt ständig selbst die Initiative zu ergreifen.

Auch die Männer. Larry ist ein Schaf, das ein Wolf sein will. Habe ich ein Schaf geheiratet?, fragt sich Eve benebelt. Der Gedanke trifft sie wie ein gedämpfter Schlag. Auf jeden Fall hat sie keinen Wolf im Schafspelz geheiratet. Die Wolfshaut passt Larry im Grunde nicht, aber er scheint entschlossen zu sein, sie passend zu machen. Ich muss schlafen, ermahnt sie sich. Schafe zählen. Larrys zählen. Sie kichert völlig benommen. Die Schafe von den Ziegen trennen. Ist eine Ziege besser als ein Schaf? Alles ist besser als ein belämmertes Schaf. Larry ist nicht wie eine Ziege. So sind Satyrn:

geil nach Sex, haarig, schmutzig. Wer oder was ist Larry? Er wird jeden Tag ungreifbarer. Sie kennt ihn nicht nur immer weniger, sondern erscheint auch immer weniger zu werden. Als ob er allmählich, ganz unmerklich seine Gestalt verändern und sich aus dem Leben davonstehlen wollte.

Ich bin auch gerade dabei, mich zu verwandeln, denkt sie. Aber wir können uns nicht beide verwandeln. Einer von uns muss weiterhin das Steuer in der Hand halten. Wenn einer von uns zu weit geht, muss der andere ihn zurückreißen können. Darum geht es in einer Ehe.

»Du machst Witze.«

Es ist sechs Uhr abends. Deborahs Geschäft ist geschlossen. Deborah streckt sich, dünn und kantig, auf einem geschwungenen viktorianischen Sofa aus. Ihr weißblonder Bob liegt auf dem goldenen Samt des Polsters. Eine Flasche Chardonnay steht auf einer kleinen Marmorsäule neben ihr. Sie trinkt aus einem antiken Kristallglas.

»Das ist ein wunderschönes, höchst dekoratives Objekt.«

»Es ist eine Katastrophe in einem Kasten. Selbst der Kasten ist eine Katastrophe. Was zum Teufel soll das, Eve?«

»Ich konnte nicht widerstehen. Das Instrument musste gerettet werden.«

»Dann solltest du lieber im Tierheim arbeiten, wenn du etwas retten willst. Oder dir einen Therapeuten suchen.«

»Meinst du wirklich, dass keiner deiner Kunden daran interessiert sein könnte?« Eve genießt die Situation. Deborah ebenso. Beide wissen, dass von Anfang an klar war, wie wenig Deborah bereit ist, etwas Kaputtes in ihr Geschäft zu legen.

»Süße, ich führe diesen Laden nicht als Wohltätigkeitsverein. Diese Innendekorateurinnen sind immer nur darauf bedacht, etwas besonders attraktiv aussehen zu lassen. Außerdem will jede von ihnen von mir hören, dass ich ihnen etwas ganz Besonderes reserviert habe. Und wenn es eingedrückt ist, dann ist es nichts Besonderes.«

Mit der linken Hand nimmt Deborah das Glas und trinkt einen Schluck Chardonnay, während sie mit der rechten Eves Glas wiederauffüllt – ein weiteres antikes Exemplar, das nicht zu dem von Deborah passt.

»Volle Punktzahl allerdings für den Vogelkäfig.«

Deborahs Geschäft hat etwas Schizophrenes an sich. Auf den ersten Blick besteht es aus der üblichen Mischung großmütterlicher Möbel, Silber und Nippes, amüsanten Stickereien und einer großen Auswahl an Kissen. Über dem Kopf hängen Unmengen von Leuchtern – manche antik, manche neu – sowie einige seltsame Gebilde, die sie aus alten Kronleuchtern, Bettgestellen, kleinen Regalen, alten Toren und Vogelkäfigen angefertigt hat. Diese hat sie dann mit Blattgold und Silber angestrichen, ehe sie Kristalltropfen, Federn, Weihnachtsschmuck, mexikanische Blech-*Milagros* und andere glitzernde Zierstücke daran hängte. Die meisten verkauft sie über das Internet und an New Yorker Innenarchitekten.

»Ich finde, es ist etwas Besonderes«, erklärt Eve.

»Nun, Chiquita, du würdest das natürlich«, erwidert Deborah und tätschelt ihr herablassend die Hand.

»Ernsthaft. Ich bin in die New York Public Library gegangen und konnte dort nichts Vergleichbares entdecken.«

»Du glaubst also, dass du eine dieser Violinen gefunden hast, die viele Millionen wert sind und für die sich die Leute gegenseitig umbringen?«

»Keine Ahnung. Vielleicht.«

»Schon irgendwelche Blutspuren entdeckt?«

»Nein, bisher nicht.«

»Auf jeden Fall muss irgendetwas mit dem Instrument passiert sein«, erklärt Deborah genüsslich. »Du musst das forensisch untersuchen lassen.«

»Und wie soll ich das machen?«

»Bei einem Auktionator. Dort bekommt man am leichtesten eine Einschätzung, ohne dass man etwas dafür zahlen muss. Sotheby's, Christie's – wer auch immer derartige Instrumente versteigert. Google doch mal danach. Ich bekomme für einen professionellen Rat zehn Prozent, wenn du es verkaufst. Verdammt, lass es fünfzehn sein. Das bin ich locker wert.«

»Vielleicht läuft es dann aber nur auf eine Tasse Kaffee hinaus.«

»Ein fettfreier Dreifach-Macchiato mit zuckerfreiem Vanillesirup, Sahnehäubchen und Mandelsplittern oder etwas Ähnlichem obendrauf. Da kommt einiges zusammen.«

»Abgemacht.«

Deborah lehnt sich vor, um mit Eve anzustoßen. »Fünf Jagdwochenenden hintereinander«, sagt sie. »Ich kann mich glücklich schätzen.«

Obwohl Sommer ist und kein geeignetes Wetter, um in Trödelläden herumzustöbern. An den Wochenenden sollte Eve eigentlich in ihrem eigenen Garten arbeiten, der schließlich ihr professionelles Aushängeschild für sie als Gartendesignerin war. Doch das Gefühl, ständig in einer Art Nebel herumzulaufen, hat jegliche Begeisterung, die sie einmal dafür hegte, alles schön zu machen, in ihr abgetötet.

»Jetzt erzähle mal«, fordert Deborah sie mit ironischer

Stimme auf. »Wie geht es deinem wilden Göttergatten?« Deborah hatte gelacht, bis ihr die Tränen kamen, als Eve ihr von Larrys Entdeckung seines inneren Wolfs erzählt hat. Sie hatte es monatelang für sich behalten, doch eines Abends führte ein Glas Chardonnay zu viel dazu, dass sie ihre Zurückhaltung und Diskretion aufgab.

»Ha-ha-Haaaaa!«, hatte Deborah einen besonders hell strahlenden Leuchter angeheult. Am meisten belustigte sie die Tatsache an der Geschichte, dass Larry seinen inneren Wolf nicht in einem Zustand der Dehydrierung und des Deliriums in einer Navajo-Schwitzhütte oder auf einem windumtosten Gipfel in South Dakota entdeckt hat, als ihm das Blut die Brust herablief, sondern in einer schicken Bed-and-Breakfast-Pension in New Hampshire.

Auch Eve musste lachen, obwohl sie sich dabei ein bisschen schäbig vorkam. Larry und Deborah hatten sich nie gemocht. Er fand sie zu laut und zu schrill und ihr häufiges Fluchen unerträglich. Eves andere Freundinnen sind so, wie sich das gehört. Doch zu Eves Überraschung stellte sie fest, als sie Deborah im Laufe der Jahre immer wieder bei Kuchenverkäufen für die Schule, Schultheateraufführungen und bei Abschlussbällen traf, wie erleichternd sie es fand, jemanden um sich zu haben, der sagte, was er dachte. Deborah als Freundin zu haben, ist ein wenig so, als hielte man sich einen zahmen Tiger: Man weiß nie ganz sicher, wann sie auf einmal ihre Krallen ausfährt. Manchmal konnte sie anstrengend sein, weil man sich nie ganz entspannen kann: Man könnte ja jederzeit auf einmal zu ihrer Beute werden.

Jetzt erkundigt sie sich nach Larry, weil sie sich wohl wundert, dass Eve ihren Garten vernachlässigt. Sie riecht Blut.

»Er ist in Arizona«, antwortet Eve. »Heute Abend wollte er nach Hause kommen.«

»Wollte?«, wiederholt Deborah. »Heißt das, du weißt es nicht sicher?«

»Eigentlich sollte er schon gestern Abend nach Hause kommen. Aber ich glaube nicht, dass er das getan hat.«

Eve hatte geschlafen wie eine Tote – nicht etwa, weil sie vom Sex befriedigt gewesen wäre, sondern weil ihr die Erkenntnis der Wahrheit emotional so zugesetzt hatte. Als sie erwachte, lauschte sie eine Weile, um die üblichen Badezimmergeräusche, den Mixer oder das Garagentor zu hören. War er bereits da gewesen und wieder gegangen? So komatös, wie sie geschlafen hatte, konnte sie sich nicht sicher sein. Sollte sie sich Sorgen machen? Die Distanz, die er im vergangenen Jahr so aktiv zwischen ihnen aufgebaut hat, lässt sie immer weniger für ihn empfinden.

»Er hat nicht angerufen?«

»Nein.«

»Mist.«

An diesem Abend Deborah zu besuchen, ist Eves Taktik, sich vorzugaukeln, dass alles in Ordnung ist. Gleichzeitig war sie aber auch gekommen, um klarer zu sehen. Denn das konnte man immer mit Hilfe von Deborah.

»Schätzchen, er hat dich verlassen. Und er ist viel zu feige, um dir das direkt ins Gesicht zu sagen.« Deborah schnaubt verächtlich. »Innerer Wolf – dass ich nicht lache. Das Einzige, was dieser Mann gefunden hat, ist sein inneres Kätzchen.«

»Er hat sich wahrscheinlich einfach nur verspätet. Oder vielleicht gab es auch einen Unfall.«

Es ist das erste Mal, dass sie so etwas sagt oder auch nur

denkt. Sie glaubt es im Grunde nicht, aber auf diese Weise verteidigt sie Larry zumindest nach außen hin. Trotz allem will sie nicht, dass Deborah mit ihrer Einschätzung von Larry recht behält.

»Bei Mietautos«, fügt sie hinzu, »kontrollieren sie nicht immer die Bremsen.«

Was als bloße Mutmaßung begann, entwickelt sich rasch zu einer schrecklichen Möglichkeit. Eve versucht die Panik, die in ihr aufsteigt, zu unterdrücken.

»Blödsinn. Dann hättest du doch bereits etwas gehört. Schließlich hat er seinen Pass oder seine Karten mit dabei. Irgendwelche Anzeichen für eine Affäre? Eine andere Frau? Ein anderer Mann?«

Bei Deborah weiß man nie, ob sie Scherze macht oder nicht. Eine weitere Möglichkeit, die real erscheint, nachdem sie jetzt ausgesprochen ist. Nicht sehr wahrscheinlich, doch allein die Vorstellung lässt Eve ein unerwartetes Mitgefühl für Larry und seine erbärmlichen Versuche empfinden, einen befriedigenderen Platz in der Welt zu finden als den als Vorort-Ehemann, mittelmäßigen Manager auf dem Weg in die Rente, als Langeweile, Obskurität und Tod.

Eve lächelt. »Nein.«

»Deshalb liebe ich dich so, Schätzchen. Das Wort ›gemein‹ ist dir völlig fremd.«

»Vielleicht. Vielleicht auch nicht.«

Deborah nimmt Eves Hand und schaut sie ernst an. »Ruf ihn nicht an. Einverstanden?«

»Einverstanden.«

»Verliere nicht das Ziel aus den Augen, Schätzchen. Als ich Ted verlassen habe, wusste ich, was gut für Deborah ist. Jetzt musst du lernen, was gut für Eve ist.«

Sie schenkt Eve Chardonnay nach, wobei sie das Glas bis zum Rand füllt.

»Also, jetzt sprich mir nach: Auf… verdammtes… Nimmerwiedersehen.«

Das kann sie nicht. Er ist Allans Vater. Und das wird er immer bleiben.

Deborah scheint etwas sagen zu wollen, entscheidet sich aber dagegen. Stattdessen nimmt sie einen großen Schluck Wein, wobei Eve sich sicher ist, dass sie Tränen in den Augen ihrer Freundin sieht. Einen Moment später ist Deborah aber schon wieder großtuerisch wie immer.

»Mann, Eve, du wirst dich doch nicht wie ein Fußabtreter behandeln lassen? Such dir einen Tennistrainer und fange wieder an zu trainieren.«

»Du weißt doch, dass ich kein Tennis spiele.«

»Ich vögel keine Frauen, Chiquita, aber das hält mich nicht davon ab, einen Mann zu vögeln, der das tut.«

Sie brüllt vor Lachen, als sie Eves Gesicht sieht. Eve ist einen Augenblick lang in Versuchung, ihr von Micajah zu erzählen. Sie möchte unbedingt mit jemandem über ihn sprechen, seine körperliche Schönheit und seine hinreißende, aufregende Art schildern. Das würde einmal den Spieß umdrehen. Außerdem ist Deborah, trotz ihrem unverschämten Draufgängertum, ausgesprochen diskret. Sie mag vielleicht direkt sein, was sie selbst betrifft, würde aber nie die Geheimnisse von anderen verraten. Außerdem ist sie die Einzige aus Eves Freundeskreis, die sie nicht dafür verurteilen würde.

Aber noch nicht heute. Noch ist es zu frisch. Die Verwirrung über die Situation mit Larry würde sich zudem mit der Begegnung mit Micajah vermischen und sie vergiften. Im

Übrigen will sie Micajah auf keinen Fall zu einer Geschichte machen, um eine gute Freundin damit zu unterhalten, die das sicher genüsslich ausschlachten würde. Wenn sie Deborah jetzt davon erzählte, würde der Fokus ganz auf dem Sex liegen. Ist es denn – war es, korrigiert sie sich innerlich – mehr als das? Ja, das war es. Was es aber kaum besser macht. Ist es eigentlich schlimmer, körperlich untreu zu sein oder seelisch?

Larry ruft weder an, noch gibt es einen Unfallbericht in den Nachrichten oder auf der Webseite der Arizona Highway Control. Keine Naturkatastrophen, keine Hotelbrände, keine Amokläufe. Falls er einen Herzinfarkt hatte und in ein Krankenhaus gebracht wurde oder ihm sonst irgendetwas zugestoßen wäre, hätte sie das inzwischen erfahren.

Sie zwingt sich dazu, sich keine Sorgen zu machen. Wahrscheinlich hat er nur einen Anschlussflug verpasst und verbrachte den Tag in Chicago oder Kansas City oder Atlanta, bis er weiterfliegen kann. Es ist seltsam, dass er sie nicht informierte, aber inzwischen ist vieles seltsam, was er tut. Sie hat sich so sehr daran gewöhnt, seine Launen nicht infrage zu stellen, dass sie nicht wie Deborah vermutet, sein Wegbleiben könnte das Ende ihrer Beziehung bedeuten.

In Wahrheit genießt sie seine Abwesenheit sogar – was nur möglich ist, weil sie vorübergehend sein wird, wie sie sich einredet.

Am folgenden Tag zieht Eve um fünf Uhr nachmittags eine Strumpfhose an. Sie hasst Seidenstrumpfhosen zu jeder Jahreszeit, vor allem aber im Sommer. Doch das höllische Ereignis, das jedes Jahr um diese Zeit ansteht, zwingt sie dazu.

Der Termin steht seit Monaten im Kalender. Larrys Boss Martin und seine Frau Eleanor sind auf ihre Volksnähe stolz und genießen es außerdem, all ihren materiellen Reichtum dem Fußvolk vorführen zu können, in diesem Fall dem mittleren Management in der Firma. Eve vermutet, dass sich Eleanor für ihre sommerliche Gartenparty an ähnlichen Events im Hause der königlichen Familie von England orientiert. Es ist keine Poolparty, obwohl es einen Pool gibt, bei dem die Gäste aufpassen müssen, nicht aus Versehen hineinzufallen. Kellner mit weißen Handschuhen unterbrechen das langweilige Geplauder, indem sie auf Silbertabletts Canapés anbieten. Vor einigen Jahren gab es sogar ein Streichquartett, das leise im Hintergrund spielte.

Eve hat es bisher noch nie in Betracht gezogen, dort ohne Seidenstrümpfe aufzutauchen, so wie sie es noch nie in Betracht gezogen hat, überhaupt nicht hinzugehen. Schließlich ist das ihr Job als Larrys Ehefrau.

Die Party beginnt um halb sieben. Es ist also noch Zeit. Vermutlich wird Larry im letzten Moment nach Hause kommen, sich rasch umziehen und von ihr erwarten, dass sie fertig angezogen auf ihn wartet. Oder er nimmt direkt vom Flughafen ein Taxi zur Party, wobei er ihr vorher mitteilt, dass er sie dort treffen wird. Vor fünf Jahren hätte er sich mehr Mühe gegeben. Eve hofft, dass seine augenblicklichen Veränderungen bald wieder der Vergangenheit angehören werden.

Während sie wartet, setzt sie sich an den Schreibtisch, um eine Liste von leicht zu pflegenden Pflanzen für den neuen Gerichtskomplex zu erstellen. Sie lächelt. Zumindest wollen sie dort keine Rosen.

Um achtzehn Uhr schaut sie nach, ob sie irgendwelche E-Mails erhalten hat. Nichts. Sie hat Larry bereits zwei Voicemails geschickt. Es ist sinnlos, ihm noch einmal auf die Mailbox zu sprechen. Als sie den Hörer zur Hand nimmt, um Eleanor anzurufen, die sehr genau registriert, wer bei ihrer Party auftaucht und wann, bemerkt sie, dass sie zittert.

»Eleanor, hier spricht Eve Federman. Ich rufe nur an, um Ihnen zu sagen, dass Larry und ich es diesmal leider nicht schaffen werden. Es tut mir sehr leid – eine plötzliche Erkrankung in der Familie.«

»Eve Federman?« Eleanors Stimme klingt so, als könnte sie sich kaum an den Namen erinnern. »Und weshalb rufen Sie mich an?«

»Um Sie wissen zu lassen, dass Larry und ich heute Abend nicht kommen können.«

»Ich habe Sie auch gar nicht erwartet. Angestellte, denen gekündigt wurde, werden bei solchen Gelegenheiten nicht mehr eingeladen. Nicht einmal mehr bei inoffiziellen Feierlichkeiten.«

»Gekündigt?« Eve merkt, wie sich ihr Magen verkrampft. Larry wurde gefeuert, und er hat ihr nichts davon erzählt?

»Ja, natürlich. Martin hat es Larry sogar ermöglicht, sein Gesicht zu wahren und selbst zu kündigen«, erklärt Eleanor in die Stille hinein. »Martin ist da wesentlich menschenfreundlicher als die meisten. Das kostet ihn einiges, müssen Sie wissen. Aber hatten Sie denn wirklich keine Ahnung, Eve?« Von ihrer herablassenden Art ist auf einmal nichts mehr zu spüren.

Lügen würde Eve zwar weniger peinlich sein, aber das ist auf einmal nicht mehr wichtig. Eleanor hat sie in die Vergangenheit zurückkatapultiert. Es ist ihr egal, was diese Frau von ihr denkt. Wesentlich ist jetzt, zu erfahren, was eigentlich geschehen ist.

»Nein, ich hatte keine Ahnung. Was ist passiert? Und wie lange ist das schon her?«

»Eve…« Eleanors Stimme wird leiser, vertraulicher, freundlicher. »Es war während der Vorpräsentation für Stimitol – zum Glück nicht bei dem Treffen mit dem Kunden, sondern nur mit unserem eigenen CEO! Ich würde sagen, vor etwa drei bis vier Wochen. Statt die PowerPoint-Präsentation zu zeigen, an der das Team gearbeitet hat, spielte Larry irgendein Video über ›Krafttiere‹. Er meinte, er wolle helfen, sie zu *befreien*. Und dann verteilte er Truthahnfedern. Ist das nicht unglaublich? Truthahnfedern! An das ganze obere Management. Alle waren sprachlos.«

Eve läuft es kalt den Rücken hinunter. So etwas geschieht normalerweise immer anderen und nicht einem selbst.

»Ich bin mir sicher, Sie werden verstehen, dass es danach keinen anderen Weg mehr gab als den nach draußen.« Eleanor spricht dieses Urteil mit hörbarer Genugtuung aus, nur dürftig kaschiert mit Mitleid für die arme, schuldlose Ehefrau. Eigentlich gar nicht so schuldlos – weder in Eleanors Vorstellung noch in Eves. Schließlich hat sie ihn geheiratet. Und vielleicht hat sie ihn auf irgendeine Weise auch dazu gebracht, sich so aufzuführen.

»Danke, dass Sie mir das erzählt haben, Eleanor.« Und Sie sollten mir auch danken, dass ich Ihnen heute Abend gleich noch die Pointe geliefert habe: *Und stellt euch nur vor! Seine Frau hatte wochenlang keine Ahnung.*

»Natürlich, aber gerne doch. Ihnen alles Gute, Eve!« Sie legt auf, ehe sie hinzufügen kann: Bei einem solchen Mann können Sie das auch brauchen.

Eve merkt, wie Panik in ihr aufsteigt. Auf einmal ist ihr eiskalt. Die Klimaanlage in der Küche ist zu hoch eingestellt. Sie reißt die Küchentür auf und tritt in die feuchte Wärme hinaus. Es fühlt sich so an, als würde sie gegen eine Wand aus nasser Watte stoßen. Sie sinkt auf die Ziegelstufen, die in den Garten hinunterführen.

Ihr Garten könnte genauso gut ein Hologramm sein. Die Bäume, der Zaun, die verwilderten Blumenbeete, der Rasen mit dem Unkraut – all das kommt ihr nun wie die Projektion dessen vor, was angeblich ihr Leben ist. Nur der würzige Duft der Lilien erinnert sie an das tatsächliche Hier und Jetzt.

Eve schlingt die Arme um ihre Knie. Ihr eigener Körper beruhigt sie, denn er fühlt sich fest und real an. Sie wandert mit den Händen über die Seiten ihrer Schenkel und dann wieder die Schienbeine nach oben. Die Seitenstrumpfhose fühlt sich klebrig an – klebrig wie ein Frosch. Ihre Finger halten bei einem kleinen Schorf an ihrem rechten Knie inne. War das in dem Trödelladen passiert oder auf dem Dach mit Micajah? Sie erinnert sich nicht daran, an jenem Tag beim Mittagessen geblutet zu haben, als ihr auffiel, dass er ihre Knie betrachtete. Sie erinnert sich aber auch nicht daran, sich auf dem Dach aufgeschürft zu haben. Sie drückt auf den Schorf und reibt darüber. Der feine Stoff des Nylonstrumpfs beginnt sich aufzutrennen. Eve bohrt mit den Fingern in das Loch, macht es größer und löst schließlich den Stoff von ihrer Haut. Dann wendet sie sich dem anderen Bein zu und zerreißt auch diesen Strumpf, bis nur noch Fetzen an ihr hängen.

Barfuß kehrt sie ins Haus zurück und wirft die kaputte Strumpfhose in den Abfalleimer der Küche.

Es ist geschehen, denkt sie finster. Zeit, sich den Tatsachen zu stellen.

Sie steigt die Treppe hinauf und öffnet die Tür zum Gästezimmer. Es ist erst das zweite Mal, dass sie das tut, seitdem Larry hier eingezogen ist. Beim ersten Mal ging sie hinein, um das Bett frisch zu beziehen und zu saugen, doch er bat sie mit kalter Höflichkeit, seinen Wunsch nach Einsamkeit zu respektieren. Sie hätte sich in dem Zimmer umsehen können, während er nicht da war, doch dafür war sie zu stolz.

In der Nacht zuvor, als sie sich auf dem Weg ins Bett befand, hielt sie vor der Tür inne und fragte sich, ob ihr der Raum wohl etwas über Larrys Abwesenheit mitteilen würde. Ihr Bauch sagte ihr, dass etwas nicht stimmte, doch sie wollte den Moment der Wahrheit noch aufschieben. Sie nennt das die Vogel-Strauß-Methode: den Kopf in den Sand stecken und sich weigern zu sehen, was vor einem steht. Also entschied sie sich, noch einen Tag länger die Augen zu verschließen.

Die Schranktür hatte an jenem Tag vor einem Jahr offen gestanden, als sie eintrat. Darin hatte sich eine Art Altar befunden, mit Federn, Steinen, einer Kerze und anderen Objekten, die sie nicht mehr identifizieren konnte. Als sie die Schranktür jetzt öffnet, ist alles leer. Der Altar ist verschwunden.

Eine weiße Wand, ein paar Einlegebretter, eine glänzende Kleiderstange, ein paar alte Drahtbügel – die Gegenstände, die diese Abwesenheit dokumentieren, kommen ihr unverbunden vor, losgelöst, als würden sie im leeren Raum schweben.

Eve setzt sich auf das Bett und versucht sich vorzustellen, was in Larry vorgehen mag. Was dachte er, als er seine letzte Nacht hier verbrachte? Tat es ihm leid, weil er weggehen wollte? Empfand er Nostalgie? Irgendeine Art von Reue? Was wollte er Allan beim nächsten Mal sagen, wenn sie einander trafen? Würde er ihn überhaupt kontaktieren? Früher hatte er immer erwartet, dass sich Eve darum kümmerte, mit ihrem Sohn in Kontakt zu sein, und er sprach im Grunde nur mit Allan, wenn sie ihm den Hörer reichte.

Was sollte sie Allan sagen? Es ist offensichtlich, dass es an ihr sein wird, ihm zu erklären, warum der feste Boden, auf dem seine Familie bisher zu stehen schien, auf einmal weggebrochen ist.

Sie waren nicht glücklich, das hatte sie sich in den vergangenen Tagen endlich eingestehen können. Aber sie hatte nicht den Schluss gezogen, dass dieses individuelle Unglück etwas über ihre Ehe aussagte. Die Ehe selbst war nicht unglücklich. Es war … Sie suchte nach dem passenden Wort. Es war eine ganz normale Ehe.

Steckt eine andere Frau dahinter? Nein. Sie ist sich dessen ganz sicher, auch wenn der Begriff ›sicher‹ ihr auf einmal irgendwie absurd vorkommt. Schließlich ist sie diejenige, die untreu war. Aber sie hatte nicht vor, untreu zu sein, bis es geschah, während Larry schon seit Wochen geplant haben muss, sie zu verlassen. Er hat seinen Plan mit einer geradezu erschreckenden Kaltschnäuzigkeit durchgeführt, und sie hatte die ganze Zeit über nicht gemerkt, dass etwas so ganz und gar nicht stimmte.

Obwohl sie weiß, dass mehr als die Hälfte der Ehen geschieden werden, fühlt es sich für sie seltsam anormal an. Sie kommt sich verlassen vor, betrogen, allein. So etwas hätte ihr und Larry niemals passieren dürfen. Sie ist nicht unbeständig, nicht selbstsüchtig. Sie sieht sich nicht immer nach jemand Besserem um und hinterlässt dann einen Kollateralschaden, so wie das Frauen wie Deborah tun. Sie hatte Larry mit seinen Khakihosen und karierten Hemden geheiratet, weil er in sich ruhte, wenig abenteuerlustig und freundlich statt leidenschaftlich war. Sie musste miterleben, wie sich ihre Eltern trennten und sich ihre Mutter dann mit einer Reihe von Männern einließ, ohne dass jemals etwas Festeres daraus wurde. Zutiefst von Bills Tod verstört und mit dem Gefühl, selbst nicht mehr ganz am Leben zu sein, als ob ein Teil von ihr auch gestorben wäre, hatte Eve entschieden, Sicherheit statt Aufregung zu wählen. Zufriedenheit schien ein dauerhaftes Glück zu garantieren und war für sie erreichbar, während Freude und Lebenslust ihr flüchtig erschienen. Sie legte das feierliche Gelübde ab, so zu liegen, wie sie sich selbst gebettet hatte.

Jetzt läuft sie von Zimmer zu Zimmer und sucht nach einem Anker. Wie kann es sein, dass man jemanden, der im Grunde schon so lange abwesend war, auf einmal derart vermisst?

Nur ein Gegenstand im ganzen Haus hat nichts mit Larry zu tun: das Instrument, das in seinem Kasten und somit unsichtbar geblieben ist, seitdem sie es hierhergebracht hat. Sie vermeidet es, den zerbrochenen Rücken zu betrachten, und hält es in verschiedenen Positionen – unter ihr Kinn geklemmt, zwischen den Beinen und zwischen den Knien. Ich könnte ein ganz anderer Mensch sein, denkt sie, jemand, der weiß, wie man auf diesem Instrument spielt. Oder jemand, der weiß, wie man es baut. Sie kommt sich leer vor, wie ausgelöscht durch das körperliche und geistige Verschwinden Larrys, dessen Leben sie sechsundzwanzig Jahre lang teilte.

Das Instrument noch immer an sich gedrückt, sitzt sie auf dem Sofa und starrt auf den schwarzen Fernsehbildschirm. Ihr Gesicht schaut ihr geistergleich entgegen. Auf einmal muss sie an eine Sendung im Discovery Channel denken, in der Indianer in Spiegel aus vulkanischem Gestein blickten, um darin etwas über sich selbst zu erfahren.

Sie schaltet den Fernseher an. Im Nachrichtenkanal kommt noch immer nichts, was Larrys Schweigen hätte erklären können, wobei sie inzwischen verstanden hat, wie wenig das Ganze mit dem Weltgeschehen zu tun hat. Sie zappt durch die Kanäle. Männer mit Messern. Laute Autos. Zebras in der afrikanischen Savanne. Die abendliche Wiederholung einer Nachmittags-Talkshow. Eve hat diese Talkshows noch nie gemocht – zu viel Gebrüll, Selbstgerechtigkeit und Selbstdarstellung.

Sie stellt sich vor, wie sie dem Moderator einer solchen Talkshow erzählt: »Ich weiß nicht, wann es passiert ist. Er zog ins Gästezimmer, aber abends haben wir immer noch zusammen gegessen.«

Eine junge Frau nimmt das Mikrofon, das an einer Schnur über ihr baumelt. »Mädchen, bist du bescheuert? Wenn dieser Kerl der Unabomber gewesen wäre, hättest du ihm immer noch seine Spiegeleier gebraten und nie kapiert, wen du da eigentlich vor dir hast!«

Eine zweite Frau schnappt sich das Mikrofon. »Weißt du denn, wo er jetzt ist? Er könnte in diesem Moment einen Mann heiraten, und du hättest nicht die geringste Ahnung.«

Eve starrt ausdruckslos auf den Bildschirm, wo ein Arzt mit sanfter Stimme in Wahrheit über Darmspiegelungen spricht. Das Fernsehpublikum wirkt besorgt, verständig und entschlossen. Es gibt keine Mikrofone, die irgendjemandem vor der Nase hin und her baumeln.

Obwohl sie einen dumpf vor sich hin brodelnden Zorn auf Larry hegt, hat sie auch ein wenig Mitleid mit ihm. Könnte er tatsächlich heimlich schwul sein oder transsexuell? Sie überlegt, ob es irgendwelche Anzeichen gegeben hat, die darauf hinweisen. Was auch immer der Grund für sein Verschwinden, seine Lügen und seine Weigerung, mit ihr zu reden, war, könnte der Druck so stark gewesen sein, dass es zu einer Art Psychose gekommen ist? Bisher hat sie sich keine Sorgen um seine geistige Verfassung gemacht, sondern vielmehr beschlossen, sein Verhalten als Phase zu sehen – wie jene Phasen, die Allan als Kind durchlief: Wutanfälle, Klammern, Trotz oder sich betont erwachsen geben.

Es muss in den Jahren des langsamen Verfalls Anzeichen gegeben haben. Und diese Anzeichen waren ihr nicht aufgefallen.

Bis spät in die Nacht versucht Eve, Larry eine E-Mail zu schreiben, in der sie ihm erklärt, dass sie inzwischen um den Verlust seiner Arbeit weiß, und ihn fragt, was er nun zu tun gedenkt. Keine Formulierung klingt richtig. Ihre Worte kommen entweder zu wütend, zu mitfühlend, zu jämmerlich oder zu knapp rüber.

Als sie die Mail zum zwanzigsten Mal umschreibt, taucht eine Nachricht auf ihrem Bildschirm auf. Sie erkennt die Nummer: Micajah.

Die Tatsache, dass er sie in dieser Nacht und noch dazu

um zwei Uhr morgens kontaktiert, empfindet sie als ungeheuerlich. Sie weiß, dass es unlogisch ist, aber sie macht ihn, zumindest teilweise, für Larrys Weggang verantwortlich. Es ist zu sehr ein Zufall, um nicht miteinander verknüpft zu sein. Die einzige andere Erklärung – genauso unlogisch und genauso unerfreulich – ist, dass das Schicksal mit ihr sein Spielchen treibt.

Sie klickt die Nachricht weg und versucht, sich wieder auf die Mail zu konzentrieren. Zweiundzwanzigste Version. Dreiundzwanzigste. »Bitte lass mich wissen, ob unsere Ehe damit vorbei ist. Bitte lass mich wissen, was Du mit unseren gemeinsamen Leben vorhast.« So kann sie das nicht abschicken. Das ist absurd.

Sie holt die Nachricht von Micajah noch mal hervor und öffnet sie. Da ist ein Link und ein unverständlicher Code. Danach: »xM«.

Er hat zwei Tage verstreichen lassen, bis er mich kontaktiert hat. Eve versucht, wütend zu sein, um irgendeine andere Empfindung zu haben als Sehnsucht, Zärtlichkeit, Verlangen nach seinem Körper, nach der grünen Tiefe seiner Augen … Es sind Gedanken, die nicht hierhergehören, nicht zu jenem Moment, in dem sie gerade versucht, ihrem launischen Ehemann einen Rettungsanker über den Abgrund hinweg zuzuwerfen, der sie voneinander trennt.

Wenn es ein Spam ist, könnte ihr Computer dabei den Geist aufgeben. Aber sie hat schon so viel verloren – welche Bedeutung hätte das jetzt noch? Sie hatte Micajah vertraut, hoch oben auf dieser Brüstung. Sie wird ihm auch jetzt wieder vertrauen.

Sie klickt auf den Link. Ein kleines Fenster öffnet sich mit einem Play-Pfeil. Wieder klickt sie darauf.

Drei schwermütige Noten – eine einfache Melodie, gespielt auf einer tief klingenden Geige. Es ist ein Walzerrhythmus, singend und sehnsuchtsvoll. Die Noten gleiten benommen ineinander, als ob sie ein wenig betrunken wären. Sie stellt sich Micajahs lange Finger vor, wie sie die Saiten niederdrücken und zärtlich den Bogen halten, wunderbar diese herrliche Melodie beherrschend. Seine Augen sind geschlossen, denkt sie, während er spielt. Liebend gern würde sie ihn so sehen, sein Gesicht ihrem Blick ausgesetzt. Beinahe vier Minuten lang kreist und tanzt die Musik, lässt an Verlangen und Ekstase denken.

Mit dem letzten Ton taucht ein Titel auf: *Night Blooming Jasmine*. Und dann die Worte: »Für Eve.«

5

Die Melodie verfolgt Eve. Sie hatte nur »Vielen Dank« zurückgeschrieben, elf schnelle Anschläge. Erneut zu versuchen, eine weitere E-Mail zu verfassen, wäre über ihre Kräfte gegangen.

Am Ende schickte ihr Larry eine Mail, ehe es ihr gelang, ein paar Zeilen zu verfassen, die sie hätte senden wollen: »Liebe Eve«, schrieb er, »Du sollst wissen, dass ich eine Weile in Arizona bleiben werde. Mich interessieren Pillen und ihr Überzug einen Scheißdreck. Ich will etwas machen, was mir Erfüllung bringt. Deshalb habe ich eine Stelle als Leiter der Web-Entwicklung bei Blaine angenommen.« – Der Krafttier-Guru. – »Ich wollte erst herausfinden, ob ich den Job bekomme, ehe ich es Dich wissen lasse. Blaine ist gestern Abend rausgegangen, um zu erfahren, ob er die richtige Entscheidung trifft. Sein Krafttier ist ein Halsbandpekari. In Arizona ist es drei Stunden früher als in New Jersey, deshalb hat es so lange gedauert.« Kein Gruß oder Name.

Eve wusste nicht so recht, was sie davon halten sollte. Die unnötigen, konfus wirkenden Fakten; das Fehlen einer Entschuldigung oder irgendeines Zeichens der Reue; die völlige Gefühllosigkeit; die Unklarheit, ob sein Weggang nun temporär oder für immer sein würde. Wenn es nicht funktionierte, würde er dann erwarten, einfach wieder in sein altes Leben zurückkehren zu können und so weiterzumachen wie bisher?

Sie stellt sich vor, wie er »Entschuldige mein Schweigen, in Liebe, Larry« tippte und es dann wieder löschte. Ein Wolf entschuldigt sich schließlich nicht. Sie kann nicht glauben, dass er diese Worte nicht zumindest gedacht hat.

Ihr schießen alle möglichen Gedanken durch den Kopf. Kann eine Ehe so enden? Einfach aufhören, ohne das geringste Bedauern?

Eine zweite Mail ein paar Stunden später erklärt die Finanzlage: Aktien, Pensionsansprüche, Anlagenkonto und die hohen Kredite. Er teilt ihr mit, dass er ein neues Bankkonto eröffnen wird. Das Haus oder die Hypothek erwähnt er nicht – und auch nicht, ob er bereit ist, ihr beim Begleichen der anstehenden Rechnungen zu helfen.

Diese unterschwellige Aggressivität macht Eve endgültig wütend. Sie waren ein Team, eine Einheit, solange ihm das passte. Jetzt hat er eine neue Identität gefunden und wirft alles andere über Bord. Gleichzeitig hält er sich aber mögliche Optionen offen und spricht das Thema Scheidung nicht an. Wenn er sie dazu zwingt, es zu thematisieren, kann er ihr das später vorhalten.

Weshalb sie es nicht tun wird – zumindest nicht jetzt in diesem Moment, trotz der unglaublichen Wut und der Abscheu, die sie empfindet. Aber sie nimmt ihren Ring ab und wirft ihn in die Schublade ihrer Frisierkommode, während sie sich überlegt, wie viel er wohl wert ist. Dann schreibt sie Allan eine E-Mail, in der sie ihn bittet, sie anzurufen. Das ist jene Art von Neuigkeit, die man persönlich und mit liebevoller Stimme dem eigenen Kind mitteilen möchte.

Kurz darauf klingelt das Telefon. »Ich bin mir nicht sicher, wie ich das formulieren soll, Schatz«, beginnt sie. »Aber ich glaube, dein Vater hat mich verlassen.«

Schweigen. Dann wiederholt Allan nachdrücklich: »Du glaubst?«

»Er hat es nicht direkt gesagt. Es ist nur so, dass er jetzt in Arizona lebt. Und da er die Hälfte unseres gesparten Geldes an sich gebracht hat, scheint mir das die einzig richtige Schlussfolgerung zu sein.«

»Wow.«

»Genau. ›Wow‹ trifft es.«

»Und wie geht es dir, Mom? Wann ist das denn passiert?«

»Gestern. Und es geht mir gut.«

»Wirklich?«

Seine besorgt klingende Stimme lässt Tränen in ihre Augen steigen – Tränen, die Larry seit Jahren nicht in ihr hervorgerufen hat.

»Ja, Liebling. Wirklich.«

»Gut.«

Am anderen Ende der Leitung herrscht einen Moment lang Schweigen. Eve stellt sich vor, wie Allan auf seine ruhige, bedächtige Art das Ganze zu begreifen versucht.

»Es tut mir leid, Allan. Ich wollte nie, dass so etwas passiert.«

»Ich weiß, Mom. Du wärst lieber gestorben, als jemals zuzugeben, dass etwas nicht stimmt. Aber es hat nicht gestimmt. Ich habe immer gehofft, dass ihr beiden es irgendwann mal wieder hinbekommt. Aber wenn das nicht geht, dann ist das auch nicht so schlimm. Ich bin froh, denn es war furchtbar für mich, euch so zu erleben. Euch beide. Dich und Dad.«

Sie merkt, wie sie zu frösteln beginnt. Was, wenn Allan wissen will, ob Larry eine Affäre hat? Er würde nicht auf die Idee kommen, dass sie einen Geliebten haben könnte. Selbst wenn sie ehrlich antworten würde, hätte sie das Gefühl zu lügen. Aber zum Glück fragt er nicht.

»Ich hab dich lieb, Mom. Du bist stark, und du bist mutig. Vielleicht fühlst du dich gerade nicht so stark, aber ich weiß, dass du es wieder sein wirst.«

»Danke, Schatz«, sagt sie und sehnt sich danach, ihn an sich zu drücken, seine dichten Haare zu spüren, wie er mit beiden Händen die ihren festhält – eine Geste, die sie immer an ihren Bruder Bill erinnert hat.

Nachdem sie aufgelegt haben, denkt sie wieder an dieses Gefühl aus Panik und Erleichterung. Wie soll sie ihrem Sohn erklären, dass sie einen Geliebten hat, der nur vier Jahre älter ist als er? Vielleicht muss sie es ihm ja nie erklären, aber das fühlt sich auch nicht richtig an. Eine Lüge, indem man etwas weglässt, kommt ihr beinahe genauso falsch vor, wie etwas Unwahres zu sagen.

Während die Tage vergehen, beruhigt sich ihr schlechtes Gewissen. Sie hat nur wenige Stunden mit Micajah verbracht, was nichts bedeutet im Vergleich zu ihrem Leben mit Larry. Er hatte schon vorher geplant, von ihr wegzugehen, und diese Stunden werden für ihre Zukunft auch nicht von Bedeutung sein – wie immer diese aussehen mag.

Am besten sind die Morgenstunden.

Larry hatte nicht nur die Badezimmertür offen gelassen, wodurch sie seinen rauschenden Urinstrahl hören konnte, den er wahrscheinlich für besonders männlich oder animalisch hielt, sondern er hatte auch eine ganze Reihe anderer morgendlicher Geräusche auf Lager: Schnauben und trockenes Gurgeln, gefolgt von einem lauten Ausspucken und Schnäuzen ins Waschbecken (das er anschließend nur notdürftig reinigte). All das tat er dank des Gurus, der die Praxis der Reinigung von *Ama*, den toxischen Überresten der Nacht, aus der ayurvedischen Tradition übernommen hatte, kombiniert mit dem Fehlen jeglicher Zurückhaltung in der Tierwelt bezüglich körperlicher Funktionen. Es ist wenig überraschend, denkt Eve, während sie den Frieden in ihrem Haus genießt, dass Männer diese »Philosophie« so unwiderstehlich finden. Schließlich gibt sie ihnen die Erlaubnis, all jene Dinge zu tun, die ihnen als Kinder abtrainiert wurden.

Im vergangenen Jahr hatte Larry auch begonnen, ungehemmt vor ihr zu rülpsen und zu furzen. Sie ist sich nicht sicher, ob auch das auf den Guru zurückzuführen ist. Eigentlich vermutet sie, dass es Larrys ganz persönlicher Stil war, um ihr zu sagen, du kannst mich mal: Für dich unterdrücke ich nichts mehr in mir. Ich werde mich nicht dafür entschuldigen, körperlich präsent zu sein. Sie weiß, dass er ihr vorwirft, für das Ende ihres Sexlebens verantwortlich zu sein, auch wenn es ihrer Meinung nach eine stille gegenseitige Übereinkunft war – oder vielmehr eine gegenseitige Apathie. Sein innerer Wolf war nicht hemmungslos genug, um sie bei einer der seltenen Gelegenheiten einfach zu nehmen, wenn er das gewollt hätte. Wahrscheinlich machte er ihr auch dieses mangelnde Alphatiergebaren zum Vorwurf.

Dennoch putzte sie sein Badezimmer, kaufte sein Essen, kochte seine Mahlzeiten, wusch seine Wäsche – alles in der Hoffnung, ihm das Leben leicht zu machen und ihn somit zu besänftigen. In Wirklichkeit – das erkennt sie jetzt – hatte sie sich zu seiner Haushälterin gemacht.

Wenn sie lauscht und keinerlei Geräusche von Larry zu

hören sind, fühlt sich die Stille wie eine Spalte an, durch die sie unbemerkt schlüpfen und ein paar Stunden Freiheit genießen kann. Diese Stille erscheint ihr wie ein riesiges, weites Land, ohne Zäune oder Mauern, die sie einengen. Je weiter der Tag voranschreitet, desto mehr leidet sie an Platzangst. Wenn sie besonders bedrückt ist, kommt ihr das neue Leben als Single eher wie eine winddurchtoste Wüste vor, übersät von vielen Fragezeichen, die wie Kakteen darin aufragen. Das ihr vertraute Elend fühlte sich sicherer an als dieses unbekannte.

Ihre Panikattacken fokussieren sich auf das Geld, denn das ist wenigstens etwas ganz Konkretes. Larrys Job im mittleren Management hatte ihnen ein relativ sorgenfreies Leben ermöglicht, ihnen aber keine großen Sprünge erlaubt. Das einzige Einkommen, auf das sie sich jetzt verlassen kann, ist ihr Verdienst durch ihre Arbeit als Gartenarchitektin. Wenn sie es sich recht überlegt, hat sie das bisher so ernst genommen wie eine Achtjährige ihren ersten Limonaden-Verkaufsstand. Sie muss das Ganze rasch ankurbeln, um an Geld zu kommen. Also erstellt sie eine Liste von Architekten, die sie treffen will, sowie eine mit den Namen von öffentlichen Gebäuden und Bürokomplexen mit Gartenanlagen, die Hilfe brauchen könnten – auch wenn sie sich sicher ist, dass all das Zeit braucht, um in Gang zu kommen.

Sie ertappt sich dabei, wie sie immer wieder dicke Laibe Ciabatta kauft oder sich in einem italienischen Lokal Fettuccine Alfredo bestellt und zu ihrem Latte ein kleines Gebäck. Der Teig fühlt sich wie ein schützendes Polster an. Er dämpft die harten Schläge der Wirklichkeit und die schmerzhaften Spitzen ihrer eigenen Gedanken.

Als sie sich am Samstag wiegt, zeigt die Waage fast drei

Pfund mehr an als sonst. Ich versinke, denkt sie. Ich tue so, als würde ich alles bewältigen. Aber das stimmt nicht.

Es gibt eine recht unwahrscheinliche Chance: das Instrument. Sie hatte Deborah gegenüber gescherzt, dass es Tausende wert sein könne. Und wenn sie tatsächlich recht behalten sollte?

Eve läuft durch die Ausstellungsräume des Auktionshauses, in denen Gemälde an den Wänden hängen, die von Spotlights beleuchtet werden, und Skulpturen auf einzelnen Sockeln stehen. Auf den ersten Blick wirkt das Ganze sehr luxuriös, auf den zweiten schäbig. Hier trifft Geld auf Trödel. Wir verkaufen Ihren Besitz für viele Tausende, vielleicht sogar Millionen, scheinen die Räume zu flüstern, aber unsere Provision deckt kaum die Kosten für den Teppichboden.

Einige muskulöse Männer tragen schwere Kisten und Leinwände herein oder heraus. Kurz blitzt die Hoffnung in Eve auf, Micajah hier zu entdecken, da er als Transporteur von Kunstgegenständen arbeitet. Auch wenn sie nicht direkt in sein Gesicht blicken, selbst wenn sie ihn nur von hinten sehen würde – sie würde seinen großen, schlaksigen Körper, das strubbelige dunkle Haar und die geschmeidige Kraft seiner Arme und Hände sicherlich jederzeit und überall erkennen.

Aber er ist nicht da. Natürlich nicht – wieso sollte er? Er hatte ihr erzählt, er arbeite für eine Galerie. Und Galerien verkaufen ihre Kunst doch selbst, oder nicht?

Eve läuft einen Gang entlang, an dessen Ende der Teppichboden von Linoleum und die warmen Lichter durch kalte Neonröhren abgelöst werden. Eine seltsame Mischung von Leuten drängen sich vor einer langen, hohen Theke und halten eine noch seltsamere Mischung aus Gegenständen in Händen: Gemälde und Radierungen, schöne und hässliche Gefäße, primitive Artefakte. Diejenigen, die Schmuck bei sich haben, erkennt man rasch durch ihre verstohlenen Blicke, als ob das, was sie verkaufen wollen, heiße Ware wäre. Was es vielleicht auch ist.

Eine junge Frau tritt auf Eve zu. Das weiche Bouclé ihrer Jacke lässt vermuten, dass es sich um ein echtes Chanel-Kostüm handelt. So etwas kann sie sich von dem Gehalt, das sie hier bekommt, garantiert nicht leisten, denkt Eve. So einen Job in einem Auktionshaus nehmen gern Mädchen aus reichem Hause an, um die Zeit totzuschlagen und Kontakte zu knüpfen, bis sie eine gute Partie machen und dem Stiftungskuratorium des Metropolitan Museum beitreten. Sie will den Kasten, den Eve ihr zeigt, nicht berühren. Er riecht wahrscheinlich noch zu sehr nach dem Trödelladen, in dem er entdeckt wurde.

»Lassen Sie ihn einfach da«, sagt die junge Frau. »Sie können ihn dann um siebzehn Uhr wieder abholen. Wir schließen um siebzehn Uhr dreißig. Wir wären Ihnen sehr dankbar, wenn Sie pünktlich sein könnten.«

Sie verschwindet durch eine Tür, die ein Portier in Livree für sie aufhält, wobei sie das Instrument auf Armeslänge von sich weghält. Eve bewundert beinahe die sagenhaft unfreundliche Höflichkeit, mit der sie abgefertigt wurde. Dieser angeborene Hochmut ist etwas, das Eve nie haben wird. Sie stellt sich die junge Frau als sechsjähriges Mädchen vor, wie sie prinzessinnenhaft etwas von einer Hausangestellten verlangt – vielleicht einen frischen Erdbeersaft, gewürzt mit dem Blut von Schmetterlingen.

Eve hat für den restlichen Tag nichts geplant. Sie könnte in die Bibliothek gehen, doch das kommt ihr ziemlich überflüssig vor. Das Instrument ist jetzt in den Händen eines Experten, der ihr innerhalb von fünf Minuten mehr sagen wird, als sie in fünf Monaten recherchieren könnte. Ins Metropolitan Museum? Die Instrumentensammlung hat sie sich bereits angesehen, und da es Sommer ist, werden die Hauptgalerien voll sein. Also noch mal auf Suche in die Trödelläden? Sie ist heute wie jemand angezogen, der etwas Teures in einem Auktionshaus verkaufen will – also nicht gerade dafür ausgestattet, ein günstiges Schnäppchen herauszuhandeln.

Als sie sich zum Gehen wendet, bemerkt sie einen Stapel Kunstzeitschriften auf einem kleinen Tischchen. Spontan setzt sie sich auf einen Plastikstuhl und blättert eines der Magazine durch. Es ist voller Anzeigen für zeitgenössische Kunstgalerien. Wahrscheinlich ist das die Art von Kunst, die Micajah transportiert, denkt sie. So etwas kaufen Oligarchen und kriminelle Milliardäre. Sie hat Bilder von Jeff Koons' Objekten im Time-Magazin gesehen – riesige, pink und silbern glänzende Spielzeuge – und nicht verstanden, was das sollte. Es ist an der Zeit, ihren Horizont zu erweitern.

Die Straßen der West Teens liegen unheimlich still da. Es gibt wenig Fußgänger, Autos oder Taxis. Hier lebt niemand, und zumindest tagsüber scheint hier auch niemand einzukaufen. Es ist ein Ort, der nur um seiner selbst willen zu existieren scheint und nichts von außerhalb braucht.

Eve hatte erwartet, dass die Kunstgalerien wie Geschäfte mit Schaufenstern sein würden, in die sie hineinblicken und so etwas lernen könnte. Doch die meisten Fenster sind aus Milchglas oder weiß gestrichen und die Namen der Kunsthändler so unauffällig platziert, dass man nach den Schildern geradezu suchen muss. Einige Galerien weisen gar keinen Namen auf und auch keine Fenster. Vermutlich lautet hier die Devise: Wenn Sie nicht wissen, wer wir sind, dann wollen wir Sie hier auch nicht sehen.

Alle ihre Sinne sind auf Micajah ausgerichtet, den sie jeden Augenblick zu treffen hofft. Sie redet sich ein, dass sie nicht hierhergekommen ist, um zufällig auf ihn zu stoßen, sondern um Kunst zu sehen. Also wagt sie sich in eine Galerie mit einem weiß getünchten Schaufenster. Innen sieht sie sich einem großen Raum gegenüber, in dem sich mehr Angestellte als Kunstgegenstände zu befinden scheinen. Ein Trio aus drei jungen Frauen um die zwanzig mustert sie abschätzig. Wie bei der Frau aus dem Auktionshaus ist auch ihre Kleidung – in diesem Fall im radikal gewagten Downtown-Künstlerstil – eine bewusst eingesetzte Waffe, die sie von all jenen unterscheidet, die nicht so exklusiv sind wie sie selbst. Eves natürliche Figur würde sie in den Augen solcher Frauen stets disqualifizieren.

Es ist kalt in der Galerie. Der Betonboden und die weißen Wände erinnern sie an ein Mausoleum. Die wenigen Kunstgegenstände, die zu sehen sind, sind derart ehrfürchtig ausgestellt, dass sie an Götzenbilder denken muss, angebetet wie von einem außerirdischen Volk in einem Science-Fiction-Film: grell ausgeleuchtet und von diesen fantastisch gekleideten Wächterinnen mit ihren eiskalten Blicken bewacht. Eve stellt sich vor, dass eine giftig grüne Flüssigkeit durch ihre Adern fließt.

In dieser Gesellschaft kann sie sich Micajah nicht vorstellen. Er ist ganz anders.

Sie atmet erleichtert auf, als sie wieder draußen ist. Ein

paar Schritte die Straße hinunter parkt ein Transporter, und ein paar Männer tragen gerade große Kisten aus einem Haus. Ihr Herz macht einen Sprung bei dem Gedanken, dass Micajah unter ihnen sein könnte. Sie ist sich nicht sicher, was sie dann tun würde. Vielleicht schnell in einem Hauseingang verschwinden? Sie möchte, dass er sie zuerst sieht, ihren Namen ruft und sich freut, ihr so unvermutet zu begegnen. Mit abgewandtem Blick geht sie weiter und tut so, als würde sie über etwas nachdenken oder die Kunst bewundern – wobei Letzteres als Ausrede nicht funktionieren würde, da es kaum etwas zu sehen gibt. Sie malt sich ein Gespräch aus, bei dem sie wie eine Zeugin im Kreuzverhör steht und genau erklären muss, warum sie versucht, erneut mit ihm in Kontakt zu kommen. Wenn sie die Angeklagte ist, wer wäre dann der Kläger: Larry? Micajah? Beide? Keiner von beiden?

Sie hört keinen Micajah ihren Namen rufen.

Einen Moment lang befürchtet sie, das könnte daran liegen, dass er sie absichtlich übersieht. Er hegt Zweifel, es ist ihm peinlich, dass so etwas zwischen ihnen passieren konnte, und er hat alles innerlich gelöscht. Aber nein, es ist alles viel einfacher: Er hat ihren Namen nur deshalb nicht gerufen, weil er gar nicht da ist. In Manhattan gibt es Tausende von Galerien. Vielleicht arbeitet er auch heute gar nicht. Vielleicht ist er auch nicht mehr als Transporteur für Kunstgegenstände tätig, seitdem er seinen Plattenvertrag unterschrieben hat. Ein kleiner Quälgeist in ihrem Inneren spottet darüber, dass man so etwas vielleicht gar nicht mehr Plattenvertrag nennt, denn schließlich entstehen heutzutage ja auch keine Platten mehr. Micajah gehört zu einer anderen Welt, die nicht die ihre ist.

Sie läuft in Richtung Westen auf den Hudson zu. Auf dem Fluss ist ein Kajak zu sehen, das gegen die Strömung steuert. Plötzlich wendet der Fahrer und lässt sich vom Wasser nach Süden tragen. Eve beobachtet ihn mindestens eine halbe Stunde lang. Über ihr kreisen ein paar Möwen. Es gelingt ihr, sich auf das Kreischen der Vögel zu konzentrieren und so das ununterbrochene Verkehrsrauschen auf dem West Side Highway auszublenden

Sie beschließt, zu Fuß wieder zum Auktionshaus zurückzulaufen. Ihr Schritt ist gleichmäßig, schnell, was ihr ein gutes, selbstbewusstes Gefühl vermittelt. Dennoch mustert sie immer wieder die Gesichter der Entgegenkommenden, in der Hoffnung, unter all den Tausenden das eine Gesicht zu entdecken, nach dem sie sich sehnt.

Sie entdeckt es nicht. Das ist auch gut so, redet sie sich ein. Ich muss mein Leben neu aufbauen, und das kann ich nicht mit ihm tun.

»Außerordentlich.«

Meint er, das Instrument ist außerordentlich oder dass jemand die Unverschämtheit besitzt, damit zu ihm zu kommen und seine Zeit zu verschwenden? Der Tonfall des Experten könnte beides bedeuten. Er trägt einen Tweedanzug, der mit dem hellblauen Einstecktuch und ohne Krawatte eher geckenhaft als akademisch wirkt. Die Haut an seinem Hals ist gelb und uneben wie bei einem Huhn.

»Ein außerordentliches Stück. Darf ich Sie fragen, wie es in Ihren Besitz gekommen ist?«

»Ich habe es in einem Trödelladen in der Bronx gefunden.

Es lag unter einem Tisch, und ich habe den Kasten aus Neugier herausgezogen.«

Er mustert ihr Gesicht mit stechenden Augen, als ob er sie bei einer schlechten Lüge erwischen würde. Der offene Kasten liegt auf der hohen Theke zwischen ihnen.

»Es ist sehr in Mitleidenschaft gezogen.« Das sagt er in einem anklagenden Tonfall, als ob Eve selbst das Instrument kaputt gemacht hätte.

»Ich weiß.«

»Was es unverkäuflich macht.«

»Ich dachte mir schon, dass Sie so etwas sagen würden.«

»Allerdings ist der Schaden zum Glück nur am Rücken. Wenn ein Fachmann das Instrument restaurieren würde …« Er zuckt mit den Achseln. »Aber es muss unbedingt ein Fachmann sein. Keine Flickschusterei.« Seine Stimme zittert.

Trotz allem tut er Eve geradezu leid. Er ist eine seltsame Erscheinung, die nicht hierherpasst, und er hat sich noch seltsamer gemacht, um seinen Platz in dieser Umgebung zu behaupten.

»Und wenn ich es reparieren lasse?«

Er starrt sie an. »Egal, was es kostet?«

»Das ist leider nicht möglich.«

»Ich verstehe. Vielleicht könnten Sie jemanden finden, der Ihnen dabei unter die Arme greift, wenn Sie ihn am Gewinn beteiligen. Eine Art Geschäft.«

»Dafür bräuchte ich Ihre Einschätzung«, entgegnet Eve.

»Leider kann ich Ihnen diese erst geben, wenn ich gesehen habe, wie fachmännisch das Instrument tatsächlich restauriert wurde.«

»Sagen wir, es würde von einem Experten restauriert werden. Ich brauche Ihre Schätzung nicht schriftlich.«

»Hm.« Er fährt mit den Fingern um den Rand des Instruments. »Restauriert. Mit Holz im richtigen Alter, Originalmaterialien, Knochenleim …«

Er beugt sich vor und flüstert ihr ins Ohr. »Eine sechsstellige Summe, würde ich vermuten. Natürlich nur, wenn es von mehreren Seiten Interesse gibt.«

Eve starrt ihn mit offenem Mund an.

»Sie haben sicher schon von dem berühmten Komponisten Antonio Vivaldi gehört, der im Venedig des achtzehnten Jahrhunderts den Chor in einem Waisenhaus für Mädchen leitete. Damals gab es natürlich auch Waisenhäuser für Jungen mit ähnlichen Musiklehrern. Die Jungen wurden meist in einem Handwerk ausgebildet. Einer wurde Geigenbauer für den Dogen. Meiner Meinung nach hat genau dieser Meister dieses Instrument hergestellt. Ich würde vermuten, dass es für den osmanischen Hof bestimmt war, für den er Aufträge ausführte. Der Jasmin verweist auf einen orientalischen Auftraggeber. Dieses spezielle Instrument, das als besonders kunstvoll gestaltete Viola d'amore bekannt ist, galt bisher als verloren. Man müsste also versuchen zu beweisen, dass es sich genau darum handelt.«

Eve ist ganz schwindlig vor Aufregung.

»Sie werden jetzt sicher wissen wollen, ob ich einen Restaurator empfehlen kann. Hier ist der Name eines Mannes in Paris. Er spricht ausgezeichnet Englisch und kann über E-Mail kontaktiert werden.« Er reicht ihr eine Visitenkarte.

»Mir wurde ein Restaurator hier genannt, Yann Logue«, erklärt Eve. »Kennen Sie ihn?«

Die Miene des Fachmanns verdüstert sich. »Er leistet ausgezeichnete Arbeit. Aber ich kann ihn nicht empfehlen.«

»Warum nicht?«

Er klappt die Schnallen des Instrumentenkastens zu und verneigt sich leicht vor Eve, ehe er durch die Tür hinter der Theke verschwindet. Ihre Frage bleibt unbeantwortet.

Paris. Selbst wenn dieser Mann per E-Mail zu erreichen ist, würde sie das Instrument persönlich bei ihm abliefern müssen. Das kann sie sich in ihrer augenblicklichen Situation nicht leisten. Außerdem kennt sie niemanden, der eine solche Restaurierung finanzieren würde. Niemand, der ihr helfen könnte – außer Micajah.

Er hat jeden Tag eine SMS geschickt: das Bild eines blühenden Palisanderholzbaums mit der Bemerkung, dass er wünschte, so etwas würde irgendwo in Brooklyn wachsen; ein Video von Elefanten, die um ihre Toten trauern; Gedichtzeilen von Hafiz und John Donne. Zuerst hatte sie ihm nicht geantwortet aus dem Gefühl der Verpflichtung ihrer Ehe gegenüber. Dann, weil diese ganze Beziehung einfach ein Ding der Unmöglichkeit war, ganz zu schweigen davon, wie sie es Allan erklären sollte. Außerdem will sie nicht von einem Mann zum nächsten wechseln und sich von Larrys Abwesenheit mit Fantasien über eine Zukunft mit Micajah ablenken. Sie haben keine Zukunft. Sie sollte das Urteil des Universums akzeptieren und ihn nie wiedersehen.

Nachdem sie eine Woche lang nicht auf seine Nachrichten geantwortet hatte, kamen keine neuen mehr.

Als Micajah ihr Yann Logues Nummer gab, hatte er angedeutet, dass sie sich ihm gegenüber nicht verpflichtet fühlen sollte. Er konnte also eigentlich nichts dagegen haben, wenn sie den Restaurator tatsächlich anrief. Wie auch immer sie es dreht und wendet, dieser Mann scheint ihre einzige Hoffnung zu sein. Wie schwierig kann er sich denn geben? Sie ist bereit, ihm ein großzügiges Geschäft vorzuschlagen: die

Hälfte des Gewinns. Dazu wird er doch sicher nicht Nein sagen.

Am folgenden Tag ruft sie also zu den üblichen Geschäftszeiten Yann Logue an. Er hört ihr zu, während sie das Instrument und den Schaden schildert. Dann erklärt sie ihm, was der Experte im Auktionshaus gemeint hat, und macht ihm ihr Angebot.

Yann Logue wird sofort laut. »Instrumente sind für die Musik und nicht zum Geldmachen da! Sie finden ein so wunderbares Wesen, das so gelitten hat, und wollen, dass ich es herrichte, ehe Sie es zum Verkauf anbieten – wie einen entführten Sklaven aus Afrika, der singen soll? Sie widern mich an!«

»Bitte, Mr Logue …«, beginnt Eve.

»Ist es Ihnen denn gar nicht wichtig, wie es klingt? Offenbar nicht. Es geht Ihnen nur darum, irgendeinen blutsaugenden Millionär zu finden, der das Instrument seiner Seele beraubt. Ihr seid doch alle Parasiten!«

Er knallt den Hörer auf. Eve legt ebenfalls auf, völlig verstört.

6

In den folgenden Tagen muss Eve immer wieder an die sechsstellige Summe denken. Das Geld würde ihren Sorgen ein Ende bereiten: ein paar Jahre Ruhe, in denen sie sich finanziell orientieren und neu aufstellen könnte. Vielleicht sogar länger. Sie weiß noch nicht, was sie tun wird, falls Larry eines Tages zurückkommt und erklärt, dass es ihm leidtäte und alles ein großer Fehler gewesen sei. Ihr Hals schnürt sich zu bei dem Gedanken an seine Rückkehr. Sie würde dieses neue Gefühl, durchatmen zu können, wieder verlieren. Andererseits fällt es ihr schwer, sich ihr restliches Leben ohne ihn auszumalen. Selbst wenn er zurückkehren sollte und sie irgendeine Form des Zusammenlebens finden würden, will sie jedoch nicht mehr finanziell von ihm abhängig sein.

Der einzige Weg vorwärts ist vorwärts, hat ihre Mutter immer gesagt. Selbst wenn man nicht weiß, wohin man geht, sollte man den nächsten Schritt machen und dann wieder einen, um eines Tages im Sonnenlicht zu stehen.

»Micajah? Hier spricht Eve.«

»Ich weiß.«

»Es tut mir leid, dass ich nicht geantwortet habe.«

»Habe ich dich erschreckt?«

Er klingt nicht wütend. Vielleicht würde dieses Gespräch nicht so schlimm werden, wie sie befürchtete.

»Es liegt nicht an dir«, sagt sie und weiß einen Augenblick lang nicht, wie sie weitersprechen soll. »Es liegt an mir. Ich habe mich selbst erschreckt.«

Eve hatte versucht, sich auf diesen Anruf vorzubereiten, indem sie alle möglichen Dialoge durchspielte. Das Ergebnis war genau das Gegenteil dessen, was sie sich erhofft hatte: Sie war noch verwirrter. Durch die diversen Szenarien, die ihr durch den Kopf gingen, verlor sie den Überblick – verlor das Gefühl dafür, wer Micajah ist, verlor ihren eigenen emotionalen Kompass. Die einzige Lösung war, endlich allen Mut zusammenzunehmen und ihn anzurufen. Anstatt sich genau zu überlegen, was sie sagen sollte, beschloss sie, einfach natürlich zu reagieren. Falls es schiefging, würde sie dann zumindest ehrlich gewesen sein.

Trotzdem hofft sie nun, dass sie ihm nichts von dem Schlamassel erzählen muss, in dem sie sich auf einmal wiederfindet. Sie weiß nicht, ob er mit hineingezogen würde, sollten sie sich erneut treffen, oder ob es vielleicht sie selbst hinauskatapultierte. Auf jeden Fall macht die Tatsache, dass sie eine verheiratete Frau ist, vermutlich einen Teil ihrer Attraktivität für Micajah aus. Sie wird ihm als Freundin gegenübertreten, ohne irgendwelche romantischen Gefühle zu erwarten, und hoffen, dass er bereit ist, ihr auf neutralem Boden zu begegnen.

»Ich rufe an, weil ich dich um Hilfe bitten möchte.«

»Ich dachte, du willst meine Hilfe nicht.«

»Ich wusste nicht, was ich will. Oder brauche«, erwidert sie. »Aber die Dinge haben sich geändert.«

»Inwiefern?«

Es führt kein Weg daran vorbei.

»Mein Mann hat mich verlassen.«

Sie spricht das zum ersten Mal laut aus. Deutlich spürt sie, wie Micajah die Information verarbeitet.

»Es hat nichts mit dir zu tun«, fügt sie hinzu. »Es hat gar nichts mit dir … mit dir und mir … zu tun.«

»Gut.«

»Er weiß nichts davon.«

Es entsteht eine Pause, doch die Verbindung zwischen ihnen scheint greifbar zu sein. Eve spürt sie wie eine Linie, auf der die Worte ohne Hindernis hin- und herfließen können – klar wie Wasser, rein und ohne Vorwurf.

»Ich hatte nicht vor, dein Leben so durcheinanderzubringen«, sagt Micajah schließlich. »Jedenfalls nicht auf diese Weise.«

»Ich weiß.«

»Und wie kann ich dir jetzt helfen?« Seine Stimme klingt wieder entspannter. Er hat sich nicht entschuldigt, und sie ist froh darüber.

»Ich muss dieses Instrument verkaufen. Angeblich ist es sehr viel Geld wert, wenn ich es fachgerecht restaurieren lasse.«

»Hast du Yann angerufen?«

»Er war …« Wie sollte sie das formulieren? »Ziemlich ablehnend. Unhöflich. Ich weiß, du hast gesagt, ich sollte das nicht persönlich nehmen. Aber es war persönlich gemeint.«

»Hast du ihm verraten, dass du es verkaufen willst?«

»Nur so bin ich in der Lage, ihn für seine Arbeit zu bezahlen.«

»Geld interessiert ihn nicht.«

»Das habe ich gemerkt.«

»Die heutige Zeit ist nichts für ihn. Er hätte in einem anderen Jahrhundert leben sollen, als man sechzig Jahre und drei Generationen von Instrumentenbauern brauchte, um eine Viola da Gamba anzufertigen.«

Das gilt vielleicht auch für Micajah. Mit seiner Schönheit und seinem Talent liegt ihm die Welt zu Füßen. Doch Eve hat das Gefühl, dass er sich am wohlsten fühlt, wenn man ihn nicht sieht – in den Räumen zwischen den Dingen. Im Gegensatz zu seinem Vater hinterlässt er nur leichte Spuren.

»Es tut mir leid«, sagt er. »Ich hätte darauf bestehen sollen, das Instrument selbst zu ihm zu bringen.«

»Würdest du das tun?«

Einen Moment lang schweigt er. Dann sagt er: »Vielleicht sollten wir jemanden anderen finden.«

Sie hört das Wort »wir« lauter als seine Zurückhaltung. Irgendwie ist das ihr gemeinsames Projekt geworden.

»Es gibt aber niemanden anderen. Jedenfalls nicht in den USA. Das meinte der Experte in dem Auktionshaus, wo ich war. Er gab mir nur den Namen eines Mannes in Paris.«

»Dann fahren wir eben nach Paris.«

Er wagte den Sprung, genauso, wie sie es erwartet hatte, während sie die Worte aussprach. Wenn sie doch nur Ja sagen könnte.

Eve und Larry hatten ihre Flitterwochen in Paris verbracht. Es war ihre Wahl gewesen – er hätte etwas mit Golf und einem Pool samt schwimmender Bar bevorzugt. Pflichtbewusst war er ihr durch den Louvre, Notre-Dame und Montmartre gefolgt, hatte sich sogar nachts, als das Mondlicht auf der Seine funkelte, mit ihr auf die Pont Neuf begeben. Sie hatte das Gefühl gehabt, dass man all das machen musste, wenn man jung, verliebt und in Paris war. Sie hatten sich geküsst und waren dann in ihr ziemlich schäbiges Hotel zurückgekehrt, das Eve für romantisch hielt, weil es an die Orte erinnerte, wo sich Hemingway, Henry Miller und andere arme Künstler und Schriftsteller eingemietet hatten.

»Eve…«, sagte Micajah. Seine Stimme klang auf einmal sehr eindringlich. »Ich möchte dich wiedersehen.«

Es gibt keinen Grund, sie zu verfolgen, nichts, woraus er einen Vorteil ziehen könnte. Die Tatsache, dass er sie in seinem Leben haben möchte, erhöht sie auf eine Weise, die ihr unangenehm ist und gleichzeitig schmeichelt. Warum ich, fragt sie sich erneut, mit meinen zwanzig Jahren und zwanzig Pfund zu viel? Dreiundzwanzig, korrigiert sie sich – nach einer Woche des Essens von Kohlenhydraten zur Seelenberuhigung.

Sie erkennt seinen Körper, noch bevor sie sein Gesicht sieht: lange Beine, schmaler Oberkörper, der von einem Arm nach oben gedrückt wird. Noch nie zuvor ist sie sich des Körpers eines Mannes so bewusst gewesen. Er sitzt auf einem Pilz.

Micajah schlug vor, sich im Garten von ›Alice im Wunderland‹ zu treffen. Auch wenn Eve an ihr Abenteuer auf dem Dach denken muss – alles bei Micajah lässt sie daran denken –, hält ein Kinderspielplatz vielleicht doch die erotische Spannung zwischen ihnen in Schach. Die spielenden Kinder werden als Anstandswauwau fungieren.

Während sie auf den Garten zusteuert, bemerkt sie, dass gar keine Kinder da sind. Es ist später Nachmittag, und in dieser Uptown-Gegend ist das wahrscheinlich bereits Abendessenszeit für die Kinder – früh genug, damit ihre Kindermädchen den Abend frei haben. Der einzige Mensch, den sie entdecken kann, ist Micajah. Sie spürt, wie ihr Körper auf seine Augen reagiert. Auf einmal hat sie einen beschwingteren Gang, und ihre Bewegungen sind fließender. Sie fragt sich, ob er ein weiteres Liebesabenteuer im Sinn hat. Auf diesen schönen Mann kann sie nicht ungerührt zugehen und sich von ihm küssen lassen, als wäre das ganz normal.

»Eve«, begrüßt er sie. »Es ist schön, dich zu sehen.«

Er hilft ihr auf den Pilz, indem er sie am Handgelenk fasst, damit sie das seine umschließen kann – wie zwei Glieder einer Kette. Er lässt seine Hand leicht über die ihre gleiten, um sie zu halten, kommt ihr aber nicht näher. Er wird mich nicht küssen, denkt sie erleichtert, um sogleich von einer heftigen Sehnsucht erfasst zu werden.

»Das hier ist mein Lieblingsgarten«, sagt er. »Oder vielmehr einer meiner Lieblingsgärten. Ich würde gerne wissen, welches deine sind.«

Sie werden also nicht über Larry oder Yann reden. Noch nicht. Micajah hat sich erst einmal auf neutrales Gebiet begeben.

»Alle meine Lieblingsgärten befinden sich in England«, erwidert sie. »Ich mag Gärten, die so aussehen, als ob sie von jemandem angelegt worden wären, der Blumen liebt. Wo die Blumen üppig überall blühen und den ganzen Boden bedecken.«

»Dann magst du also keine französischen Gärten. Muster und Symmetrie und viel beigefarbener Sand sind nicht so dein Ding.«

Sie lacht. »Nein, nicht wirklich. Die sind mir zu kontrolliert. Ich bewundere sie vielleicht, aber berühren tun sie mich nicht.«

»Das verstehe ich.«

Sie erzählt ihm von einer Gartentour durch England, ihre größte Reise ohne Larry. Von den riesigen Büschen Lavendel in Hidcote, den Steinterrassen in der wilden Hügellandschaft hinter Haddon Hall. Der letzte Ort, den sie besuchte, war Port Eliot in Cornwall gewesen, ein Anwesen voll grasbewachsener Pfade, verborgener Talsenken und einem hohen Liguster-Irrgarten in der Nähe eines kleinen Flusses. Als sich die Reisegruppe trennte und jeder seiner Wege ging, wobei sie sich immer wieder zufällig begegneten, war ihr ein verrückter Gedanke gekommen: Das ist der perfekte Garten für eine Orgie. Sie konnte es sich beinah vorstellen, wie Menschen mit opulenten, halb offenen Kleidern einander jagend im Mondlicht durch diese gezähmte Wildnis rannten und miteinander in den kleinen Tälern lagen, die von blühenden Büschen verborgen waren.

Jetzt kann sie sich vorstellen, dort einmal mit Micajah zu sein – in einem anderen Leben.

»Erzähle mir von deinem eigenen Garten. Ich würde gerne wissen, was dir daran am besten gefällt.«

Eve denkt an ihren Garten, ihr Haus und ihr Gefühl, mit beiden nicht mehr in Verbindung zu stehen. Sie lebt dort inzwischen wie eine Mieterin – so wie sie in ihrer Ehe gelebt hat.

»Ich erzähle dir lieber von dem Garten, den ich am liebsten anlegen würde.«

»Einverstanden«, sagt er und lehnt sich zurück. »Mach mir ein verlockendes Angebot.«

»Ich würde eine Blumenuhr machen.«

Eve hat erst vor Kurzem von Blumenuhren erfahren, und bis zu diesem Augenblick hatte sie nicht vor, selbst eine anzulegen. Aber es ist tatsächlich ein Wunsch, den sie hegt.

Micajahs Interesse ist wie Brennglas, das ihre eigenen Gedanken und Wünsche bündelt.

»Was ist eine Blumenuhr?«

»Linnaeus, der große Botaniker, hatte die Idee, dass man die Uhrzeit ablesen könnte, indem man sieht, welche Blumen zu welcher Tageszeit offen oder geschlossen sind.«

»Hat er eine gestaltet?«

»Das weiß man nicht.«

»Hat irgendjemand so etwas schon gemacht? Ist es überhaupt möglich?«

»Keine Ahnung. Ich bin momentan noch dabei, das herauszufinden.«

»Es dürfte schwierig sein, überhaupt rauszukriegen, wo man da anfangen soll«, meint er nachdenklich. Es geht ihm nicht nur um die Unterhaltung, sondern tatsächlich um das, was sie ihm mitteilt.

»Linnaeus legte eine Liste von Pflanzen an, die dafür geeignet wären, aber für das Klima von Schweden. Wenn man eine Blumenuhr für einen anderen Breitengrad konzipiert, müsste man zumindest einige von ihnen austauschen.«

»Meine Mutter hat eine Freundin, die ihren Kräutergarten in Form einer Uhr angelegt hat«, erzählt Micajah. »Mich hat das immer an eine Pizza erinnert. Aber mir gefällt die Idee, dass Blumen wie eine La-Ola-Welle in Zeitlupe erblühen.«

»Linnaeus hat es sich wie eine Sonnenuhr vorgestellt«, sagt Eve. »Aber ich glaube, das ist ein Grund, warum es nicht funktioniert hat, wenn er es überhaupt je versucht hat. Pflanzen bevorzugen unterschiedliche Bedingungen – andere Arten von Erde, mehr oder weniger Wasser, Sonne oder Schatten. Es ist schwierig, allen gerecht zu werden, wenn sie so nahe beieinander wachsen. Man könnte Töpfe verwenden, aber das wäre irgendwie Betrug.«

»Wieso?«

»Für Linnaeus wäre es das vielleicht nicht gewesen. Aber für mich … Es ist schwer, das zu erklären.«

»Versuch es. Ich bin gut bei sowas.«

»Bei was?«

»Verwirrende Konzepte zu verstehen, die nur für denjenigen Sinn machen, der sie sich ausgedacht hat.« Er legt einen Finger in die Kuhle ihres angewinkelten Ellbogens. »Außerdem weiß ich bereits, dass du nicht betrügst.«

»Eigentlich weißt du genau das Gegenteil«, entgegnet sie langsam, während sie sich des Gefühls bewusst wird, dass sie nicht mehr weiß, wer sie eigentlich ist.

»Nein. Was du getan hast – was wir getan haben –, war vollkommen ehrlich. Das warst *du.*«

Er hat recht. Es ist ihr Leben mit Larry, das wird ihr mehr und mehr klar, das schon seit Langem eine Lüge ist.

»Wenn ich eine Blumenuhr machen würde, sollte man gar nicht erkennen, dass es eine Uhr ist«, erklärt Eve, um rasch wieder auf sicheres Territorium zurückzukehren. »Ich würde einen kleinen ummauerten Garten anlegen, der gerade groß genug ist, dass einige Pflanzen Sonne bekommen und andere Schatten, während zugleich jede die Art von Erde und Wasser erhält, die sie braucht.«

»Und du würdest in der Mitte liegen und zusehen, wie dieses kosmische Uhrwerk läuft. Wie die Zeit um dich herum zu tanzen scheint.«

Eve stellt sich vor, wie Micajah dort liegt, die langen Beine in dichtem, kühlem Gras, die Augen vor der Sonne schützend, umgeben vom Werk ihrer Hände. Bisher hat sie sich noch nie ausgemalt, wie es wäre, wenn alles abgeschlossen ist und sie das Geschaffene einfach genießen kann.

»Das Ganze würde sich im Grunde jeden Tag ändern«, meint Micajah. »Schließlich werden die Tage ja langsam länger oder kürzer.«

»Vermutlich würde es nur einen Tag im Jahr funktionieren. Weshalb es auch so lange dauern würde, um alles richtig hinzukriegen.«

»Nur wenn man die korrekte Zeit dabei ablesen will. Wenn man typisch menschlich ist und alles perfekt kontrollieren möchte. Eine andere Möglichkeit wäre natürlich, es als eine Art Relativitäts-Uhr zu betrachten. Man könnte das Ganze den Einstein-Garten nennen.«

Vor der Umzäunung des Gartens, in dem sie sitzen, zieht eine kleine Gruppe von Geschäftsmännern ihre Anzüge aus, um darunter Trainingsklamotten aus Elastan zu enthüllen. Einer holt einen Kleiderbügel aus seinem Aktenkoffer und hängt seinen Anzug an den Ast eines Baums. Ein anderer beginnt auf der Stelle auf und ab zu springen, wobei sein geripptes T-Shirt seinen durchtrainierten Oberkörper besonders deutlich zur Geltung bringt. Er tauscht mit dem Kleiderbügel-Mann ein High-Five aus. Dann begrüßt er den dritten Mann, der noch im Anzug dasteht, indem er ihn auf die Schulter schlägt. Der Mann zuckt mit schmerzverzerrtem Gesicht zusammen.

Der Kleiderbügel-Mann lässt sich auf den Boden nieder und macht ein paar demonstrative Liegestütze. Er starrt Micajah und Eve an, die noch immer auf ihrem Pilz liegen, ein leicht verächtliches Lächeln umspielt seine Mundwinkel. Eve hat das Gefühl, als ob jede noch so kleine Falte in ihrem Gesicht dort mit Säure hineingebrannt worden wäre.

»Darf ich dir ein paar Gedichtzeilen sagen?«

»Gerne.« Sie verändert die Position und wendet ihr Gesicht von den Männern draußen vor dem Zaun ab.

»Es ist auf Französisch.«

»Ich spreche kein Französisch. Nur ein paar Worte.«

»Das ist egal. Du wirst es trotzdem verstehen. Es hat mit diesem Ort zu tun.« Er zeigt auf den Spielplatz und lächelt sie an. »Ich bin übrigens zur Hälfte Franzose. Aber das ist nicht meine Gartenhälfte.«

Die Spannung zwischen ihnen ist wie ein beständiges Leuchten und nicht wie die bedrohlich einschlagender Blitze.

»Il brilgue, les toves lubricilleux se gyre en vrillant dans le guave …«

Der Rhythmus kommt ihr bekannt vor, doch sie kann den Finger nicht genau darauf legen.

»Emmimé sonst les gougbosqueux, et les môme rathes horsgrave.«

Ihr Gesicht hellt sich auf. »Jabberwocky?«

»Ich wusste, dass du es herausfinden würdest. Keine Ahnung, warum ich die französische Version so besonders lustig finde.«

»Sie klingt einfach so ›französisch‹.«

»Geziert und gestelzt?«

Eve lacht. »Das hast du gesagt, nicht ich.«

»Du kannst mich nicht beleidigen.« Er küsst sie auf den Mund. Ihre schwachen Vorsätze brechen in sich zusammen.

Natürlich hat sie gewusst, dass genau das passieren würde. Natürlich ging es nicht nur darum, einen Restaurator für das Instrument zu finden. Sie sieht, wie sich sein Gesicht dem ihren nähert, als würden sie sich in einer Zeitlupenschleife wiederfinden. Sie scheint alle Zeit der Welt zu haben, um sich auf den Kontakt ihrer Lippen vorzubereiten, aber keine Zeit, um dem auszuweichen. Selbst wenn sie das wollte.

Als sie sich voneinander lösen, wirft sie einen heimlichen Blick auf die Geschäftsmänner in Elastan, weil sie wissen will, ob diese sie beobachtet haben.

Das haben sie nicht. Sie sind jetzt damit beschäftigt, auf Händen und Knien herumzurutschen und dabei Unkraut aus dem Boden zu rupfen. Der Anführer stolziert zwischen seinen beiden Schülern hin und her, wobei er eine Stoppuhr in der Hand hält.

»Weißt du, was die da machen?«, will sie von Micajah wissen.

»Das«, erklärt er, »ist die Spezies Homo superkapitaliensis, die sich auf die Apokalypse vorbereitet, indem sie lernt, wie man in der Wildnis des Central Park überlebt. Das schieben sie zwischen ihre Meetings. Was für ein unglaublicher Anblick! Ein gescheitertes Experiment der Evolution, ein kurzes Aufflammen von Pracht, Ruhm und Ausbeutung, gefolgt von völliger Auslöschung.«

Robert, Micajahs Vater, würde gut zu diesen Männern passen, denkt Eve.

»Das ist jedenfalls zu hoffen«, fügt Micajah hinzu.

Ihnen am nächsten ist der ältere Mann, der noch immer seinen Anzug trägt. Seine Bewegungen wirken ungeschickt, seine Schultern sind nach vorne gesackt, und er scheint sich geschlagen zu geben.

»Nur noch dreißig Sekunden, Jerome«, bellt der Anführer, dessen Turnschuhe wenige Zentimeter von der Nase des Mannes entfernt sind. »Du musst nach Futter suchen, sonst wirst du nicht überleben!«

Der Mann schaut sich um, als ob er hoffte, von irgendwoher Unterstützung zu bekommen. Auf einmal tut er Eve leid. Sie rutscht von dem Pilz herunter und sucht mit den Augen den Boden ab.

»Da ist ja Borretsch«, sagt sie laut genug, damit er zu ihr hinüberschaut. Sie zeigt auf ein Kraut mit breiten Blättern, das zwischen dem Zaun hindurchwächst. »Der schmeckt richtig gut.« Sie entdeckt noch etwas. »Und da drüben sehe ich etwas Sauerampfer.« Sie bückt sich und zupft eine rötliche Pflanze zwischen Pflastersteinen heraus, um die Blätter durch den Zaun zu reichen. »Und das da ist Portulak.«

»Meine Frau möchte, dass ich das mache«, sagt der Mann und nimmt den Portulak entgegen. »Unsere Tochter will ihn heiraten.« Er weist mit dem Kopf auf den Anführer der kleinen Gruppe.

In den Augen des Mannes spiegelt sich lebenslanges Elend wider.

Sie spürt seinen Schmerz wie einen Peitschenhieb. Als sie ihre Handtasche von dem Pilz herunterzieht, zwingt sie sich, ihm »Viel Glück« zu wünschen und rennt dann geradewegs durch das Tor hinaus auf die Straße.

Hinter sich hört sie Micajahs Schritte, die ihr hastig folgen.

»Eve, was ist los?«

Sie wird nicht langsamer, bis sie nicht ein paar Hundert Meter zwischen sich und den Garten gebracht hat und die Geschäftsmänner nicht mehr sehen muss.

»Ich habe es nicht ertragen«, sagt sie und kämpft gegen Tränen an, die sie sich selbst nicht erklären kann. Micajah nimmt sie in die Arme. Sie legt ihre Hand auf seine Schulter und spürt seinen Herzschlag am Schlüsselbein unter ihren Fingern. Ihre Anspannung löst sich.

Mit dem Gesicht an seinem Nacken atmet sie seinen Duft ein, der nach Zimt und Salz riecht. Seine Haut dort ist besonders samtig weich. Sie schmiegt sich enger an ihn, sodass sie seinen Bauch berührt. Verstohlen schiebt sie ihr Bein zwischen die seinen; groß, wie er ist, muss er sie ein wenig spreizen, um Eve besser in die Arme nehmen zu können. Kaum merklich streicht sie über die Innenseite seines Schenkels.

Sie spürt, wie sich etwas in ihm regt, zart wie ein Windhauch. Ein Gefühl großen Glücks überkommt sie. So etwas löst sie in ihm aus! Sein Körper reagiert auf ihre Gedanken – und seine Gedanken werden von ihr geleitet. Auf einmal fühlt sie sich unglaublich schön.

Sie kann sich nicht daran erinnern, jemals mit Larry einen Moment solch reiner Zärtlichkeit empfunden zu haben, der sich dann in Verlangen verwandelte. Natürlich gab es Zeiten, in denen sie sich nach einem Streit wieder vertrugen, und wo sie spürte, wie er steif wurde. Aber obwohl klar war, was dann als Nächstes passieren würde, hatte es auch etwas seltsam Peinliches, und sie gingen hastig zum Sex über. Danach sprachen sie nicht mehr davon, ohne das jemals explizit vereinbart zu haben.

»Ich will nicht dein Freund sein«, flüstert Micajah ihr ins Ohr. »Ich will dein Liebhaber sein.«

Eine Welle der Erregung durchläuft sie. Was ist der Unterschied zwischen einem Freund und einem Liebhaber? Ein fester Freund bedeutet Sicherheit und ist gesellschaftlich akzeptiert. Ein Liebhaber heißt Sex, nicht unbedingt Liebe. Keine Verpflichtungen, keine Zukunft. Eine Kristallisation der Zeit – wie der Garten, den sie gerne anlegen würde.

Sie ist sich nicht sicher, ob sie das kann.

»Wo soll ich dich hinbringen?«, fragt Micajah.

»Egal. Irgendwohin.«

»Nach Brooklyn?«

Zu ihm.

»Wir könnten vorher noch irgendwo vorbeifahren und uns etwas zum Essen mitnehmen.«

Das ist der Schritt, der sie ins Sonnenlicht bringen wird – solange sie stark genug ist, sich keine Gedanken darüber zu machen, wie groß der Fleck mit Sonnenlicht ist oder wie lange die Sonne sie berühren wird. Sie wird zustimmen, Sex mit einem Mann zu haben, den sie kaum kennt, der schockierend unpassend ist und ihre Selbstbeherrschung völlig zum Schmelzen gebracht hat. Ein Mann, der ihr das Gefühl gibt, sie selbst zu sein, wenn sie mit ihm zusammen ist, und zwar auf eine Weise, wie sie das noch nie zuvor erlebt hat.

Sie erinnert sich daran, wie ihre Mutter die Wäsche für fünf Kinder draußen auf die Leine hängte, wobei ihre müden Mundwinkel ihr Lächeln nach unten zogen. Was würde sie sagen? Auf einmal sehnt sie sich danach, dass auch ihre Mutter einen Liebhaber gehabt hätte, selbst wenn das nur für eine Stunde gewesen wäre.

»Einverstanden.« Sie lächelt. »Chinesisch.«

Das Schicksal hat ihr ein Geschenk gemacht. In Gedanken an ihre sich aufopfernde Mutter wird sie Micajah erlauben, ihr das Herz zu brechen.

7

Die warme Frühlingsluft hebt Eves Rock, als sie auf Micajahs Vespa nach Brooklyn fahren: von Straße zu Straße, durch Sonnenlicht und durch Schatten. Als sie schneller werden, spürt sie, wie der Wind ihre Beine streichelt – von den Knien ihre Schenkel hoch und wieder hinunter zu ihren Knöcheln. Zuerst wollte sie den Helm nicht tragen, den er ihr reichte, da sie den Wind in den Haaren spüren wollte. Gleichzeitig fragte sie sich, ob der zweite Helm auf eine Freundin hinwies oder ob er stets vorsichtshalber einen dabeihatte. Während der Fahrt ist sie dann doch froh, dass man ihr Gesicht nicht sehen kann. Auch wenn es unwahrscheinlich ist, dass sie jemandem begegnen, den sie kennt, würde dieser Jemand sie mit dem Helm zumindest nicht erkennen.

Sie ist noch nie zuvor hinten auf einem Roller gesessen. Bei den ersten Kurven klammert sie sich noch an Micajahs Taille, als sich die Vespa zur Seite legt. Doch schon bald entspannt sie sich und lässt ihre Hände zu seinen Hüften hinuntergleiten, den Zeigefinger auf dem Ledergürtel unter seinem losen Hemd ruhend. Als sie beim Fahren seinen Bewegungen folgt, fühlt sie sich in Einklang mit dem Universum, als würde sie mit der Schwerkraft und der Fliehkraft einen Tanz aufführen.

Zu ihrer Linken steht bereits der Vollmond am östlichen

Himmel, fahl über einem Meer aus künstlichem Licht, das die Sterne auslöscht. Eve spürt eine Verbindung mit dem Mond, als ob dieser ihr Vergnügen, gesehen und nicht gesehen zu werden, teilen würde. Als die Vespa eine Grünphase erwischt und sie ungebremst Richtung Süden brausen kann, und schließlich auf die Brooklyn Bridge einbiegen, schwebt der Mond direkt vor ihnen, als wäre er ihr eigentliches Ziel.

Sie kurven durch immer heruntergekommenere und einsamere Straßen, an deren Ecken oft kleine Kneipen liegen. Micajah hält vor einen großen Stahltor, stellt die Vespa ab und zieht seinen Helm herunter.

»Ich habe es ja schon gesagt: Es ist nicht der schicke Teil von Brooklyn«, erklärt Micajah, während Eve ebenfalls den Helm abnimmt und mit einem Schütteln ihren Kopf klar zu kriegen versucht. Sie kommt sich vor wie ein Matrose, der sich erst wieder an festen Boden gewöhnen muss.

Er sperrt ein Vorhängeschloss auf, schiebt das Tor auf und rollt die Vespa hinein. Das Tor fällt hinter ihnen scheppernd ins Schloss.

Sie steigen eine Betontreppe hinauf und laufen dann einen Gang entlang, der von Glühbirnen beleuchtet wird. Schließlich erreichen sie eine Tür, die ebenfalls mit einem Vorhängeschloss versperrt ist. Sobald sie offen ist, schaltet Micajah das Licht im Treppenhaus aus und dann ein Licht im Inneren an. Der kurze Moment der Dunkelheit kommt ihr wie ein weiterer Einschnitt in ihrem Leben vor – ein Übergang von ihrem alten zu ihrem neuen Selbst.

»Das hier war früher einmal ein Werk für die Herstellung von Spitzen«, erklärt Micajah. »Mir gefiel es wegen der Fenster.«

Der riesige Raum ist an drei Seiten von Fenstern umgeben, vor denen teilweise große Bahnen Seidenstoff in leuchtenden Farben hängen.

»Das sind Secondhand-Saris«, sagt er. »Ich hatte eine Freundin, die für die Sets bei Modeaufnahmen verantwortlich war. Sie hat mir beigebracht, in den indischen Vierteln einkaufen zu gehen.«

Wird er eines Tages erzählen, dass er eine Freundin hatte, die Gärten entwarf? Und ihm beibrachte … Was beibrachte? Eve wird auf einmal fast schwindlig. Die Stellung einer Freundin und dann einer Exfreundin zu erlangen, bedeutet einen ziemlichen Sturz.

Er stellt die Schachteln mit dem chinesischen Essen auf die Küchentheke und verschwindet am anderen Ende des Raums. Eve hört ein Scheppern von Rohren und dann das Geräusch von Wasser, das in eine Wanne läuft.

»Alles okay?«, will er wissen, als er über den Holzfußboden auf sie zukommt. Er hat bereits die Schuhe ausgezogen und ist barfuß.

Sie erwidert sein Lächeln. »Ja.«

Tatsächlich findet sie alles jedoch etwas beängstigend. Die Deckenstrahler werden jede Ader, Falte und Cellulitis-Delle an ihrem Körper gnadenlos enthüllen.

»Wie hungrig bist du?«, fragt er. »Wollen wir vor dem Bad essen oder danach?«

»Danach«, sagt Eve. Ihr Appetit ist verschwunden, und in ihrer Unsicherheit beruhigt es sie ein wenig, dass es zwischen Bad und Bett noch eine kurze Pause geben wird. Falls er doch noch seine Meinung ändert und gar nicht ins Bett will, wird es ebenfalls auf diese Weise einfacher sein.

Er nimmt ihre Hand und führt sie ins Bad. Die Trennwand besteht aus Hunderten von gerahmten Fotos, die an

Bändern von der Decke hängen und wie ein schwerer Perlenvorhang wirken. Jede Schwarz-Weiß-Aufnahme zeigt eine Gruppe von Leuten, sitzend oder stehend, von sechs oder acht bis zu vielen Dutzend, in arabisch wirkenden Roben oder mit Fez und hochgeschlossenen Anzügen, seltsam formell und zugleich berührend.

Der Hermeneutische Kreis; Schlangenbeschwörer – Athens, Alabama; Die Bassanda Gesellschaft in Talpa, Neu-Mexiko. Jede Fotografie dokumentiert eine seltsame Leidenschaft und die Menschen, die diese teilen.

»Ich habe noch nie von jemandem gehört, der merkwürdige Vereine oder Gesellschaften sammelt«, sagt Eve und betrachtet diese ernsten, lange vergessenen Gesichter. Das Licht hier ist gedämpft. Zum Glück reichen die Deckenstrahler nicht bis hierher.

»In meiner Kindheit ist meine Mutter gerne auf Flohmärkte gegangen, und so hatte ich dort auch etwas zu tun. Da sich solche Gruppen sehr ernst nehmen, fand ich, dass sie es verdienten, auch von anderen ernst genommen zu werden. Mir gefällt die Vorstellung, dass ich zum Bewahrer all dieser bizarren Leidenschaften geworden bin.«

Mir gefällt es auch, denkt Eve. Noch vermeidet sie die Gefahrenzone.

Er öffnet die Knöpfe ihrer Bluse und wendet sich dann der Wanne zu, in die er Öl gießt. Danach zieht er sich aus, wobei er sich von ihr abwendet, um ihr die Möglichkeit zu geben, sich ebenfalls unbeobachtet zu entkleiden. Sie ist ihm für sein Zartgefühl dankbar.

Die Wanne steht auf Löwentatzen. Delphine mit dicken Lippen zieren den Rand – etwas Ähnliches hat Eve an den alten Laternenpfosten in Paris gesehen. Der Wasserhahn ist über der Mitte platziert. Als Eve in die Wanne steigt, zündet Micajah drei Kerzen an, die auf einem wackligen Tischchen stehen. Dann macht er es sich am anderen Ende der Wanne bequem, wobei er seine Beine neben die ihren legt, sodass seine Füße ihre Hüften berühren.

Was mache ich mit meinen Füßen?, denkt sie panisch. Sie hat die Knie noch angewinkelt, und die Füße stehen auf dem Boden der Wanne. Wenn sie die Beine ausstreckt, werden ihre Füße eine Stelle berühren, die ihr in diesem Moment mehr als unangenehm wäre.

Micajah erkennt die Verunsicherung auf ihrem Gesicht. Er beginnt zu lachen, kurz bevor sie es tut.

»Gib mir einen Fuß«, sagt er und streckt die Hände aus. »Den anderen lässt du dort, wo er ist, damit du nicht rutscht.«

Er massiert den Spann ihres Fußes und zieht sanft an jeder Zehe, bis diese knackt. Dann kreist er mit beiden Daumen über die Ecken ihrer großen Zehe. Eve kommt sich wie eine Schlange vor, die sich häutet.

Sie lässt ihren linken Fuß nach vorne gleiten und schiebt ihn unter Micajah, sodass er zwischen dem Emaille der Wanne und den festen Muskeln seines Schenkels steht. Hastig schaut sie auf ihre Brüste herab, die durch das Wasser hochgehalten werden und auf einmal so aussehen wie vor zwanzig Jahren.

»Yann«, sagt Micajah. »Du hast mich noch nicht gefragt. Aber ich bin mir sicher, dass du es nicht vergessen hast. Er war nicht nur eine willkommene Ausrede.«

»Ich hätte dich sonst nicht angerufen«, entgegnet Eve.

»Du willst mich also nur wegen meiner Kontakte?«

Ja. Nein. Sie kann diese Frage nicht beantworten.

»Das ist schon in Ordnung«, fügt er hinzu. »Hauptsache, du hast mich angerufen.«

»Und warum willst du mich?« Sie ist entsetzt von sich selbst, dass sie das laut ausgesprochen hat. Frauen, die klammern und ständig Bestätigung brauchen, hat sie immer verachtet. Frauen, die ihre Männer fragen »Liebst du mich?«, waren ihr immer schwach oder berechnend vorgekommen.

»Du meinst, warum ich eine Frau begehre, die zwanzig Jahre älter ist als ich?«

»Ja«, sagt sie und ist erleichtert, dass er verstanden hat, was sie meint.

»Das ist eine berechtigte Frage. Schon lustig, wie Hass und Zynismus die Welt bestimmen, während Liebe flackernd und schwach zu sein scheint und immer eine Zündflamme braucht, um sich zu entfachen.«

Er setzt ihren Fuß auf seinen Bauch und hält ihn dort mit seiner Hand fest.

»Zum einen, weil du mich nicht brauchst. Du brauchst mich wirklich nicht, wahrscheinlich bin ich sogar das Letzte, was du brauchst. Du hast nicht nach mir gesucht oder nach jemandem wie mir. Du willst mich nicht heiraten und meine Kinder kriegen und irgendeine Fantasie ausleben, die nichts mit mir, sondern mit dir und deiner Geschichte zu tun hat. Du suchst nicht nach einem ›Für immer‹, und ich glaube nicht an ein ›Für immer‹. Ich glaube an jetzt. Und jetzt sitzt da diese unglaubliche Frau, deren Körper und Seele Erfahrungen durchlaufen haben, die so besonders sind, dass ich mir das nicht einmal andeutungsweise vorstellen kann – jetzt sitzt also diese Frau, die etwas in mir zum Klingen bringt, deren Geist mich fasziniert und die im Übrigen sehr attraktiv ist, hier in meiner Badewanne und ich massiere ihren Fuß. Im Grunde ist es das: Statt irgendeine Pseudorolle in der Geschichte eines anderen zu spielen, spiele ich eine wirklich tolle Rolle, die mir ganz und gar entspricht, in einer Geschichte, die du und ich zusammen schreiben.«

Er küsst ihre Zehen, jede einzelne, und taucht dann den Fuß unter Wasser, um ihn zwischen seinen Beinen ruhen zu lassen. Während er zärtlich ihren linken Fuß unter seinem Schenkel hervorholt und ihn aus dem Wasser zieht, bewegt sie ihre rechte Zehe, um sie gegen ihn zu drücken. Sie spürt, wie das Blut in ihm anschwillt und die Gestalt seines Körpers verändert.

Die Leichtigkeit, mit der all das geschieht, und das Fehlen irgendwelcher Taktiken ist neu für Eve. Larry und ein paar Jungs, die sie vor ihm kannte, folgten alle einem bestimmten Plan, der immer gleich ablief und immer gleich endete. Die unbekannte Offenheit, mit der Micajah genießt und gibt, lässt auch Eve mutiger sein. So fühlt es sich also an, wenn man erregt ist, denkt sie.

Sie streicht mit der Wölbung ihres Fußes seinen Oberkörper auf und ab. Einen Moment lang schließt Micajah die Augen, und ein Laut entweicht seinen Lippen, der so leise ist, dass Eve ihn kaum hört. Dann öffnet er die Augen wieder und lächelt. Es hat etwas Verführerisches, diese fehlende Dringlichkeit. Vielleicht ist das Tantra – jene geheimnisvolle, verbotene Praxis, von der Eve gehört, aber bisher nie etwas verstanden hat.

»Ich kenne Yann seit etwa acht oder neun Jahren.« Der Satz klingt so selbstverständlich, als ob sie ihn gerade erst nach Yann gefragt hätte. »Ich kenne ihn durch eine Freundin meiner Eltern. Sie heißt Barbara – sie würde dir gefallen. Als ich mich von einem schlecht gelaunten Jugendlichen mit einer Gitarre in jemanden verwandelte, den man mehr oder weniger als Musiker bezeichnen kann, kam sie auf die Idee, dass ich ja Instrumentenbauer werden könnte, falls es mit der Musik nicht klappt. Ich war kein sonderlich akademischer Typ, wie du feststellen kannst.«

»Du hast also für ihn gearbeitet?«

»Nur die Böden gekehrt und seine Hunde gewaschen. Ich war ein Teenager, ein Amateur, und wie du inzwischen weißt, hat Yann nicht viel für Amateure übrig. Ich hatte Riesenglück, dass er mich überhaupt in seine Nähe gelassen hat.«

»Weil du viel gelernt hast?«

»So viel habe ich nicht gelernt. Das Wesentliche war, dass er sich an mich gewöhnte. Als ich ihn dann schließlich fragte, ob ich sein Lehrling werden könnte – was erst gestern geschah –, hat er zugestimmt. Es ist das erste Mal, dass er sich auf so etwas einlässt. Ich bin also ziemlich zufrieden und glücklich.«

»Du hast also nicht zu viel mit diesem ganzen Rockstar-Ding zu tun?« Eve kommt sich etwas lächerlich vor, das zu fragen.

»Ich habe ihn unter anderem deshalb gefragt, weil ich mich nicht zu sehr mit diesem ganzem Rockstar-Ding beschäftigen will«, erwidert Micajah. »Deshalb würde ich gerne jetzt damit anfangen und nicht länger warten. Wenn ich mich nur auf das Rockstar-Ding beschränke, wäre das grauenvoll. Ich wäre entweder bald tot oder so unerträglich, dass ich nicht länger leben wollte. Falls ich überhaupt noch dazu in der Lage wäre, eine solche Erkenntnis zu haben«, fügt er hinzu. Eve versteht allmählich, dass seine Nebengedanken und scheinbar unlogischen Schlussfolgerungen ein

Versuch sind, das Gesagte an einer Messlatte der Wahrheit zu überprüfen, und seine Äußerungen genauer zu definieren, wenn sie ihm noch fehlerhaft erscheinen.

»Diese Arbeit wird es mir ermöglichen, ehrlich zu bleiben«, sagt er.

Als Eve am nächsten Morgen aufwacht, liegt sie allein in Micajahs Bett. Sie setzt sich auf und sieht, dass er in der Küche Kaffee macht. Sein nackter Rücken ist zur Seite gebeugt, während er den Kaffeebereiter nach unten drückt. Etwas wirkt seltsam … Dann erinnert sich Eve, dass er Linkshänder ist. Sie sieht seine Bewegungen wie in einem Spiegel.

»Sahne? Zucker?«, ruft er. An der Wand vor ihm hängt tatsächlich ein Spiegel, in dem seine Bewegungen normaler wirken. Ein merkwürdiger Platz für einen Spiegel. Eve fragt sich, was er oder eine Exfreundin sich wohl gedacht haben mochten, ihn dort aufzuhängen, sodass er das Bett sehen kann, wenn er Kaffee macht.

»Milch, wenn du welche hast.«

»Klar.« Er öffnet den Kühlschrank und gießt dann etwas Milch in einen Topf. Eve hört, wie Micajah die Milch aufschäumt.

Als er hinter der Küchentheke auftaucht, zwei große Becher in der Hand, sieht sie, dass er nackt ist. Instinktiv will sie den Blick abwenden, während er auf sie zukommt, doch die Selbstverständlichkeit, mit der er sich bewegt, lässt sie jegliche Scheu vergessen. Er wirkt wie eine Katze. Schlank, wie er ist, kann sie die Muskeln in Form eines V auf seinem Bauch sehen.

Am Abend zuvor, nachdem sie aus der Wanne gestiegen waren, hatte Micajah ein dickes Handtuch um sie gelegt und sie abgetrocknet – genauso, wie sie Allan abgetrocknet hatte, als er sechs Jahre alt war. Sie hatte es immer so genossen, seinen kleinen Körper unter dem Handtuch zu spüren. Während sie dann gegessen hatten, ging draußen vor dem Fenster ein pinkfarbenes Neonschild an.

»Ich fahre dich gerne zum Bahnhof, falls du nach Hause willst«, sagte er. »Allerdings hoffe ich, wenn ich ehrlich sein soll, dass du bleibst.«

Eine Abfolge von Schritten: der Telefonanruf, der Pilz, die Vespa, das Zuschlagen der Tür, der Moment der Dunkelheit, das Bad. In jedem Schritt fürchtete Eve, dass die Spur aus Brotkrumen, die sie innerlich hinter sich zu verstreuen versuchte, verschwinden würde, sodass sie in einem Wald aus unbekannten, wilden Gefühlen verloren ging. Allerdings hat sie sich ja auch bereits darauf eingestellt, ihr Herz gebrochen zu bekommen. Das Risiko steht also am Ende der Reise. Die Wunder, die sie unterwegs erleben wird, sind der Lohn.

Sie hatte den Blick von Micajah abgewandt und auf die Reihen von ernst blickenden Mystikern, Falknern und Flaschenschiffbauern geschaut, die durch die Kameras, welche vor langer Zeit auf sie gerichtet waren, jetzt Eve betrachteten. Sie waren alle ihre Verbündeten, und sie spürte, dass sie ihren Segen hatte.

»Ich bleibe.«

Die Laken waren ganz neu. Micajah hatte also geplant, Eve zu sich nach Hause zu bringen, noch ehe sie davon gewusst oder sie dem zugestimmt hatte. Sollte sie sich deswegen manipuliert fühlen? Nein, das sollte sie nicht. Das Herz bestimmt, wie man etwas betrachtet, und Eve beschloss in diesem Moment, dass es allein ihre Entscheidung war, wie sie das Ganze sehen wollte. Als sie den Duft der neuen Baumwolle und den glatten Stoff unter ihrem Rücken wahrnahm, freute sie sich, dass er extra Laken für sie gekauft hatte.

»Ich liebe die hier«, sagte er und strich über die Dehnungsstreifen auf beiden Seiten ihres Bauchs. »Sie sehen wie die Krallen eines Panthers aus.«

Eve hasste diese Streifen. Seit Allans Geburt hat sie nie mehr einen Bikini getragen. Als Micajah vorschlug, zusammen zu baden, hatte sie Angst, dass er sie abstoßend finden könnte. Doch das Badewasser und der Kerzenschein verbargen sie. Als sie beschloss, über Nacht zu bleiben, vergaß sie ganz einfach, sich wegen dieser Dehnungsstreifen Sorgen zu machen.

»Ich habe sie immer als hässlich empfunden«, entgegnete sie.

»Sie sind schön«, widersprach er. »Sie erzählen deine Geschichte.«

Er liebte sie mit unglaublicher Behutsamkeit und bewegte sich in ihr mit einem hypnotischen Rhythmus, der so langsam wie der Pulsschlag war, den sie unter ihren Fingerkuppen zu spüren glaubte. Als der Höhepunkt kam, hatte sie das Gefühl, von einem Kliff zu springen und durch die Luft zu fliegen. Nach einer Sekunde oder nach zehn Sekunden oder auch länger fasste sie nach ihm, um ihn mitzunehmen. Sie hielten sich in einer engen, vollkommenen Umarmung, bis die Schwerkraft sie wieder ergriff und sie beide in Richtung Erde zurückkehrten. Micajah setzte sich neben ihr im Bett auf.

»Es kommt mir etwas seltsam vor, dir das zu erzählen«, sagte sie nach einer Weile. »Es war vor vier Jahren. Bevor ich … Bevor ich dich kennenlernte. Damals dachte ich, dass ich vielleicht nie mehr Sex haben werde. Und war mir nicht sicher, ob ich es überhaupt noch will.«

»Das ist obszön«, entgegnete er. Dann: »Welcher Mann vernachlässigt eine Frau wie dich?«

Micajah reicht ihr jetzt umstandslos einen Becher mit Kaffee, als ob das Ganze völlig alltäglich wäre. Könnte es das? Könnte es alltäglich für sie werden? Wie schnell wird der Glanz vergehen?

Das Einzige, wodurch der Glanz nicht vergehen wird, ist, indem dieses Mal das letzte Mal sein wird. Und wenn es ein weiteres Mal geben wird, muss auch dieses das letzte sein. Eve weiß, dass sie streng sein muss. Es darf keine Zukunft mit Micajah geben.

»Du kennst doch den G-Punkt«, sagt er und trinkt von seinem Kaffee.

»Ja« erwidert sie vorsichtig. Sie senkt den Blick und betrachtet ihre Kaffeetasse, wobei sie bemerkt, dass ihre Hand zittert.

»Nein, eigentlich nicht«, korrigiert sie sich. »Nicht aus eigener Erfahrung.«

Sie will im Grunde nicht so offen sein, aber bei ihm fühlt sie sich sicher. Er wird ihre fehlende Erfahrung nicht als ein Problem oder ein Versagen betrachten. Früher betrachtete sie ihre Naivität als etwas, worauf sie stolz sein konnte. Jetzt verleiht sie diesem Abenteuer in einem ganz anderen Sinn noch mehr Spannung.

»Hast du nie versucht, ihn zu finden? Nicht einmal alleine?«

»Ich war mir nie ganz sicher, ihn gefunden zu haben.« Es ist ihr unangenehm, ihm zu verraten, dass sie es ein paar

Mal versucht hat. Sich selbst zu befriedigen, war ihr nie als etwas Freies, Unbeschwertes erschienen, nicht einmal im Moment des Kommens. Es war keine puritanische Scham, die sie so empfinden ließ, sondern sie war einfach nicht sonderlich gut darin, und ihre Hand wirkte für sie wie ein windiger Ersatz für einen Mann. Für ihren Ehemann.

Oder einen Liebhaber.

»Ich habe mal gelesen, dass das nur eine unbewiesene Theorie ist«, fügt sie hinzu. »Dass die Wissenschaftler diesen Punkt bisher nie gefunden haben. Oder jedenfalls nur manchmal.«

»Das sagt doch schon alles über die Zunft der Wissenschaft.«

Sie lacht. »Mein Mann ist eigentlich ausgebildeter Naturwissenschaftler. Bevor er dann diesen Bürojob angenommen hat.«

»Treffer«, sagt er, stellt mit einer Hand seine Kaffeetasse ab und streicht mit der anderen ihr Brustbein entlang, um das Laken beiseitezuschieben.

»Wie wäre es, wenn wir versuchen, seine Existenz zu beweisen?«

»Manche Theorien lassen sich aber nicht beweisen«, entgegnet Eve. Seine Finger auf ihrer Haut fühlen sich so zart an wie ein paar hübsche Marienkäfer. Sie beginnt schneller zu atmen.

»Wie die Schwerkraft«, fügt sie hinzu.

»Mist. Dann müssen wir das Experiment vielleicht immer wieder von Neuem beginnen.«

»Man könnte uns einer fehlenden wissenschaftlichen Gründlichkeit bezichtigen«, erklärt sie. »Das ist nicht doppelblind.«

Die goldenen Flecken in seinen Augen funkeln und scheinen tief in ihren Körper einzudringen. Er greift in die Schublade einer Kommode und zieht zwei Tücher heraus, die er auf das Bett fallen lässt.

»Wenn man das so betrachtet«, erwidert er. »Doppelblind. Eine gute Idee. Sollen wir das machen?«

Eve fühlt sich so ungeschützt wie ein Neugeborenes. Die alte Eve hätte sicher nicht nur einfach Nein gesagt. Die alte Eve hätte sich niemals getraut, an so etwas überhaupt zu denken.

Sie faltet beide Tücher und legt dann eines davon über seine Augen, um es hinten am Kopf zusammenzubinden. Er streckt die Hände aus, die Handflächen nach oben, um das andere Tuch in Empfang zu nehmen. Ehe sie es ihm gibt, mustert sie ihn noch für einen erregenden Moment: die markante Linie seiner Wangenknochen und seines Kinns sowie den sinnlichen Schwung seiner Lippen. Sie legt den Zeigefinger in die Mitte seiner Oberlippe und streicht dann Richtung Mundwinkel. Er öffnet leicht die Lippen, als ob er ihrem Befehl gehorchen würde. Sie beugt sich vor, um ihn zu küssen – ihre Finger auf beiden Seiten seines Mundes, wo sich die Grübchen befinden.

Die Bewegung seiner Zunge und seiner Lippen ist beinahe unmerklich. Doch seine Energie, die sie erfasst, lässt sie fast schwindlig werden.

Eve legt das zweite Tuch in seine Hände und hilft ihm dann, es an die richtige Stelle zu bringen. Sie streicht ihre Haare glatt, während er einen Knoten in die Augenbinde macht. Als sie nichts mehr sehen kann, scheinen ihre anderen Sinne viel mehr wahrzunehmen. Sie spürt seinen Atem, der sanft wie ein Nebel über ihre Haut streicht, ihren Hals hinab und über ihre Brüste. Sie hört das regelmäßige Schlagen seines Herzens, ferne Sirenen und Motorengeräusche, das Gurren der Tauben auf den Fensterbrettern, das Knarzen des Betts, als er sich bewegt. Seine Zunge kreist um ihren Nabel, und seine kraftvollen Hände fahren über die Innenseite ihrer Schenkel, um sie sanft aufzudrücken.

Als seine Zunge ihren Nabel verlässt und die Mitte ihres Körpers hinabfährt, wandern seine Finger wieder nach oben, wobei seine rauen Schwielen über ihren Bauch streicheln und dort Feuerwerke zu entzünden scheinen.

Mit den Lippen berührt er den Spalt zwischen ihren Beinen. Drängend erkundet seine Zunge sie. Jeder Nerv in ihrem Körper konzentriert sich nun auf diese wenigen Quadratmillimeter. Sie denkt: Vielleicht hat diesen Punkt noch nie jemand zuvor berührt.

»Das ist er nicht.« Seine Stimme klingt wie ein leises Echo, kaum lauter als ein Flüstern. »Ich nenne das den M-Punkt.«

Zuerst versteht sie nicht, was er meint. Es fällt ihr schwer, klar und vernünftig zu überlegen, und ihr Hirn scheint wie eine Maschine ins Stottern zu kommen.

Er wandert weiter nach unten. Seine Zunge streift über ihre Klitoris. Sie keucht.

»Das gehört dir. Neugewonnenes Territorium. Ich werde es nicht annektieren.«

Der Atem, der durch seine Worte entsteht, weht über die Falten ihres Fleischs und berührt Stellen, die sie noch nie gesehen hat. Unter seinem Finger und seiner Zunge nehmen sie unbekannte Formen an, Höhen und Täler, von denen sie bisher nichts wusste.

Ein Finger wandert am Schambeinknochen vorbei und gleitet in sie.

»Der I-Punkt«, murmelt er. »Weil ich ihn mag.« Sie spürt, wie seine Zunge in sie fährt. »Und weil ich Micajah heiße und heute dir zu Diensten stehe.«

Seine Zunge leckt wie die einer Katze um den Rand der Öffnung – allerdings nicht den ganzen Rand entlang –, sodass Eve kaum weiß, ob sie noch auf ihrem Körper oder bereits in ihr ist.

»Da ist ein C.«

Sie zwingt ihr lustdurchflutetes Hirn nachzurechnen: Er hat noch nicht ganz die Hälfte seines Namens durchbuchstabiert.

Wieder bewegen sich seine Finger in ihr. Seine beiden Zeigefinger, vermutet sie vage. Einer bleibt unten und fährt langsam den Buchstaben C auf ihrem Knochen nach, während der andere zuerst hier, dann da presst und drückt. Sie vernimmt ein langes, leises Stöhnen, ehe sie merkt, dass es ihr eigenes ist.

»Aha«, sagt er. »Ein A. Klingt danach, als sollte ich dorthin wieder zurückkehren.«

Ohne seine Finger herauszuziehen, küsst er eine Stelle an ihrem inneren Schenkel – genau dort, wo ihr Po-Ansatz beginnt. Eine weitere Stelle an ihrem Körper, die Eve bisher nie wirklich wahrgenommen hat, die noch nie auf diese Weise liebkost worden war.

»Ist das ein J?« Seine Stimme klingt zärtlich und langsamer als sonst.

»Wenn du willst. Oder es könnte ein Extra sein, und das jetzt ist ein J.«

Er hält seine beiden Finger jetzt zusammen und knetet einen verborgenen Hügel in ihrem Inneren. Sie will ihre Hände in seinen dichten Haaren vergraben, doch die Nerven empfangen keine Befehle mehr. Ihr ganzes System ist auf einen Punkt konzentriert: die Empfindungen zu verstärken, die Micajahs Finger und Zunge in ihr auslösen.

»Zurück zu A.«

Ein Finger bewegt sich, während der andere den Hügel streichelt, den er J getauft hat. Eves Körper – und nicht nur ihre Stimme – scheint sich in Honig zu verwandeln. H für Honig, denkt sie benebelt. H kommt nach G. Das bedeutet, dass der H-Punkt besser ist.

»H.«

Sie zittert am ganzen Leib. Er hält sie jetzt an den Hüften fest, während er sie mit seinem festen Mund und der Zunge geradezu verschlingt. Eine Welle nach der anderen durchrollt sie, um dann wie Champagner in ihrem Kopf in kleinen Perlen zu zerplatzen.

Sein Mund wandert zu ihrem, sein Atem vermischt sich mit ihrem Atem. Sie nimmt den salzigen Geschmack ihrer eigenen Lust auf seiner Zunge wahr. Es könnte alles eine Täuschung ihrer Sinne sein: sein Gewicht auf ihrem Körper, der warme Duft seines Nackens, das leichte Kratzen seiner Stoppeln auf ihrem Gesicht. Meine Sehnsucht ließ dich entstehen, denkt sie. Sie schlingt ihre Beine um ihn und zieht ihre Schöpfung näher an sich, will sich mit diesem Wunderwesen anfüllen, es in vollen Zügen genießen.

Sie spürt, wie sich Micajahs Körper anspannt – fast wie ein Bogen, der kurz vor dem Zerreißen steht –, um dann plötzlich loszulassen. Die Luft um ihre vereinten Körper hallt mit seiner Lust wider.

»Micajah«, sagt sie und genießt es, seinen Namen auszusprechen. Dann zieht sie die Tücher von seinen und von ihren Augen.

»Das Experiment ist missglückt«, erwidert er. »Keiner dieser Punkte hieß G.«

»Edison hat gesagt, ihm ist nie ein Experiment missglückt. Er hat nur Zehntausende unterschiedliche Möglichkeiten gefunden, wie es nicht glückte.«

»Ich könnte versuchen, mich von jetzt an Greg zu nennen. Allerdings ist der Name nicht lang genug. Gregory wäre besser.«

»George«, entgegnet Eve lächelnd. »Allerdings auch nicht länger.«

»Gogol. Guglielmo.«

Sie lacht.

»Guggenheim«, meint er. »Peggy Guggenheim. Wenn du in die Richtung gehen würdest.«

Er nimmt ihre rechte Hand und führt sie zu der Stelle, die er zuvor gestreichelt hat.

»Denk daran«, sagt er. »Das ist deines.«

Sein Zeigefinger ist über dem ihren, und die Kuppe presst auf ihren Nagel, sodass zwei Finger wie einer gemeinsam kleine Kreise nachvollziehen.

»E«, murmelt er. Mit einem dritten Finger schiebt er ihren dritten Finger weiter. »V.« Seine Finger auf den ihren fühlen sich kraftvoll an. »Und noch mal E.«

Wieder buchstabiert er ihren Namen mit ihren ineinander verschränkten Fingern.

»E.«

»V.«

»E.«

8

Die Luft, die durch die offenen Fenster ins Auto dringt, ist feucht und riecht nach Lehm. Eine unendliche Vielfalt von Grün fliegt an Eves Augen vorbei. Sie ist sich total bewusst, dass jeder ihrer Atemzüge, während sie auf Nebenstraßen durch eine vergessene, ländliche Gegend von Long Island fahren, ein Ausatmen der Pflanzen ist. Micajah sitzt am Steuer. Auf dem Rücksitz hinter ihnen befindet sich das Instrument in seinem Koffer. Sie bringen es zu Yann. Micajah hat ihn angerufen, und Yann hat sich bereit erklärt, den Patienten anzusehen.

Eve betrachtet das Instrument inzwischen als eine Art Talisman: Schön und zerbrechlich, mit einer Spalte im Rücken, die sie an die Jahre erinnert, die sie und Micajah voneinander trennen.

Das Auto ist ein Chevy Nova aus den neunziger Jahren, in einem altmodischen Grünton. Es befindet sich in gutem Zustand, aber nicht so gut, dass ein Autohändler den Wagen als gepflegt bezeichnen würde. Auf jeden Fall wurde er nicht hergerichtet. Eher alt als retro. Völlig unglamourös. Es ist ein Wagen, der in Eves Augen so gar nicht zu Micajahs neuem Rockstar-Image passt.

Er hatte ihr an jenem Morgen in seinem Bett von dem Auto erzählt, während hier und da ein Dieselfahrzeug auf der Straße in Brooklyn unter seinem Fenster vorbeigetuckert war. Er hat es gekauft, erklärte er, weil er als Yanns Lehrling Instrumente und Werkzeuge sicherlich nicht mehr auf seiner Vespa würde hin und her transportieren können.

Er wirkt darüber aufgeregter, stellt Eve fest, als über die Tatsache, dass er zu einem Rockstar avanciert. Talent und Teenagerträume haben ihn so weit gebracht, doch in Wirklichkeit graut ihm ein wenig davor, wie sie immer deutlicher feststellen kann.

»Hast du Lust, den Wagen mit mir abzuholen? Wir können auf eine kleine Entdeckungsfahrt gehen.«

Wieder dieses *wir*.

Sie hatte sich durch den Blick des Mannes in der Überlebenstrainingsgruppe verurteilt gefühlt. Was machen Sie denn mit dem?, schien er sagen zu wollen. *Silberlöwin*. Sie fürchtete sich davor, erneut von Fremden gemustert und verurteilt zu werden.

»Ich muss leider nach Hause«, erwiderte sie. »Ich habe einen Abgabetermin. Ein Pflanzdiagramm für ein neues Gerichtsgebäude.«

Die Präsentation fand in Wahrheit erst in drei Wochen statt, aber ihre Behauptung war auch keine völlige Lüge. Eve setzte sich für jeden Schritt einer Angebotspräsentation einen festen Termin, damit sie genügend Zeit einplanen konnte.

»Wie sieht es nächstes Wochenende aus? Wir könnten das Instrument zu Yann bringen.«

»Wenn du mir versprichst, dass er mich nicht wieder beschimpft.«

»Ich verspreche es.«

Sie lächelte. Ihm war verziehen.

»Er lebt auf Long Island, in der Nähe meiner Freundin Barbara. Wir könnten bei ihr übernachten.«

Zusammen in einem Zimmer natürlich. Als Paar. Ganz öffentlich *wir*.

Ihr Brustkorb zog sich zusammen, und sie zwang sich dazu, ruhig durchzuatmen.

»Nachdem wir mit dem Auto fahren, hole ich dich am besten zu Hause ab.«

»Das liegt aber in der entgegengesetzten Richtung.«

»Na und?«, entgegnete er. »Ich komme schließlich in meinem neuen Auto. Das braucht dringend ein paar Kilometer auf dem Tacho.«

Zögerlich nannte sie ihm ihre Adresse, weil sie befürchtete, dass sein geheimnisvoller Glanz durch ihre Alltagswelt in New Jersey befleckt werden könnte. Gleichzeitig wollte sie das Ganze nicht aufbauschen, indem sie vorschlug, sich woanders zu treffen. Als er sie dann anrief, um ihr mitzuteilen, dass er den Wagen noch nicht hatte abholen können und sie deshalb doch nicht zu Hause einsammeln würde, war sie unglaublich erleichtert und dankbar, dass seine Pläne diesmal nicht aufgegangen waren.

»Was ist passiert?«, fragte sie. »Ich dachte, du wolltest das Auto gleich abholen, nachdem ich weg war.«

»Ich konnte nicht«, antwortete er und schien genau zu überlegen, wie er das formulieren sollte. »Etwas kam dazwischen. Ein Notfall. Und der hat eine Weile in Anspruch genommen.«

Er wollte ihr offenbar nicht erklären, was passiert war, wollte aber auch nicht lügen. Eve ist niemand, der bohrende Fragen stellt und nicht lockerlässt. Was sie miteinander haben, ist ein zartes Pflänzchen. Das beschützt und gepflegt werden muss.

»Geht es allen gut?«

»Ja, es ist jetzt alles vorbei.«

Sie hakte nicht weiter nach, sondern beließ es bei seiner ausweichenden Antwort.

Sie holte ihn in ihrem Ford SUV ab, und gemeinsam fuhren sie in das irische Viertel in Queens. Sobald er seinen Wagen hatte, wollten sie hintereinander zu einer Station fahren, wo sie ihren SUV abstellen würde. Sie hoffte, er würde schnell sein, doch er umkreiste den Nova mehrmals, um sicherzugehen, dass es keine Kratzer oder Dellen in der olivgrünen Lackierung gab. Sie begann sich unwohl zu fühlen, gefangen, während sie hinter dem Steuer saß und wartete. Nach einer Weile stieg sie aus und blieb in der Nähe ihres Autos stehen, wo sie sich irgendwie sicherer fühlte.

»Gefällt dir der Wagen?«, wollte Micajah wissen und strich mit einem Finger eine dünne Chromlinie entlang. »Bist du eifersüchtig?«

Der Verkäufer, ein Mann mittleren Alters in einem schlabbrigen T-Shirt, musterte Eve von oben bis unten mit wenig Interesse. Seine verschränkten Arme ruhten auf einer beinahe horizontalen Bauchablage.

»Ihr Sohn ist ein kluges Bürschchen«, erklärte er. Seine Stimme war von Natur aus dröhnend. »Super Wagen. Hat noch mindestens zehn Jahre vor sich. Locker.«

»Sie ist nicht meine Mutter«, entgegnete ihm Micajah.

»Was ist sie dann?«, erwiderte der Kerl. Er sah wie einer dieser Männer aus, dachte Eve, die schnell und gerne zuschlagen, wenn sich die Gelegenheit ergibt.

Micajah drehte sich zu ihr um. Er würde kein Problem damit haben, es laut beim Namen zu nennen, das wusste sie. Aber ihm war bewusst, wie empfindlich sie in dieser Hinsicht war.

»Ich bin seine Geliebte«, sagte Eve und starrte den Mann finster an.

Der Kerl wirkte so, als hätte er einen Hieb in die Magengrube erhalten. Micajah wandte sich ab, um sein Grinsen zu verbergen, und strich hastig die Papiere auf dem Kühler des Nova glatt. Der Mann unterschrieb eilig, nahm das, was ihm gehörte, und verschwand in seinem Haus.

»Das war so was von cool«, sagte Micajah, während er seine Nummernschilder und einen Schraubenzieher aus einer Tasche holte, die auf ihrem Rücksitz lag. »Ich hätte nie gedacht, dass du das laut aussprechen würdest.«

»Ich auch nicht«, erwiderte Eve und brach in Gelächter aus.

Micajah warf einen Blick auf das Haus des Mannes. »Glaubst du, er beobachtet uns?«

»Garantiert.«

»Alte Typen wie der«, meinte Micajah, als er zu lachen aufhörte, »bringen ihre Frauen dazu, mit jüngeren in einen Wettbewerb zu treten, wahrscheinlich ohne es überhaupt zu merken. Ich hab Neuigkeiten für dich, mein Guter. Du und deinesgleichen treten in einen Wettbewerb mit mir.«

Während sie in dem Nova durch Long Island fahren, muss Eve wieder an diese Szene denken. Micajah war sehr schnell gewesen, dem Mann zu erklären, dass Eve nicht seine Mutter sei. Sie fragt sich, wer eigentlich seine Mutter ist. Bisher hat er sie so gut wie nie erwähnt, und sie spürt, dass da eine Wunde in ihm ist. Vielleicht wird das Gespräch eines Tages auf dieses Thema kommen, und er wird ihr erzählen, was passiert ist. Sie würde es gerne erfahren.

Micajah biegt auf eine Schotterstraße ab, die von überhängenden Ästen überdacht wird. Der Weg endet an einem Farmhaus mit Holzschindelfassade, umgeben von alten Apfelbäumen. Dahinter steht eine verwitterte, weiß gestrichene Scheune mit einer Wetterfahne auf dem Dach, die von Jahrzehnten stürmischer Winter ganz verbogen ist.

In dem offenen Scheunentor liegt ein riesiger grauer Hund wie ein Teppich in der Sonne. Micajah beugt sich zu ihm herunter, um ihn zu streicheln.

»Hallo, Seamus.« Er krault ihn hinter den Ohren. Seamus grummelt und beginnt begeistert zu japsen. »Das ist Eve«, sagt Micajah. »Sie gehört zu mir.«

Er tritt zwischen die Vorderpfoten des Hundes, um die Scheune zu betreten. Eve folgt ihm.

Ein korpulenter Mann mit einer wilden Mähne und einem Pulli, der sich aufzulösen beginnt, beugt sich gerade über eine Werkbank und hämmert vorsichtig mit einem winzigen Holzhammer und einem ebenso kleinen Meißel. Er blickt von seiner Arbeit auf, nickt Micajah zu, würdigt Eve kaum eines Blickes und fährt mit dem fort, was er gerade macht.

»Eve, das ist Yann – der Mensch, den ich am meisten bewundere.«

»Das liegt nur daran, weil er jung ist und noch nicht so viele Leute kennt.«

Kein »Hallo« oder »Freut mich, Sie kennenzulernen«. Yanns Stimme ist tief und rau, beinahe ein Knurren, und er hat einen leichten Akzent, den sie aber nicht einordnen kann. Vielleicht keltisch oder slawisch. Er spricht in einem kaum wahrnehmbaren Singsang, als ob dieser bärenstarke Mann in seinem Inneren eine Musik entstehen lassen würde, die er herauslässt, wenn er ausatmet. Eve fragt sich, ob er autistisch ist oder etwas in dieser Richtung. Seine Sprache wirkt trotz des Singsangs seltsam beherrscht. Er schaut sie kaum an und scheint mit seinen Werkzeugen zu sprechen. Selbst Micajah hat er nicht angelächelt.

Die Scheune stellt sich als wahre Schatzkammer heraus. An den Wänden hängen weiter oben überall Instrumente, während sich im unteren Bereich Vitrinen und Regale entlangziehen, vollgestopft mit Büchern, aber auch mit Tierknochen und kleinen Schädeln. Federn und Flaggen hängen an den vertikalen Stützen, ebenso wie alte Ledertaschen und Beutel, seltsame Gegenstände aus bemaltem Metall, lange Seile und Bündel mit Schnüren. Auf dem Holzboden liegen zahlreiche Perserteppiche, ausgeblichen und zerfranst. Schäbige karierte Wolldecken sind über ein Sofa und zwei Sessel gebreitet. Eine mehrfarbige Katze hat sich auf einem der Sessel zusammengerollt und schläft in dem warmen Dämmerlicht.

Lichtgaden umgeben den Raum. Sie befinden sich unterhalb einer gewölbten Decke und werden von einer überhängenden Dachtraufe ein wenig verdunkelt. Das Licht, das hereinfällt, ist gedämpft und gleichmäßig. Nur der Sonnenstrahl, der durch das offene Tor ins Innere gelangt, wirft einen Schatten: Eve und Micajah, ineinander verschlungen.

»Schau mal, Mick. Das kam letzte Woche aus dem Jemen. Eine einfache Tanbur.«

Micajah tritt zur Werkbank, sein dunkler Kopf nun direkt neben Yanns grauen, verfilzten Haaren. Es ist wunderbar mit anzusehen, wie konzentriert die beiden sind. Eve würde ihnen lieber zuschauen, als irgendeinen Smalltalk führen zu müssen, der sowieso nur ihrer Anwesenheit geschuldet sein würde.

Sie mag den Geruch des Raumes – eine Mischung aus Wachs, Sägemehl, Hund und der wilden Minze, die draußen in dichten Büscheln wächst. Ihr Blick wandert über die Instrumente an den Wänden. Ein paar sehen roh und einfach aus, andere teuflisch raffiniert – eine große Vielfalt, von schlichten drei Saiten bis zu etwa hundert oder mehr feinen Drähten. Einige sind seltsame Kreuzungen und bestehen aus Tasten und Saiten zugleich. Sie ist von den giraffenartigen Hälsen, den runden Bäuchen, die an Kürbisse erinnern, den merkwürdigen Ausbuchtungen und Schnitzereien fasziniert, unter denen sie Fische, Engel und irgendwelche mythischen Ungeheuer entdeckt. Ein Instrument mit Einlegearbeiten aus Elfenbein und Perlmutt könnte von Scheherazade gespielt worden sein, während ein anderes – düster und wild anmutend – vielleicht Derwische in einen manischen Tanz trieb.

Als Yann sich aufrichtet, hebt Micajah Eves Koffer auf den Tisch.

»Wir haben dir etwas mitgebracht.«

Leises Summen dringt aus Yanns Kehle, als er das Instrument aus dem mottenzerfressenen Futterstoff nimmt. Sie beobachtet seine Finger, die über das Holz wandern, als ob er ertasten wollte, welche Laute es zu spielen vermag. Er fährt über den Rücken und zuckt sichtbar zusammen. Es scheint ihn viel Willenskraft zu kosten, es umzudrehen und die Beschädigung zu betrachten.

»Ich habe es in einem Trödelladen gefunden«, sagt Eve. »Ich konnte es nicht zurücklassen.«

»Wie die Notärzte«, meint Yann und streicht vorsichtig über die Ränder des Spalts. »Die wollen auch nie aufgeben, selbst wenn der Patient schon tot ist.«

Eve sinkt das Herz in die Hose. Es ist schwer, seinen Tonfall richtig einzuschätzen. In ihren Ohren klingt das eher nach Sarkasmus als nach Hoffnung.

»Kannst du was machen?«, will Micajah wissen.

»Das ist eine unsinnige Frage, mein Junge. Ich kann viel machen. Ich kann jonglieren. Ich kann dort draußen auf den Baum klettern. Ich kann ein ganzes Lamm braten.«

Micajah lacht. »Kannst du es richten?«

Vorsichtig legt Yann das Instrument auf den Rand des Sofas, wobei er seinen Steg und die Saiten in die Vertiefung zwischen dem Rahmen und den Polstern legt. Seine Finger gleiten in den Hohlraum. Dann vergräbt er sein Gesicht in dem Spalt, als ob er im Inneren nach einem Lebenszeichen suchen wollte.

Es scheint ihm egal zu sein oder vielleicht bemerkt er es auch gar nicht, dass Eve ihn beobachtet. Wenn sie ihn doch nur durch die pure Kraft ihres Willens dazu bringen könnte zu sagen, dass es gerichtet werden könne und dass er die Arbeit übernehmen würde.

Als wäre es für Micajah zu schmerzhaft, Yann bei seiner Diagnose zuzuschauen, nimmt er eine Geige in die Hand und beginnt leise darauf zu spielen. Er hält sie auf eine Weise, wie Eve das noch nie gesehen hat – nicht unter sein Kinn geklemmt, sondern beinahe auf dem Kopf, das Ende in der Kuhle zwischen Oberarm und Achselhöhle ruhend. Sein Blick geht ins Leere, als ob er nur noch die Musik in seinem Kopf hören würde.

Eve erkennt die Melodie sofort. Sie hatte versucht, sie für sich zu wiederholen, seitdem sie diese zum ersten Mal hörte. Sie hatte die Melodie sofort noch einmal abspielen wollen, als sie die Worte »Für Eve« gelesen hatte und ihr fast schwindlig wurde, doch der Link war verschwunden.

Obwohl sie ihren ganzen Computer durchsuchte, fand sie nichts, nicht den geringsten Hinweis darauf, dass die Nachricht oder die Datei jemals existiert hatten. In den darauffolgenden Wochen ist die Melodie immer unwirklicher geworden und ihr wie ein ferner Traum erschienen.

Als Micajah sie jetzt spielt, lässt sie Eve an einen Wandernden denken, der einem unregelmäßigen Lichtpunkt in einem Nebel folgt. Suchend – hoffnungsvoll – freudig erwartend – verloren – wieder suchend. Noch nie zuvor wurde sie von Musik so direkt angesprochen, noch nie zuvor hat sie solch starke Gefühle in ihr geweckt. Sie entspannt sich und lässt sich davontragen. Yann wird antworten, was er antworten wird. Sie kann es nicht beeinflussen.

Sie spürt, dass Micajah sie ansieht, und schaut zu ihm hinüber. Als sich ihre Blicke treffen, bemerkt sie, wie sich ein Schatten auf ihn legt. Mitten im Spiel bricht er ab und nimmt ein anderes Instrument, dessen Namen Eve nicht kennt. Er setzt sich auf einen niedrigen Stuhl und stützt den Resonanzkörper auf seinem Schoß ab, während der Hals weit über seinen Kopf ragt. Er fährt mit einem Bogen wild über die Saiten. Die Suche ist jetzt nicht mehr tastend zärtlich, sondern ein Akt der Verzweiflung.

Yanns Hände hören auf, den Spalt zu untersuchen. Er schaut Eve vorwurfsvoll an. Was auch immer Micajah quält – Yann scheint davon überzeugt zu sein, dass es ihre Schuld sein muss.

Als die Melodie endet, hängt Micajah das seltsame Instrument wieder an seinen Platz an der Wand und geht nach draußen, ohne Eve anzuschauen. Yann legt eine Hand auf ihren Arm. Er will sie nicht zurückhalten, bedeutet ihr aber stumm, dass sie Micajah nicht folgen soll.

»Sie haben mich angerufen«, sagt er. »Weil Sie das hier verkaufen wollten.«

»Ja.«

Für den Bruchteil einer Sekunde fragt sich Eve, ob es nicht besser gewesen wäre zu lügen. Nein – es wäre sinnlos, selbst wenn sie eine geschickte Lügnerin wäre, was sie nicht ist. Eine Lüge würde Yann viel mehr verärgern als die Wahrheit.

»Ich sollte Sie stattdessen dazu zwingen, es zu essen.«

Eve hat das Gefühl, dass er sie testen will. Ihr fällt keine passende Antwort ein, weshalb sie einfach wartet, bis er weiterspricht.

»Am Telefon waren Sie wesentlich gesprächiger als jetzt«, fährt er fort. »Pläne und Absichten und Erklärungen, was ich Ihrer Meinung nach tun soll. Gibt es die immer noch?«

Sie lässt sich einen Moment lang Zeit, ehe sie antwortet. Zwar hat sie ihre Meinung nicht völlig geändert, was einen Verkauf des Instruments betrifft, aber so sicher wie zuvor ist sie sich nicht mehr.

»Ja«, sagt sie. »Es gibt noch Pläne, allerdings keine konkreten mehr. Eher Möglichkeiten.«

Yann nickt zufrieden.

»Ein Plan ist auch etwas Absurdes. Man kann die Zukunft nicht wie eine Abordnung von Soldaten kommandieren.«

Erneut fällt Eve keine passende Antwort ein. Zu ihrer Überraschung merkt sie, dass das kein Versagen ihrerseits bedeutet. Die gewöhnlichen gesellschaftlichen Konventionen, dass man den Ball zurückspielen muss, wenn der andere etwas sagt, treffen bei Yann nicht zu.

»Trotzdem muss es Möglichkeiten geben. Ohne sie sind wir nur dumpfe Wesen. Sie haben jetzt auch noch andere Möglichkeiten.«

Ich könnte Micajah das Instrument schenken. Unvermittelt taucht dieser Gedanke in ihr auf, aber sie möchte ihn nicht laut aussprechen. Er wäre sonst wie ein Wunsch an die Zukunft, ein Signal an eine Zukunft, von der sie sich immer wieder sagt, dass sie nicht eintreffen wird. Will Yann, dass sie das verspricht?

»Was sind Sie?«, fragt er und mustert sie eindringlich.

Obwohl Eve es nicht genau versteht, scheint er tief in ihre Unsicherheiten einzudringen. Die Frage enthüllt das Loch in ihrem Inneren, an jener Stelle, wo Sinn und Zweck eines Lebens verortet sind. Yann ist der Richter, sie die Angeklagte, doch sie hat keine Worte, um Zeugnis für sich selbst ablegen zu können. Später wird Micajah ihr erklären, dass sie so Yanns Respekt gewann: durch ihr in sich ruhendes, ehrliches Schweigen.

»Sie sind keine Musikerin«, fährt er fort. Sie merkt, wie das Frösteln, das sie ergriffen hat, langsam nachlässt.

»Nein.« Im Grunde hat sie nichts zu verbergen.

»Ich bin auch kein Musiker.«

Zum ersten Mal sieht sie ihn lächeln. Sein Lächeln gilt nicht ihr, sondern Micajah, der hinter ihr auftaucht. Sie hört, wie er über Seamus steigt und erneut die Scheune betritt.

»Ich werde es versuchen«, sagt Yann zu Micajah und mit einem raschen Blick in Eves Richtung.

Eve hat erwartet, dass sie sich durch eine positive Antwort erleichtert fühlen würde. Zufrieden mit dem Erfolg. Dankbar. Doch stattdessen spürt sie etwas anderes – als würde sich das Rad des Schicksals weiterdrehen.

»Wie viel verlangen Sie?« Es ist ihr zwar unangenehm, das Thema Geld anzuschneiden, aber sie hat das Gefühl, dass sie es nicht auslassen kann.

»Einen Toten zum Leben zu erwecken, ist ein Wunder«, erwidert Yann. »Kein Geschäft.«

Der herbe Geruch von Seegras und Salz vermischt sich mit dem duftenden Dampf einer Tasse frischen Thymiantees, die Eve mit beiden Händen umfasst hält. Sie genießt die Wärme, die durch die Keramik dringt. Eine Schale mit reifen Feigen steht auf dem Tisch vor ihr. Die Wände von Barbaras Küche sind in einem hellen Blauton gestrichen, der zum Himmel draußen passt. Eve stellt sich vor, dass sich der Raum an anderen Tagen, wenn die Wolken tiefer hängen, mit dem Ozean vermengt. Die Schränke sind aus wettergegerbtem Treibholz gefertigt, das Barbara selbst gesammelt hat, wie sie Eve erzählte – die Überreste von zertrümmerten Walfang- und Fischerbooten, mit deren Matrosengeistern sie manchmal rede.

Auf der Fahrt nach Long Island hatte Micajah gesagt, dass er ein wenig in Barbara verliebt sei. Du wirst sehen, meinte er. Du wirst dich auch in sie verlieben. Eve hatte gegen ihre Eifersucht angekämpft und sich gesagt, dass er sie nicht zu ihr bringen würde, wenn sie tatsächlich eine Rivalin wäre.

Barbara ist schön – mit offenen silbernen Haaren und einem großen Mund. Linien durchziehen ihre Haut nach vielen Jahren der Sonne und des Winds, voller Gefühle, Gedanken und Lachen. Eve empfindet keine Eifersucht, sondern Neid. So, denkt sie, will ich sein, wenn ich einmal wirklich erwachsen bin.

»Sich Hals über Kopf verlieben! Was für eine lächerliche Formulierung! Als ob man den Kopf verlöre und blindlings irgendwo hineinrennt. Und wo findet man sich dann wieder? In einer Falle?«

Barbara sautiert Pilze, während Micajah Tomaten in Scheiben schneidet, die sie zuvor in einem kleinen eingezäunten Garten voller Gemüse und Blumen draußen vor der Küchentür gepflückt hatte.

»Ich habe eine Weile gebraucht, aber irgendwann habe ich begriffen, dass ich so schnell wie möglich das Weite suchen muss, wenn sich ein Mann Hals über Kopf in mich verliebt«, fährt Barbara fort. »Oder ich mich in ihn. Wer will schon den Kopf verlieren? Ist doch viel besser, wenn man das bewusst macht.«

Sie zupft ein paar silbrige Salbeiblätter von einer Pflanze auf dem Fensterbrett und wirft sie in die Pfanne mit den Pilzen.

»Das Tolle daran, sechsundsiebzig zu sein, ist, dass man endlich einen postsexuellen Zustand anstreben kann. Alle lieben, aber keinen speziell. Das Geheimnis des Glücks. Aber das muss man sich erst verdienen.«

»Mit Schweiß und Tränen?«, will Micajah wissen.

»Nein, mein Lieber. Einfach nur mit Zeit. Indem man älter wird. Indem man seine Beiträge leistet. Man muss mindestens einmal wirklich tief und wahrhaftig geliebt haben. Ohne dabei einen bestimmten Plan zu verfolgen und auf jeden Fall ohne eine Liste mit all den Dingen, die geändert werden müssen. Haben Sie das schon, Eve? Micajah frage ich nicht, er ist noch viel zu jung dafür.«

»Nein, habe ich noch nicht.« Sie hatte irgendwann die Hoffnung aufgegeben, dass Larry doch anders sein könnte – nicht aus Liebe, sondern aus Verdruss und Erschöpfung.

»Ich höre manchmal Frauen zu, und sie reden nur davon, was alles falsch an ihren Männern ist. Die Männer sind mehr oder weniger Schadensbegrenzungsprojekte. Wie ein Haus, das nie fertig wird. Sobald man die Griffe an den Küchenschränken geändert hat, ist das Dach undicht, und man muss den Putz erneuern. Dann will man endlich mal ein neues Bad. Das Problem ist diese absurde Vorstellung, dass wir unser Leben lang monogam sein sollen. Wir sind keine Pinguine! Oder sind es Zwergtaucher? Wie alt sind Sie, Eve?«

»Im September neunundvierzig.«

»Achtundvierzig«, sagt Micajah beinahe zeitgleich. Eve und Barbara lächeln einander an. Er ist jung genug, dass ein Jahr einen Unterschied macht.

»Ihr beide seid wirklich perfekt«, meint Barbara. »Normalerweise sind es ein fünfzigjähriger Mann und eine achtundzwanzigjährige Frau, die beide ihre Pläne verfolgen. Er will das Schmuckstück an seinem Arm, die eitle Selbstbestätigung, den Knackarsch im Bett. Sie will Status, Sicherheit, Klamotten, Geld. Wenn man das aber umdreht, wird es zu einer idealen Liebesgeschichte. Keiner von euch will Kinder, keiner will sich niederlassen. Ich bin mir sicher, dass Sie keine Lust haben, die Socken eines anderen Mannes aufzuheben, Eve, so kurz nachdem Sie die Socken Ihres Ehemanns losgeworden sind.«

Während sie einen schmiedeeisernen Untersetzer auf den Tisch stellt und die Pfanne darauf platziert, fragt sie Eve: »Glauben Sie an Liebe auf den ersten Blick?«

Eve überlegt einen Moment lang – muss daran denken, wie sie Larry kennengelernt hat und wie Micajah.

»Ich bin mir nicht sicher. Sollte ich?«

»Um Gottes willen nein!«, ruft Barbara. »Wie kann man

jemanden lieben, den man gar nicht kennt? Das ist nur eine Endorphinausschüttung, wie beim Joggen. Ich finde es furchtbar, wenn ich beobachte, wie Leute wie diese Flipperkästen aufleuchten und das dann Liebe nennen.«

Eve sieht Micajah dabei zu, wie dieser den Salat mischt. Ist das Liebe, was ich für ihn empfinde? Es überwältigt sie nicht, nimmt nicht alle ihre Sinne und ihren Verstand in Beschlag. Sie starrt nicht aufs Telefon und wartet darauf, dass er sie anruft, wie sie das tat, als sie noch jung war. Oft vergehen viele Stunden, ohne dass sie an Micajah denkt. Sie arbeitet, sie kocht, sie sucht nach geeigneten Objekten für Deborahs Geschäft, und das alles mit einer neuen, allumfassenden Leichtigkeit. Sie muss nicht mehr an Larrys Abendessen denken, an seine Wäsche, an seine Meinungen und Ideen. Und an Micajah muss sie auch nicht denken.

Sie hat es für unmöglich gehalten, dass es sie glücklich machen könnte, Micajah zu lieben. Vielmehr hat sie sich davor gefürchtet und vor ihm, selbst in den Momenten größter Selbstvergessenheit. Aber im Laufe des Abends verlässt sie diese Angst fast unmerklich.

»Wenn ich einen Mann liebe, liebe ich es besonders, ihm beim Essen zuzusehen«, sagt Barbara mit einem komischen Knurren.

»Das ist das Geräusch, das Barbara bei allem macht, was sie liebt«, erklärt Micajah voller Zuneigung. »Bei Meeresluft, Austern und gut aussehenden Männern.«

Seine Bemerkung veranlasst Barbara, ein paar Geschichten zu erzählen: von dem verheirateten Handwerker, mit dem sie zwei Jahre lang jeden Freitag schlief und vor dem sie einmal tanzte, nur mit einem Kopfschmuck aus Fischreiherfedern bekleidet, übrig geblieben von einem Ball im Vassar College; von ihrem Mann, der sie links liegen ließ, um dünnen Frauen hinterherzujagen.

»Wenn ihm magersüchtig gefällt«, bemerkt sie, »hätte er mich nicht heiraten dürfen.«

Während sie nach dem Essen gemeinsam abwaschen, kommt die Playlist klassischer Musik, die aus Barbaras Boxen erklingt, zu einem Walzer von Strauss. Micajah nimmt ein Geschirrtuch, um sich die Hände abzutrocknen und zieht Barbara auf die Füße. Sie tanzt besser als er, doch das macht nichts. Er wirbelt sie durch die Küche ins Wohnzimmer und wieder zurück, wobei er sie erst in die eine und dann in die andere Richtung dreht. Der Walzer wird schneller und schneller. Sie lachen und versuchen, nicht gegen Möbel, Türrahmen oder Wände zu stoßen.

Eve beobachtet sie, während das Abendlicht durch die Blätter draußen hereinfällt. Sie stellt sich die Liebe, die Barbara beschrieben hat, als einen Baum vor, auf den sie klettern und in dessen geschützte Äste sie sich schmiegen kann. Micajah hat einen solchen Baum für Barbara gepflanzt. Vielleicht wird auch für sie beide ein solcher Baum wachsen.

Sie betrachtet die Gegenstände, die Barbara um sich versammelt hat – auf den Tischen und Fensterbrettern. Vorsichtig nimmt sie einen geschnitzten Walzahn in die Hand, der durch sein Alter mehrere Risse aufweist und mit einer Rose verziert ist.

»Wonach sieht das für Sie aus, Eve?«, will Barbara wissen, als sie sich schließlich atemlos in einen Sessel fallen lässt.

Eve lacht.

»Nach einem Dildo, nicht wahr?«

»Ist es das?«

»Ich habe nicht die geringste Ahnung! Aber wäre es nicht

wunderbar, wenn es genau das wäre? Was für eine schöne Idee, sich vorzustellen, wie die Handarbeit deines Mannes in deinem Inneren ist, während er weg oder vielleicht sogar schon tot ist. In jener Zeit war so etwas vielleicht ganz normal. Haben Sie sich nie gefragt, wofür all diese Beinschnitzereien damals gedient haben mögen?«

Wieder muss Eve lachen. »Blumen sind allerdings selten. Meistens sind es Muster. Wie Kinderzeichnungen.«

»Nun ja«, meint Barbara mit einem Schulterzucken. »Nicht jeder ist ein Liebhaber. Oder ein Künstler.«

Draußen auf der Veranda vor Barbaras Haus legt Micajah irgendwann nach dem Abendessen, als der Himmel bereits indigoblau gefärbt ist, seine langen Arme um Eves Schultern, verschränkt die Hände auf ihrem Bauch und umspielt mit den Fingern ihren Nabel, der sich durch den dünnen Stoff ihres Kleides abzeichnet. Das Geländer ist mit Jasmin umrankt, dessen Blüten in der Dunkelheit geöffnet sind. Eve atmet den süßen Duft ein und lehnt sich an Micajah. Etwas weiter entfernt ist ein seltsames Strahlen zu sehen, als ob die Erde heller wäre als die Mondsichel oben am nächtlichen Himmel. Das Strahlen bewegt sich in der vertrauten Form des wogenden Ozeans.

»Was ist das? Das habe ich noch nie gesehen.«

»Biolumineszenz. Winzige Meerestiere, die ihr eigenes Licht generieren. Niemand weiß, warum das passiert und weshalb da plötzlich eine Untiefe ist.«

Er küsst ihren Nacken und lässt sie dann los. »Komm, wir gehen schwimmen.«

Sie laufen ein paar Stufen hinunter und folgen einem Laufsteg durch die Dünen. Die Holzplanken sind noch warm von der Nachmittagssonne, und der Sand fühlt sich unter Eves nackten Füßen weich und körnig zugleich an. Als sie die letzte Düne erklimmen, bleiben sie stehen, verzaubert vom Anblick, der sich ihnen bietet: ein leuchtendes, unwirklich anmutendes Meer.

»Unglaublich«, flüstert sie.

Sie meint nicht nur den Anblick, sondern all das Glück, das ihr im letzten Monat widerfahren ist und sie hierhergebracht hat. Sie kann sich nicht vom Bild des Ozeans vor ihr losreißen. In ihrer Vorstellung schwimmt sie bereits in diesem alchemistischen Bad und spürt, wie es sie noch mehr verwandeln wird.

Sie hört, wie Micajahs Kleidung leise in den Sand fällt.

»Wer schneller ist!«

Er rennt los. Eve reißt sich ebenfalls die Kleider vom Leib, läuft dabei ein paar Schritte und wird dann langsamer. Wenn sie rennt, verliert sie wertvolle Sekunden, diese unvorstellbare Schönheit in sich aufzusaugen.

Micajah springt in die Wellen und zieht einen wirbelnden Dunstnebel hinter sich her. Als sein Kopf ins Wasser taucht, schimmert er wie ein Wesen aus einer anderen Welt. Über ihm bilden die fünf hell leuchtenden Sterne der Kassiopeia ein M im Himmelsfirmament.

Eve lässt den Schaum der sanft heranrollenden Wellen über ihre Füße spülen und genießt die erste Berührung des Wassers auf ihrer Haut. Weiter draußen spritzt Micajah einen Regen aus blauen Sternen in die Luft.

»Komm! Komm rein!«

Eve wird von dem Gefühl der Scham erfasst, als sie nackt

am Strand steht: die Brüste weiter unten als früher, die Hüften breiter, ihr Bauch nicht mehr so straff. Sie lässt sich ins Wasser gleiten und schwimmt zu Micajah hinaus.

Über die Linien seines Gesichts spielt Licht. Er schlingt sich um sie und hält sie eng an sich gedrückt, während er mit den Beinen paddelt. Das Wasser lässt ihre Haut an den Stellen, an denen sie sich berühren, aneinanderkleben.

Mit der Handfläche schiebt er das Wasser immer und immer wieder zwischen ihre Beine: Der Ozean scheint sie zu lieben. Sie setzt ihre Füße auf seine Hüften, um sich festzuhalten, und öffnet sich den Wellen, die Micajah für sie macht. Glitzernde Tropfen laufen über seine breiten Schultern und seine Armmuskeln hinab.

Die Sterne wirken wie ein Spiegelbild des glitzernden Meeres. Je länger sie zu ihnen hinaufblickt, desto mehr Nadelstiche entdeckt sie im Stoff des Firmaments.

Sie schlingt ihre Beine um Micajahs Brust und gleitet an ihm hinab, wobei sie sich an ihn drängt. Dann beugt sie sich vor und küsst seinen wunderbaren Mund.

»Gehen wir wieder ins Haus.«

Als sie fast den Strand erreicht hat, packt er sie am Fuß und zieht sich auf sie. Er vergräbt sein Gesicht in ihrem Nacken und lässt die Wellen über sie hinwegrollen. Sie denkt an Burt Lancaster und Deborah Kerr am Strand von Hawaii: graue Formen in einem künstlichen Mondlicht, in Badeanzüge gehüllt, um die Sittenwächter nicht zu vergrämen. Wenn jetzt die fünfziger Jahre wären, denkt Eve, hätte ich garantiert keinen jüngeren Liebhaber. Ich würde auch nicht nackt mit ihm schwimmen gehen. Ich würde in einer Schwarz-Weiß-Welt leben, bewacht von Sittenwächtern, nur halb am Leben.

Sie will Micajah – sie will sich mit ihm vereinen, will nicht mehr wissen, wo sie aufhört und er anfängt. Ihre Brustspitzen prickeln, als die Flut den Sand unter ihr wegzieht, scharfe Körnchen aus pulverisierten Korallen, Knochen und Muscheln. Sie windet sich aus Micajahs Umarmung und läuft den Strand hoch zu der Dusche, die sich auf einem kleinen Holzverschlag neben dem Laufsteg befindet. Während frisches Süßwasser über ihre Haare läuft, wartet sie auf ihn.

Seine Arme baumeln entspannt an den Seiten herab, als er die Dünen hochsteigt. Dieses Bild von ihm wird sie nie vergessen: wie er auf sie zukommt, groß und schlank, wie aus einer anderen Welt, eine Silhouette vor dem geheimnisvoll schimmernden Ozean.

Sie überlässt ihm die Dusche. Während sie sich mit einem Handtuch abtrocknet, das auf einem kleinen Brett neben der Dusche liegt, beobachtet sie, wie seine magische Haut weggewaschen wird. Er dreht das Wasser ab und schlingt seine Arme um sie.

»Du machst mich wieder nass«, sagt sie.

»Gut.«

Sie spürt, wie er sich gegen sie presst, sie schlingt die Arme um seine schmale Taille, ihre Hände wandern die Innenseite seiner Schenkel hinauf, um die glatte, feste Haut zwischen seinen Beinen zu ertasten – was für ein geheimnisvoller Ort. Sie hatte Larry in den ganzen Jahren ihrer Ehe nie dort berührt.

»Eve.« Mit jedem Atemzug stöhnt er oder nennt ihren Namen. Seine Zähne ziehen zärtlich an ihrem Ohrläppchen. Seine Zunge findet die kleine Stelle hinter dem Ohrläppchen, die besonders weich und empfindlich ist.

Lust lässt sie ihre Finger zusammenkrallen. Einen Moment lang hat sie Sorge, dass sie ihm wehgetan hat, als sie ihre Nägel in diese zarte Haut gräbt. Aber die Laute, die er von sich gibt, hören sich nicht nach Schmerzen an. Sie erinnern Eve an eine schnurrende Katze. So vorsichtig wie möglich kratzt sie mit zwei Fingern ihrer linken Hand in einem Rhythmus, der dem Heben und Senken seiner Brust entspricht.

Er lehnt den Kopf zurück und vergräbt seine Finger in ihren Haaren. Seine Schlüsselbeine heben sich unter seiner jungen Haut sichtbar ab. Sie taucht mit der Zunge in den Hohlraum zwischen ihnen.

Neben ihnen befindet sich eine Rattanliege, an der mit Bändern dicke Polster befestigt sind. Sie lassen sich darauf niedersinken. Micajahs Haut schimmert dunkelgolden – im Gegensatz zu ihrer blassen Haut, die durch das Mondlicht noch heller als üblich scheint.

»Fessel mich«, sagt er und zieht an einem der Bänder, um es dann um sein Handgelenk zu wickeln.

»Magst du das?«

»Ich weiß es nicht.«

»Hast du das noch nie probiert? Wirklich nicht?«

In Eves Vorstellung weiß Micajah alles über Sex.

»Ich lüge nicht, Eve. Ich werde dich nie belügen.«

Die unterdrückte Heftigkeit in seiner Stimme klingt wie eine Warnung: Stell also keine Fragen, deren Antwort du nicht hören willst.

Sie beugt sich vornüber, um das losgelöste Band um sein rechtes Handgelenk zu binden. Ihre Brüste streichen dabei über sein Gesicht. Er zieht eine Brustspitze in seinen Mund und beißt zu – so fest, dass es zu prickeln beginnt.

»Ist das gut?«

Ja oder nein? Ihre Nerven tanzen auf dem schmalen Grad zwischen Schmerz und Lust. Ihre Brustwarzen sind hart.

»Ja.«

Ihre Finger zittern. Jegliche Konzentrationsfähigkeit und Koordination haben sie verlassen. Er lässt seinen Arm locker. Seine gesamte Energie richtet sich auf die unermüdliche, quälende Liebkosung seines Mundes.

Schließlich gelingt es Eve, die Fessel so zu knüpfen, dass sie sich nicht gleich wieder löst. Dann wendet sie sich seinem linken Handgelenk zu. Sein Mund wandert zu ihrer rechten Brust.

Jetzt ist auch das zweite Band fest. Eve fährt mit der Zunge das Innere seines Oberarms entlang und dann den Rand seiner Achsel. Sie lernt allmählich die Geografie seines Körpers besser kennen. Das Mondlicht wirft einen Schatten auf die Mulde an seinem Halsansatz. Ihre Zunge hat sie bereits gefunden. Jetzt markieren ihre Augen ihren Platz – so wie ein Entdecker die Merkmale eines neuen Landes verzeichnet.

Sie zieht eine Linie aus Küssen seine glatte Brust herab bis zur Brustwarze. Dort beißt sie hinein, so fest, wie er das bei ihr tut.

Er stöhnt, und sein Körper windet sich wie ein Aal.

»Gefällt es dir?«, fragt sie.

Er antwortet nicht.

Eine Linie aus feinen Härchen beginnt an seinem Nabel und führt zu der dunklen Schambehaarung, aus der sich sein Glied abhebt. Eve umfasst es zuerst mit ihrer Hand und schließt dann ihre Lippen darum. Mit der Zunge erkundet sie die konische Spitze und dann die unregelmäßige Naht bis zur Wurzel des Penis. Jetzt hält sie sich mit dem ganzen Körper über Micajah, ohne ihn zu berühren, um den Moment noch ein wenig hinauszuzögern, in dem er den perfekten Winkel findet, um in sie einzudringen und tief in sie zu fahren. Sie spürt, wie der Wind dreht und vom Land zum Meer zu wehen beginnt, wobei er den Duft des Jasmins mit sich trägt.

Eve zieht an den Bändern, weil sie seine Hände auf ihrer Haut spüren will. Doch als er sie umfasst – das Gewicht ihrer Brüste fühlt, über ihren Bauch streicht und ihre Hüften umfängt – kommt sie sich auf einmal zu groß, zu weich und zu alt vor.

»Psst«, murmelt er, als er ihre unausgesprochene Selbstkritik bemerkt, die sie von ihm wegzieht. »Du bist eine Königin. Nicht irgendeine dürre, kleine Prinzessin. In dir sind Welten.«

Er lächelt über die Verblüffung, die sich wohl auf ihrem Gesicht zeigt.

»Du bist großzügig und freigiebig«, fährt er fort. »Du füllst den Raum.«

Sie lacht. »Ein bisschen zu sehr.« Aber das quälende Gefühl in ihr ist verschwunden.

»Nein«, widerspricht er. »Herrlich weiträumig. Du weitest mir das Herz.«

9

Auf der Rückfahrt in die Stadt spricht Micajah wenig. Auch auf der Hinfahrt nach Long Island redete er nicht viel. Eve hatte angenommen, dass er als Musiker und junger Mensch die Stereoanlage anmachen würde, aber das tat er nicht. Eve gefällt es, dass er offenbar nicht das Bedürfnis verspürt, die Stille durch Geräusche übertönen zu müssen.

Sie ist nicht in Versuchung, ihn zu fragen, was an jenem Tag passierte, als er das Auto abholen wollte. Trotzdem vermutet sie, dass sich diese Geschichte noch durch die folgenden Tage hinzog, als er sie nicht anrief. Doch auf der Hinfahrt wirkte er glücklich und zufrieden, weshalb sie annahm, dass die Sache erledigt war. Das Spielen ihres Songs in Yanns Scheune signalisierte ihr allerdings, dass sie noch nicht vorüber war. Der wehmütige Klang des zweiten Instruments sprach von neuen Verletzungen seines Herzens.

Micajahs Augen sind auf einen Punkt jenseits der Straße gerichtet. Zwischendurch singt er immer wieder ein paar Worte. Eve verspürt eine Art Ehrfurcht, dass neben ihr offenbar ein neuer Song komponiert wird. Sie empfindet ihre eigene Arbeit eher als Handwerk und weniger als etwas Kreatives wie Schreiben, Malen und Komponieren – das Erschaffen von etwas aus dem Nichts.

Das Schweigen im Auto setzt sich die Woche über fort.

Micajah erklärt ihr, dass er eine kurze Tour mit der Band machen und deshalb abgelenkt, gefordert, die ganze Nacht wach sein und den Tag über schlafen würde. Dass er Publicity hasse, Massen und die Tatsache, dass er sich für seine Musik verkaufen müsse. Dass er sich wahrscheinlich nicht bei ihr melden werde, weil er genau das tun würde und sie reinhalten wolle, in einer unberührten Ecke seines Bewusstseins. Das war seine Formulierung: rein.

Sie malt sich Micajahs Bewusstsein wie einen dieser Teller mit verschiedenen Unterteilungen aus, durch die weder die Kartoffeln noch der Salat von der Fleischsauce berührt werden können. Auch sie hat Angst, dass das, was sie miteinander verbindet, auf irgendeine Weise beschmutzt wird. Aber auch wenn sie Micajah nicht in ihre Welt mit hineinnehmen will, so kann sie ihn doch nicht ganz aus ihrem Bewusstsein verdrängen. Alle Gedanken und Überlegungen enden bei ihm.

Sie wird nicht anrufen. Ihre Mutter hat ihr schließlich die Regeln beigebracht. Doch selbst wenn diese Zeiten längst vorbei sind, will Eve nicht das Gefühl haben, sie würde ihn verfolgen. Sie fragt sich, ob er in den ersten Tagen ihrer Bekanntschaft auch diese frustrierende Sehnsucht verspürt hat, als er ihr SMS und E-Mails schrieb und sie nicht reagierte. Wohl kaum, denn er kannte sie damals ja fast gar nicht. Sie hatte ihn nicht umgeworfen. Sie hatte ihm nicht den Boden unter den Füßen weggezogen. Ein ganz normales Alltagsleben, tagaus tagein, ohne zu wissen, wann sie ihn wiedersehen würde, fühlte sich schwer und unendlich langweilig an.

Im Bett masturbiert sie und denkt dabei an ihn. Aber es kommt ihr fast wie ein Übergriff vor, als würde sie ihn benutzen, ohne dass er seine Zustimmung gegeben hat. Die

Vorstellung, einen Vibrator zu benutzen, erscheint ihr unnatürlich, ja fast wie eine unverzeihliche Sünde. Trotzdem sucht sie online (sie weiß inzwischen, wie man den Browser einrichtet, um nicht mehr verfolgt werden zu können) und findet unter einer ganzen Reihe von obszön pinkfarbenen und riesigen Plastikpenissen ein elegantes, lippenstiftförmiges Objekt, das klein und diskret wirkt und dafür entwickelt wurde, einen bestimmten Punkt zu stimulieren. Sie versucht das Ganze so zu betrachten wie eine Pinzette: Die meisten Frauen haben eine, reden aber nicht weiter darüber.

Das Ding gibt ihr kein Gefühl der Unabhängigkeit, wie sie das erhofft hatte. Statt eines Mannes hat sie jetzt einen Apparat. Der Orgasmus lässt sie erschöpft und nicht erfüllt und glücklich zurück.

Des Öfteren denkt sie darüber nach, ob sie Micajah liebt, ob sie in ihn verliebt ist und was der Unterschied ist. Es gelingt ihm immer wieder, sie mit einer unerwarteten Facette seines Charakters zu überraschen, wofür sie ihn lieben könnte. Doch wie viel von diesem Gefühl ist auf ihren eigenen Wunsch zurückzuführen, verliebt zu sein, weil man das in solchen Fällen eben zu sein hat? Wie alle Mädchen wuchs auch sie in dem Glauben auf, dass Liebe das höchste Gut sei, das es im Leben einer Frau gibt.

Sie verspürt eine strahlende Wärme, wenn sie an Micajah denkt, und inzwischen vergeht keine Stunde, in der sie das nicht tut. Ihr Körper sehnt sich danach, ihn in sich zu spüren und von seinen Armen umschlungen zu sein. Doch sie kann sich auch ein Leben ohne ihn vorstellen. Sie kann sich vorstellen, ohne ihn glücklich zu sein. Was sie sich nicht vorstellen kann, ist es, jemals wieder so verliebt zu sein, wie sie das früher zu sein glaubte.

Als sie jung war, hatte Verliebtsein alles oder nichts bedeutet, höchstes Glück oder tiefstes Unglück – mehr Unglück, wenn sie jetzt so darüber nachdachte. Und auch das Glück war stets durchsetzt von der Angst vor Verlust, als auch von einer schmerzenden Sehnsucht, die selbst der Mann, den sie liebte, nie ganz zu stillen vermochte. Manchmal sagte er etwas, was sie überglücklich machte, aber meistens gab er Dinge von sich, die auf die eine oder andere Weise enttäuschend waren. Eine Liebkosung gab ihr ein Gefühl von wahrer Glückseligkeit, doch die restliche Zeit kamen ihr seine Zärtlichkeiten seltsam unbefriedigend vor.

Es ist nicht Larrys Schuld, denkt sie jetzt. Ich habe ihm gesagt, dass ich ihn liebe, und er hat mir geglaubt. Es ist meine Schuld, weil ich nicht bemerkt habe, dass ich mehr will. Er wollte auch mehr. Und er hat das verstanden, ehe ich es verstanden habe. Ein Gefühl trauriger Zärtlichkeit für Larry steigt in ihr auf und legt sich auf die Wunde der Verachtung, die seine plötzliche Abreise in ihr aufgerissen hat. Seine Suche nach dem Glück kommt ihr wie der ungeschickte Gang eines Menschen vor, der die Kinderlähmung überlebt hat: wankend und unsicher, aber sein Bestes gebend.

Sie erinnert sich an einen Morgen, als sie allein in der Küche war. Es war an einem Wochenende, einem Samstag oder Sonntag, so genau weiß sie es nicht mehr. Larry hatte damals bereits begonnen, morgens zu meditieren. Zuerst war Eve verletzt gewesen, weil er nicht mehr herunterkam, um mit ihr zu frühstücken, sondern stattdessen im Gästezimmer verschwand, wo sein kleiner Altar stand. Zu jener Zeit teilten sie sich noch ein Bett und schliefen auch noch miteinander. Es war ein kalter Wintermorgen, und sie machte Porridge. Dazu wärmte sie gefrorene Heidelbeeren in der Mikrowelle auf und gab diese dann zusammen mit echtem Ahornsirup in den Brei. Ein seltenes Glücksgefühl stieg in ihr auf, als sie den Sirup hineingoss. Seine flüssige Süße würde sie durchfluten und alles gut werden lassen. Sie gab den Haferbrei in eine Porzellanschüssel, und der Löffel klirrte, während sie aß, sodass immer wieder leise Töne wie von einer Glocke die Küche erfüllten.

Sie hörte Larry auf der Treppe. Er würde wahrscheinlich auch etwas Porridge wollen.

Ohne sie anzusehen, ging er schnurstracks zum Küchenschrank. Eve war erleichtert, dass er sein eigenes Frühstück machte, und fühlte sich zugleich schuldig, dass sie so empfand. Sie hörte, wie er eine Schublade hinter ihr aufzog und sie dann wieder schloss. Hoffentlich war sein Schweigen friedlich gemeint. Es gab mehr Momente der Stille zwischen ihnen als früher, vor allem morgens, was Eve auf die Meditation zurückführte. Wölfe verschwendeten keine Kraft auf Worte, redeten nicht unnötig und bemühten sich auch nicht um hohle Konversation. Sie taten, was getan werden musste, kümmerten sich um ihre Dinge und waren dem Rudel treu, wobei sie zugleich auf einer großen Unabhängigkeit bestanden. Dieses neue Selbstbewusstsein und diese Entschlossenheit würden Larry garantiert guttun.

Peng! Larry schlug mit dem Löffel hart gegen eine Schale, nur wenige Zentimeter von Eves Ohr entfernt. Eve zuckte erschrocken zusammen, als wäre sie getroffen worden. Wieder erklang der Löffel. Das Echo hallte unangenehm in ihrem Kopf wider.

Larry stellte die Schale wieder in den Schrank zurück, legte den Löffel in die Schublade und verließ dann Küche und Haus. Er war schon vorher mehrmals gemein zu Eve gewesen, doch bis dahin hatte sie immer eine Erklärung für sich gefunden, warum er sich so verhielt. Diesmal fand sie keine. Sie fühlte sich verletzt und ungerecht behandelt. Die Geräusche ihres Frühstücks hatten ihn offenbar bei seiner Meditation gestört. Aber ging es beim Meditieren nicht genau darum, eine innere Ruhe zu finden?

Wochenlang fantasierte Eve darüber, wie sie es Larry mit gleicher Münze heimzahlen würde. Eine Schale in ihrer linken, einen Löffel in ihrer rechten Hand, wollte sie in das Gästezimmer schleichen, wo er lag und wahrscheinlich von seinem Wolfsrudel und der arktischen Tundra träumte oder wo auch immer Wölfe leben mochten. Sie wollte die Schale so nahe an sein Ohr halten, dass sie die kleinen Härchen berühren würde, um dann mit dem Löffel dagegen zu schlagen. Tagtäglich zerbrach die Schale in ihrer Vorstellung dabei in ihrer Hand – ein schöner Gegenstand, der aus Wut zerstört werden würde. Doch ihr Zorn ließ nicht nach. Der ausgemalte Ausbruch wirkte irgendwie berauschend auf sie, und je mehr sie danach gierte, es sich immer wieder von Neuem vorzustellen, desto verrückter kam sie sich vor. Wenn sie jetzt daran dachte, erlebte sie ihre Wut als ein Zeichen ihrer Stärke.

»Wo zum Teufel hast du gesteckt?«

Eve hat Deborah seit Wochen nicht gesprochen. Zuerst verbrachte sie ihre Wochenenden mit Micajah statt nach Schätzen zu jagen. Und seitdem er weg ist, hat sie sich nicht mehr getraut, ihre Freundin in ihrem Geschäft aufzusuchen oder sie anzurufen.

»Tut mir leid, Deborah. Ich hatte so viel zu tun.«

»Blödsinn! Komm schon, Schätzchen, Tante Deborah weiß Bescheid.«

Wenn sie Deborah von Micajah erzählte, könnte sie ihn ihr gleich auf einem Silbertablett servieren – wie ein Spanferkel mit einem Apfel im Maul. Sie stellt sich vor, wie ihre Freundin sein zartes Fleisch probieren und die Länge seiner Wimpern abmessen würde – und nicht nur seiner Wimpern.

»Wir müssen dir einen Liebhaber suchen.«

»Ich muss keinen Liebhaber finden.« Genau genommen stimmte das sogar. »Ich komme auch alleine gut zurecht.«

»Eve, du Luder! Welche Art Vibrator hast du dir besorgt? Der Tag, an dem ich Vibratoren für mich entdeckt habe, war der Tag, an dem ich endlich mein Gefängnis für immer verlassen konnte!«

»Ach, Deborah, du kennst mich doch. Darum geht es gar nicht.«

Sie vermag es kaum, ihr Geheimnis für sich zu behalten. Denn sie sehnt sich danach, Micajahs Namen auszusprechen und sein Bild vor ihrem inneren Auge vor sich zu sehen. Wenn sie Deborah von ihm erzählen würde, könnte sie in ihrer überraschten Miene erneut ihre eigene Veränderung miterleben. Ich habe einen Liebhaber, möchte sie sagen. Ich *bin* eine Geliebte – eine Geliebte –, was auch immer das heißen mochte. Wir geben ihm unsere eigene Definition, unsere ganz eigene Bedeutung. Am anderen Ende der Leitung seufzt Deborah theatralisch, als ob Eve sie zutiefst enttäuschen würde, da sie sich als genau die sexuell zurückhaltende Frau erweist, als die Deborah sie sieht. Tatsächlich ist Deborah gar nicht enttäuscht. Sie genießt es vielmehr zu provozieren. So kann sie weiterhin die Mutige bleiben, die offen ihre Sexualität lebt. Sie wäre total verwirrt, wenn sie wüsste, dass Eve Dinge getan hat, von denen sie selbst kaum glauben kann, dass sie an so etwas beteiligt war.

»Oh Mann, Eve, hör endlich auf, zu Hause zu hocken und zu leiden wie Christus am Kreuz!«

Sie vereinbaren einen gemeinsamen Abend mit Deborahs Freundinnen in einer Bar. Eve mag eigentlich keine Bars oder Kneipen. Deborah schätzt auch keine Kneipen mit großen Bildschirmen, Sportwimpeln und Fotos von Rennwagen an den Wänden. Am liebsten geht sie in einen bestimmten Nachtclub, der weder anrüchig noch gefährlich ist. Er ist mit den Bildern von alten Filmstars geschmückt, die angeblich im Kreis ihrer Lieben aufgenommen wurden. Die Gatten und Kinder sehen aus, als würde man sie als Familie mieten können, und auf fast allen Fotos steht ein Flügel, während alle Erwachsenen einen Cocktail in der Hand halten. Das Künstliche hat etwas Festliches und Beruhigendes an sich. Selbst berühmte, glamouröse Menschen führen also ein gewöhnliches Leben – das ist die Botschaft –, und selbst diese Leben sind nicht unbedingt immer glücklich. Wenn sich glamouröse Leute zudem vor einem Fotografen ganz normal und durchschnittlich zeigen können, vermögen durchschnittliche Leute ja wohl auch mal glamourös zu sein – unter anderem mit Hilfe des gedämpften Lichts und der verschwommenen Spiegel in diesem Club, wo man sich zwischen den Stars auf unaufdringliche Weise angenehm glänzen sehen kann.

»Die Mädels«, wie Deborah sie nennt, sind alle in den Vierzigern und die meisten von ihnen noch verheiratet. Sie sind nicht auf der Jagd nach einem neuen Mann. Was gut ist, denn von den attraktiven Barkeepern einmal abgesehen, sind die anderen anwesenden Männer seit vielen Ehejahren in festen Händen. An den meisten Tischen sitzen Gruppen von Frauen – oder vielmehr stehen dort Ansammlungen von Handtaschen, denn die Tische wurden zur Seite geschoben, um eine Tanzfläche zu schaffen. Die Frauen sitzen abwechselnd immer mal wieder am Tisch, trinken Wein und passen auf die Geldbörsen auf.

Die Musik ist eine Mischung aus harmlosem Pop und Discorhythmen. Normalerweise hasst Eve so etwas, aber heute Abend gefällt es ihr. Sie will Larry nicht schlechtmachen, was die anderen aber von ihr erwarten. Eigentlich will sie überhaupt nicht über Larry reden. Sie will auch keine Klagen über die Männer der anderen hören, die sich nur wenig von den Klagen unterscheiden, die sie früher über ihre eigene Ehe innerlich von sich gab, aber nie laut geäußert hätte.

In Deborahs Augen gehören alle Ehemänner grundsätzlich einer erbärmlichen Spezies an. Sie respektiert keinen von ihnen – und deshalb auch keine der dazugehörigen Ehefrauen. Seit Deborahs Scheidung hat Eve eine ständige, latente Verachtung für diejenigen bemerkt, die immer noch verheiratet sind und sich mit dem zufriedengeben, was Deborahs Ansicht nach nur das Zweitbeste ist, was man im Leben erreichen kann. Nachdem Eve jetzt auch Single ist – wenn auch noch nicht nach dem Gesetz –, betrachtet Deborah sie mit einem siegreichen Glitzern in den Augen, als ob sie erst zufrieden wäre, wenn Eve auf den Tischen im Nachtclub tanzen würde.

»Komm schon, *Chica*! Beweg diese Hüften!«

Deborah zerrt Eve auf die Tanzfläche und bewegt sich

dann dort wie selbstvergessen zu dem Beat. Erst als sie von anderen Tänzern umgeben sind, lässt sie Eves Arm los, wackelt mit dem Hintern, schürzt die Lippen, senkt die Lider, grinst auf einmal, um dann betont sexy mitzusingen:

»You can ring ma be – e – ell, ring ma bell!«

Eve bewegt die Schultern und drängt Deborah zurück. Um sie herum sind nur Frauen, die zu zweit oder zu dritt tanzen – übertrieben erotisch und anzüglich, wobei die meisten so tun, als würden sie ihr Gegenüber verführen wollen. Es ist ein Spielplatz mit Sicherheitsnetz: Alle sind hetero, zumindest offiziell. Es geht nicht um echten Sex. Ein paar der Frauen werfen Blicke in Richtung der Barkeeper, um zu sehen, ob diese zuschauen. Aber das Lächeln dieser Männer ist nur eine Extrazugabe für die Cocktails, die sie mischen.

Deborah wirbelt die Hände umeinander in einer klassischen Travolta-Bewegung, um dann mit einer Faust in der Luft zu wedeln. Auf einmal machen es alle Frauen gleichzeitig: Faust, pumpen, Faust, pumpen. Eve spürt die Energie, die sie umgibt. Die Frauen lachen, flirten, spielen miteinander, ohne dabei einem männlichen Blick ausgesetzt zu sein, der ihren älter werdenden Körper kritisch mustert. Es gibt keine erschlafften Männer, denen man gefallen will, keine Angst vor Ablehnung. Nur Körper, die Endorphine ausschütten.

Der Song endet. Statt Anita Ward kommt jetzt Soft Cell. Schwitzend und lachend kehren Eve und Deborah an ihren Tisch zurück. Dort sitzt inzwischen jemand Neues. Ein Ehemann. Er wird bereits sichtbar kahl und hat einen Bauch. Trotzdem steht sein Hemd einen Knopf zu weit offen und enthüllt ein paar mausgraue Brusthaare. Er versucht, draufgängerisch zu wirken.

Seine Frau, die korpulent ist und rote Haare hat, wirkt

peinlich berührt und hilflos. »Tut mir leid«, flüstert sie in Deborahs Richtung.

Deborah winkt ab.

»Eifersüchtig, Henry? Hast du Angst, dass Judy etwas tun könnte, was sie nicht soll?«

»Ich war gerade in der Gegend. Da dachte ich mir, ihr habt sicher nichts dagegen, wenn ich meiner Frau Gesellschaft leiste.«

Hinter ihm rollen die anderen anwesenden Frauen entnervt mit den Augen. Eve setzt sich und trinkt einen großen Schluck Wasser.

»Das Wasser habe ich organisiert«, meint Judy. »Ich habe gesehen, wie du auf die Tanzfläche bist, und dachte mir, das kannst du danach sicher gut brauchen.«

»Du bist ein Schatz«, erwidert Eve und hebt ihr Glas in Richtung Judy. Die anderen Frauen tun es ihr nach: eine Geste der Solidarität, der Sympathie und ein Signal, dass man ihr nicht vorwirft, ihren Mann hier zu haben.

»Schaut euch das an!«, sagt Henry. Er hält sein Handy hoch, auf dem ein Foto von Eve zu sehen ist, wie sie tanzt. Es ist oben und unten beschnitten, sodass man im Grunde nur ihren Hintern sehen kann.

»Das poste ich auf Facebook und tagge es mit Larrys Namen. Ich habe auch ein tolles Bild von Dora. Das tagge ich mit ›Chuck‹.«

Er lacht laut auf und erwartet, dass die Frauen mitlachen. Schweißperlen stehen auf seiner Stirn.

»Henry, du hast echt keinen Schimmer«, erklärt Deborah. »Verschwinde von hier. Und wenn ich diese Bilder auf Facebook entdecke, wird dein Hintern derart schmerzen, wie du das noch nie erlebt hast.«

»Idiot«, fügt sie hinzu, als er geht. »Entschuldige, Judy.«

»Schon in Ordnung«, erwidert diese. »Stimmt ja.«

»Es ist deine Entscheidung«, sagt Deborah, während Judy ihre Sachen zusammensammelt, um ihrem Mann zu folgen. »Wir lieben dich so oder so, Süße!«

»Danke«, antwortet Judy. »Ich liebe euch auch.«

Sie tut Eve leid, denn sie weiß, wie es sich anfühlt, für seinen Mann Ausreden zu finden und irgendwo in sich den Respekt zu suchen, den man einmal für ihn empfunden hat, der aber schon lange verloren gegangen ist. Henry, der sich derart danebenbenommen hat, zeigte ihr noch einmal eines: Falls Larry jemals ihren Hintern oder sonst irgendeinen Teil ihres Körpers besessen hat oder glaubte, es zu tun – oder falls irgendjemand anderer, wie zum Beispiel Henry, das dachte –, dann war diese Zeit jedenfalls vorbei.

Nie mehr wieder, denkt sie. Nie mehr wieder.

Einige Tage später wacht Eve morgens mit schrecklichen Kreuzschmerzen auf. Mühsam hievt sie sich in eine sitzende Stellung und schreit vor Schmerz auf. Zum Glück ist Micajah abgetaucht. Sie will nicht, dass er sie so erlebt: als alte Frau, die mühsam ins Bad humpelt, mit gebeugtem Rücken und schmerzverzerrtem Gesicht. Die Idee, überhaupt einen Liebhaber zu haben, kommt ihr in diesem Moment völlig absurd vor.

Hat sie denn überhaupt noch einen? Sie zwingt sich dazu, sich an den Gedanken zu gewöhnen, dass sie keinen mehr hat. Das ist auch okay, sagt sie sich, weil sie keine Lust auf weitere Dramen hat. Ich kann mich glücklich schätzen. Ich durfte so etwas erleben.

Vielleicht sind es die Wechseljahre, denkt sie. Vor vier Monaten war zum ersten Mal ihre Periode ausgeblieben. Wiedergeborene Jungfrau, die sie damals noch war, dachte sie nicht viel darüber nach, sondern sie registrierte nur vage das Vergehen der Zeit. Jetzt sieht es so aus, als würde ihre Periode wieder ausfallen, und sie hat bei Micajah nicht aufgepasst. Mit achtundvierzig würde sie ja wohl nicht mehr schwanger werden, auch wenn es biologisch noch möglich war. Sollte das Schicksal ihr wirklich so einen dramatischen Wink geben – den Liebhaber und zugleich ihre Blutungen zu verlieren?

Sie kauft einen Schwangerschaftstest auf dem Nachhauseweg von der sanftesten Yogaklasse, die sie finden konnte. Dabei fühlt sie sich wie eine Jugendliche, die sich schlagartig mit dem Erwachsenwerden konfrontiert sieht. Sie pinkelt auf den Streifen. Negativ.

An diesem Abend sitzt sie auf dem Sofa, ein Wärmekissen an ihren Rücken gepresst und ein Buch in der Hand. Die Worte verschwimmen, und sie beginnt sich in Gedanken wieder mit ihren widersprüchlichen Wünschen zu beschäftigen. Nach einer Weile schaltet sie den Fernseher ein und findet eine Serie, die angeblich gut sein soll. Aber die Schauspieler spielen alle so übertrieben, und der Plot wirkt völlig unglaubwürdig. Sie kommt sich wie eine Tourette-Patientin vor, die einen Nachrichtensprecher anstarrt, ohne ihm folgen zu können. Diese Schauspieler poltern und blicken betont finster, sie schwanken melodramatisch und schmollen, während sie bereits mit einem Fuß in der nächsten Szene zu sein scheinen. Trotzdem wirken das

Licht, die Farben und schnelle Schnitte betörend. Das wird sie zumindest ablenken, bis es an der Zeit ist, ins Bett zu gehen.

Das Drama endet. Eine Talkshow beginnt. Wieder ein Schauspieler: betont lässig, betont jovial, betont er selbst. Und dann, wie immer in dieser Show, eine Band.

Micajahs Band.

Sie spielen etwas Disharmonisches und Postapokalyptisches. Die Füße des Frontmannes sind nackt; lange Haare fallen über die Schultern seines elegant geschnittenen Anzugs. Die Scheinwerfer sind gnadenlos auf ihn gerichtet. Micajah steht etwas am Rand und versucht, noch mehr im Dunklen zu verschwinden. Es gibt zwei Mädchen in der Band. Die eine ist am Schlagzeug, die andere – hübsch und elfenhaft – springt auf der Bühne herum, wobei sie und der Sänger sich gegenseitig mit ihren Gitarren Riffs zuwerfen, als befänden sie sich in einem Showkampf.

Die Gitarren brechen erschöpft weg, aber der Song ist noch nicht vorbei. Eine einsame Fiddle beginnt zu spielen, wie eine Seele, die sich von dem Körper eines Toten in die Lüfte erhebt. Die Kamera sucht – Eve spürt die Verwirrung im Kontrollraum –, bis sie Micajah findet. Eve stellt sich den Kameramann vor, der mit schwerer Ausrüstung ausgestattet und vom Regisseur durch den Knopf in einem Ohr angebrüllt wird, das Objektiv auf Micajah richtet, als wäre er die neue Beute im Visier.

Sie schaltet ab, weil sie es nicht länger ertragen kann. Wie soll er in einer Welt überleben, wo sich diejenigen, die dort erfolgreich sind, eine zweite, künstliche Haut angelegt haben? Kann auch er eine solche Haut entwickeln, und zwar schnell? Falls ja, wird ihn diese Aufgabe ganz und gar in Beschlag nehmen, und es wird nichts von dem Micajah übrigbleiben, den sie so liebt.

Eve weiß, dass auch ihm das bewusst ist.

Im Konferenzsaal des Rathauses von Newton, New Jersey, ist es heiß. Die Klimaanlage knattert und knarzt, ohne große Wirkung zu zeigen. Wenn Eve eine Seite auf dem Flipchart umblättert, auf der sie ihre Pflanzvorschläge präsentiert, versucht sie, die Arme nicht zu weit zu heben, da sie merkt, wie der Schweiß durch die Baumwolle ihrer Bluse dringt.

Drei Männer und eine Frau sitzen um einen zerkratzten Tisch. Die Männer haben alle ihre Krawatten gelockert, während die Frau gedankenverloren mit einem ihrer BH-Träger unter ihrem Shirt spielt.

»Mein Pflanzplan basiert auf ökologischen Überlegungen«, erklärt Eve. »Ein geschickter Einsatz der Ressourcen. Ein Minimum an Wasser, was letztlich heißt, dass man sich einiges Geld sparen kann.«

Ihr Handy vibriert hörbar auf der harten Tischoberfläche. Es ist ein Erinnerungston daran, dass eine SMS eingetroffen ist. Sie hatte nicht auf das erste Surren geachtet, da sie sich mitten in der Präsentation ihres Diagramms befand. Jetzt wirft sie einen raschen Blick auf das Display und sieht den Text, der bereits seit einer ganzen Minute zu lesen ist:

Ich will dich vögeln

Ihre Wangen werden rot – und auch ihr Körper erhitzt sich merklich. Das ist die erste Kontaktaufnahme von Micajah seit über zwei Wochen. Hat einer der Anwesenden die

Nachricht gesehen? Der Mann, der ihr am nächsten sitzt, grinst sie an.

»Entschuldigen Sie«, sagt sie, nimmt das Handy und schreibt zurück:

In einem Meeting

Sie drückt auf »Senden« und legt das Handy auf ihren leeren Stuhl. Der Stuhl befindet sich am Ende des Tisches und ist für die anderen nicht zu sehen.

»Sorry«, sagt sie. »Dieser Plan erfordert anfangs einen höheren finanziellen Einsatz, und ich bin mir bewusst, dass es Steuergelder sind, die wir hierfür verwenden.« Sie blättert weiter. »Aber wie Sie sehen, langfristig ergeben sich daraus große Vorteile.«

Einer der Männer tippt jetzt ungeschickt mit den Daumen etwas in sein Smartphone, als ob Eves Textnachricht seine bisherige Zurückhaltung hat hinfällig werden lassen. Seine Aufmerksamkeit gilt nun nicht mehr ihr. Sie kann nur hoffen, dass er bei der Entscheidungsfindung keine ausschlaggebende Rolle spielen wird.

»Das ist aber sehr langfristig«, meint ein anderer der Männer. »Da werde ich mich ja schon lange zuvor zur Wiederwahl stellen, ehe diese finanziellen Vorteile überhaupt zu greifen beginnen.«

Verdammt. Daran hatte sie nicht gedacht.

Wieder surrt ihr Handy, wobei diesmal das Tweedpolster des Stuhls den Ton dämpft. Sie wirft einen Blick auf das Display:

Ist für mich kein Problem

Sie merkt, wie sie zu lächeln beginnt, und unterdrückt den Impuls. Sie braucht diesen Auftrag. Das Geld, das Larry ihr zurückgelassen hat, wird schnell weniger. Sie blättert zu ihrer nächsten Grafik, auf der sie die genaue Struktur erklärt, die sich unterhalb einer Schicht mit Kies befinden würde.

Ihr Handy surrt erneut. Sie wirft einen Blick darauf.

Wie ich dich danach bitten höre. Mit meinen Fingern

»Wie?«

Sie schaut erschreckt auf. Wer hat das gesagt? Was war die Frage?

»Entschuldigen Sie bitte«, meint sie, »aber könnten Sie das wiederholen? Ich will sicherstellen, dass ich nichts vergesse.«

»Hundekot.« Der Mann am anderen Ende des Tisches sieht finster drein. »Bleibt am Kies kleben. Wie wollen Sie das lösen?«

»Kies ist hygienischer als Erde«, erwidert sie. »Mit dieser Abflussebene direkt darunter kann er mit einem starken Schlauch problemlos weggespült werden.«

»Das spart garantiert Wasser«, murmelt die Frau.

»Reden wir hier von Schichten?«, will der Mann neben ihr wissen. »Der Kies wird also auf etwas gebettet? Sozusagen flach gelegt?«

Offenbar hat er tatsächlich die SMS gelesen.

Wieder vibriert es:

Mit meiner Zunge

Eves Puls hämmert in ihren Ohren. Die Gruppe starrt sie an und wartet auf eine Antwort.

»Man nennt so etwas eine Sickerleitung«, sagt sie. Der Mann in ihrer Nähe grinst sie anzüglich an. Oh Gott, denkt sie, ich will hier weg.

Ruhig erklärt sie, wie sich das Wasser aus dem Schlauch in einer Zisterne sammelt und durch eine Tröpfchenbewässerungstechnik recycelt wird. Alles, was sie sagt, kommt ihr auf einmal doppeldeutig und sexuell aufgeladen vor.

Als sie zur nächsten Tabelle umblättert, auf der die Wartungskosten traditioneller Pflanzungen mit denen dieser neuen Form verglichen werden, hört sie erneut einen Vibrationston. Sie schaut sofort zu ihrem Handy. Nichts. Offenbar hat sie fantasiert.

»Die neue Technik verlangt nach mehr Vorspiel.« Einen Moment – was hat sie da gerade gesagt? Sie meinte eigentlich »Vorlauf«. Niemand kichert. Vielleicht hat sie sich also doch nicht versprochen.

»Vorlauf«, sagt sie mit fester Stimme. »Einer guten Planung. Der Erfolg hängt hier von den Vorbereitungen ab. Sobald die Pflanzen im Boden sind, gibt es nur noch wenig zu tun. Ich gebe Ihnen einen Moment, damit Sie sich auf den Tabellen hier genauer anschauen können, wie viel Sie jedes Jahr mit dieser Methode einsparen würden.«

Während sie darauf wartet, dass ihr Publikum nachfragt, kann sie sich nicht davon abhalten, einen weiteren Blick auf ihr Handy zu werfen. Es sind alle vier Nachrichten darauf zu sehen – drei Stufen der Ekstase, die sie aus diesem deprimierenden Raum mit den schmutzig cremefarbenen Wänden und der kalten Neonbeleuchtung herausholen würde. Sie wird den Auftrag nicht bekommen, das ist jetzt schon klar. Vor Wochen hatte sie alles auch nur andeutungsweise Fantasievolle aus dem Entwurf rausgenommen und sich ganz auf eine besonders umweltfreundliche Variante konzentriert. Doch selbst das ist für diese Leute zu weit gegriffen. Sie durchläuft jetzt nur noch automatisch das übliche Procedere, weil es ihr Stolz anders nicht zulässt.

»Ich sehe keine Regelungen für Schulungen«, sagt der

finster blickende Mann. »Der Mensch ist bekanntermaßen ein Gewohnheitstier.«

»Vielleicht könnten die Hunde ihre Scheiße ja selbst vom Kies waschen«, meint der Mann neben ihr. »Ich glaube, so etwas nennt man Natursekt.«

Der finstere Mann wirft seinem Kollegen einen vernichtenden Blick zu.

»Darren bezieht sich auf die Gärtner«, sagt die Frau in einem gequälten Tonfall. »Ich kann mir Probleme mit der Gewerkschaft vorstellen, wenn es keine offizielle Fortbildung mit diesem Typus Gartenarchitektur gibt. Durch einen Spezialisten auf diesem Gebiet.«

Was Eve nicht ist.

Noch eine SMS:

Mit meinem Herzen

Eve spürt, wie sich ihr eigenes Herz gerade verkrampft. Sie braucht dringend Kunden, fühlt sich aber nicht in der Lage, sie für sich zu gewinnen. In diesen Komitees geht es nicht darum, Kompromisse zu finden, sondern klar auszusieben und gegebenenfalls jemanden abzuschießen. Sie hat das Gefühl, ein Gefängnis, in dem sie lebend begraben war, verlassen zu haben, nur um kurz darauf im nächsten zu landen.

Sie greift nach ihrem Handy, schiebt es in die Brusttasche ihrer Bluse und schlägt das Flipchart zu. Dann klappt sie den Ständer zusammen und sammelt ihre Sachen ein.

»Es tut mir leid«, erklärt sie. »Aber es ist ein Notfall. Ich muss weg. Bitte mailen Sie mir, falls Sie noch Fragen haben. Danke für Ihre Zeit.«

Die Frau sieht beleidigt drein, ja geradezu wütend. Der Mann, der ihr am nächsten sitzt, zwinkert ihr zu. Der finstere Kerl wirkt so zufrieden, als hätte er gewonnen, während derjenige, der mit seinem Handy gespielt und die ganze Zeit über nichts von sich gegeben hat, ihr einen seitlichen Blick zuwirft, den Eve als mitfühlend versteht. Vielleicht, denkt sie, hat auch er mit seiner Geliebten Nachrichten ausgetauscht.

Als sie den Raum verlässt, spürt sie, wie das Handy an ihrer Brustwarze vibriert. Die Erregung, die sie erfasst, lässt alles vor ihren Augen verschwimmen. Zum Glück ist der Gang gerade, und es gibt keine Hindernisse, gegen die sie stolpern könnte. Sie wagt nicht, stehen zu bleiben, ehe sie im Freien ist.

Dort holt sie das Handy heraus und hält es so, dass sie im grellen Sonnenlicht lesen kann:

Mit meiner Seele

Als sie ihr Auto erreicht, schaltet sie die Klimaanlage ein und öffnet die SMS-App.

Das war gemein, schreibt sie und löscht es dann wieder.

Hallo Fremder, tippt sie jetzt und löscht auch das wieder.

Warum jetzt, folgt als Drittes, und sie tippt auf »Senden«, ehe sie es sich noch einmal anders überlegen kann.

Eve ist sich nicht sicher, ob er mit ihr spielt oder er ihr tatsächlich nicht länger fernbleiben kann. Wahrscheinlich Letzteres, denn sie traut ihm nicht zu, grausam zu sein. Das, was sie jetzt empfindet, weil er sich gemeldet hat, ist nicht nur angenehm. In dieser Zeit der Trennung hat sie begonnen, sich selbständig zu fühlen, und das ist ein gutes Gefühl. Der Ruck, der nun durch sie hindurchgeht, zeigt ihr, dass auch Micajah eine Kette ist, an der sie liegt.

Sie sitzt in ihrem Auto und starrt auf ihr Handy. Der Bildschirm schaltet auf Standby, und der Apparat liegt regungslos in ihrer Hand. Wohin ist er verschwunden? Sie merkt, wie sie sich zu ärgern beginnt – über ihn, über dieses Hin und Her des Cybertalk. Sie überlegt, ob sie ihn anrufen soll, entscheidet sich aber dagegen. Auch wenn er mit den Textnachrichten angefangen hat, gelten noch immer die Regeln. Sie braucht ihn nicht.

Sie legt das Handy auf die Konsole zwischen den Sitzen und schaltet den Motor ein. Gerade als sie rückwärts aus dem Parkplatz fährt, hört sie das Ping-Geräusch. Beim Wechseln der Gänge schaut sie auf das Display.

Hast du Donnerstagabend Zeit? Ich schicke dir einen Wagen

Trotz ihrer Zweifel schreibt sie: *Ja*

10

Die Limousine hält vor Eves Haus, als gerade die Sonne untergeht. Micajahs extravagante Geste gibt Eve ein wohliges, komfortables Gefühl. Sie lässt sich hinten im Auto auf die Lederbank sinken und entdeckt ein paar Flaschen Evian, die in den Taschen der Vordersitze stecken. Während der einstündigen Autofahrt erwischt sie den Fahrer kein einziges Mal dabei, wie er sie im Rückspiegel mustert. Perfekt ausgebildet oder einfach nicht interessiert? Wäre er vielleicht interessierter, wenn er wüsste, dass ich meinen jungen Liebhaber treffe?, überlegt sie.

Er sei gerade nach Brooklyn zurückgekehrt, erklärte ihr Micajah am Telefon, und die Band müsse nur noch einen Fototermin wahrnehmen, was sich allerdings grauenvoll lang hinziehen könne. Aber vielleicht fände sie, Eve, es ja ganz amüsant zuzuschauen, und er könne auf keinen Fall bis zum nächsten Tag warten, sie zu sehen. Sie hatte eigentlich an ihrer Blumenuhr arbeiten wollen, sagte aber dennoch zu.

Als sie bei einer kleinen, leer stehenden Werft auf einem trostlosen Küstenstreifen eintrifft, ist sie sich nicht sicher, wohin sie soll. Zielstrebig wirkende Menschen in den Zwanzigern eilen mit iPads an ihr vorbei, als wäre sie gar nicht da. Dann entdeckt sie die Band: die zwei Mädchen, die zwei Typen und Micajah.

Sie hat sich nach diesem Moment gesehnt – wie sein Gesicht sich dem ihren zuwendet und ihr ganzes Blickfeld einnimmt. Die Spannung in ihren Blicken, die sich in einem alles umfassenden Kuss auflöst. Raum und Zeit ganz und gar auf diesen einen Augenblick gerichtet, in dem es niemanden anderen gibt als sie beide.

So, wie sie sich das ausgemalt hat, ist es nicht. Er drückt sie an sich, und sie kann seine Augen nicht sehen. Er streichelt ihr Gesicht und küsst sie überall, nur nicht auf den Mund – entlang ihres Haaransatzes, auf ihre geschlossenen Lider, die Nase hinunter und dann die Linien entlang, die von der Nase bis zu den Mundwinkeln führen.

Ihr Körper verliert seine Anspannung, ihr Geist jedoch nicht. Warum weicht er ihrem Blick aus? Sie hat nicht die geringste Ahnung, was er denkt oder fühlt. Er könnte genauso gut einer anderen Spezies angehören oder von einem anderen Planeten stammen.

Sie vergräbt ihr Gesicht in seinem Nacken und verdrängt ihre Gedanken, indem sie seinen vertrauten Duft einatmet und die zarte Haut des Halses berührt.

Es ist alles viel zu öffentlich. Eve merkt, wie sie gemustert wird, beurteilt, wie jedes Jahr auf ihrem Gesicht und an ihrem Körper zählt. Warum kümmert sie sich darum? Micajah taucht in ihre Gegenwart, als würde er in einen warmen See springen.

Das Grün seiner Augen ist Eves See. Doch das Wasser ist irgendwie kühler als sonst, was ihr nicht entgeht. Es liegt sicher an der Stille, die zwischen ihnen herrscht – aber auch noch an etwas anderem, das sie aber in diesem Moment nicht benennen kann.

»Okay. Hört mir mal alle zu. Wir sind jetzt endlich so weit!«

Micajah öffnet einen Kasten, der auf einem Klapptisch liegt, und holt eine Fiddle heraus. Die Mitglieder der Band stehen locker zusammen, umgeben von der Crew. Der Fotograf wird von zwei Assistenten in einen Leibgurt geschnallt. Weitere Assistenten hocken auf Leitern, die um das Set herumgestellt sind.

Hinter den verfallenen Docks hat sich das Meer zurückgezogen, sodass jetzt Schlickwatt zu sehen ist. Die Wolkenkratzer von Midtown und Downtown ragen in der Ferne verschwommen hinter den rostigen Stahlfässern entlang des Kais auf. Das ergibt eine seltsame Wirkung: Wenn man hochschaut, sieht man die fernen Lichter der Stadt des Vergnügens und des Geldes. Aber wenn man sich auf das konzentriert, was vor einem liegt, wird man mit einer verfallenen, bedrohlichen Unterwelt konfrontiert. Die Lichter der Wolkenkratzer spiegeln sich im Schlick wider. Wahrscheinlich hat der Fotograf diesen Ort wegen des öligen Glanzes ausgesucht, der an Schneckenschleim erinnert. So etwas lässt sich wohl nur schlecht künstlich erzeugen.

Der salzige, organische Geruch des Schlicks überlagert die Abgase der Stadt. Die Brise ist an diesem Tag mehr als nur warm. Eves Kleid klebt an ihrem Rücken. Die Bandmitglieder schwitzen unter den Lampen noch mehr. Der Bassspieler ist ein sehniger Typ, der wie ein Drogensüchtiger wirkt. Er verunsichert Eve ein wenig. Sein Blick hat etwas Starres, und er trinkt eine Mischung aus Kaffee und Red Bull. Der Frontmann trägt den gleichen makellosen Anzug mit T-Shirt und nackten Füßen wie im Fernsehen. Außerdem hat er seine ganz persönliche Windmaschine dabei.

Eine Stylistin und eine Maskenbildnerin schwirren um die Band, um den Gesichtern ein paar Schmutzflecken hinzuzufügen oder unter Micajahs Achsel etwas trübe Flüssigkeit zu spritzen, damit er verschwitzter wirkt. Der Fotograf will eine heiße, müde, verschwitzte Atmosphäre schaffen, als hätte die Band die ganze Nacht durch an den Docks gespielt. Vielleicht ohne Publikum, nur für sich selbst.

»Kann ich das zerreißen? Sylvain findet es besser zerrissen.«

Die Stylistin hält das T-Shirt des Frontmannes ein wenig hoch.

»Klar«, antwortet er.

Sie zieht eine Schere aus ihrem Gürtel und schneidet einmal. Dann wickelt sie die Finger um den Stoff und reißt entschlossen. Sie blickt zu Sylvain hinüber. Er wird gerade von Ketten, die an drei Kranarmen hängen, langsam in die Luft gehoben.

»Süße, du bist der Hammer.«

Die Stylistin schneidet ein paar Mal mit der Schere in seine Richtung in die Luft, ohne ihn anzusehen. Eve kommt das Ganze wie eine allumfassende Performance oder ein Spiel vor. Es ist zermürbend. Und es hat noch nicht einmal richtig angefangen.

Das hüpfende Mädchen aus der Band – sie heißt Bethany – trägt eine durchsichtige schwarze Strumpfhose unter winzigen, kurz abgeschnittenen Jeans und Doc Martens. Das T-Shirt rutscht ihr immer wieder von einer Schulter. Eine grüne Strähne umrahmt ihr Gesicht auf der einen Seite. Im Gegensatz zu dem anderen Mädchen trägt sie keinen Schmuck.

»Wir werden garantiert vergiftet von der ganzen Chemie-Scheiße hier«, murmelt sie finster. »Füg halt einfach den Hintergrund mit Photoshop hinzu, Idiot!«

»Weißt du, wie sehr mich dein krankes Gesundheitsding anödet?«, meint das andere Mädchen. »Das finde ich so was von zum Kotzen.«

Bethanys Augen sind auf Micajah gerichtet. Wenn er in ihre Richtung schaut, beschäftigt sie sich rasch mit ihren Haaren, ihrem Make-up, ihren Schnürsenkeln oder den Klamotten ihrer Kollegin. Sie ist in ihn verliebt, das ist eindeutig. Ebenso eindeutig weicht Micajah ihr aus. Eve sieht, dass sie mal zusammen waren – aber wann? In den letzten Wochen, als sie gemeinsam auf Tour waren?

Ich bin nicht seine Freundin, ermahnt sie sich innerlich. Das haben wir vereinbart. Er hat nie versprochen, mir treu zu sein. Was auch immer Barbara gesagt haben mag: Wir haben nur wenig Zeit, denn dann werde ich schon zu alt für ihn sein. Vielleicht ist diese Zeit auch jetzt schon vorbei. Als ich dachte, es sei vorbei, war das sogar in Ordnung so. Ich konnte damit leben.

Trotzdem – die Art und Weise, wie er sie hielt, als sie hier an den Docks eintraf, hatte etwas Verzweifeltes. Was bedeutete das? Er konzentriert sich jetzt auf die Aufnahmen und beachtet sie kaum. Wenn er es allerdings tut, beruhigt sich sein Körper sichtlich, spannt sich aber sofort wieder an, wenn er sich wieder seiner Aufgabe zuwendet. Bethany ist wie sein umgedrehtes Spiegelbild: Sie spannt sich an, wenn er sich entspannt, und wird lockerer, sobald er wieder verkrampfter wirkt. Sie tut Eve fast leid. Die Band steht kurz vor dem großen Durchbruch, und dem Mädchen scheint der Erfolg wichtiger zu sein als das Heilen ihres Herzens.

Der Einzige der Band, der ein Instrument in der Hand hält, ist Micajah. »Wie ein Kind mit seinem Teddybär«, hört

Eve einen der Assistenten sagen. Es ist ein geschickter Marketingschachzug, denn es impliziert, dass Micajahs Beziehung zu seinem Instrument so symbiotisch ist, dass er nie von ihm getrennt sein will. Ein Garant für Authentizität in dem PR-Wirbelsturm, der nun wohl auf die Band zukommt. Zu beobachten, wie das Bild der Band hier inszeniert wird, ist für Eve faszinierend und erschreckend zugleich. Sie weiß, dass Micajahs Leidenschaft für Musik sehr real ist, und sie befürchtet, dass sie aus ihm herausgesogen werden könnte, bis nichts mehr davon übrig ist, wenn erst einmal die Imageberater so richtig ans Werk gegangen sind.

Sie läuft ein wenig am Dock entlang. Ein Generator produziert Strom für die Beleuchtung. Dort steht ein Umkleide-Wohnwagen und ein anderer für die Maske. Ein übergewichtiger Journalist wird von dem PR-Team der Band umgarnt, während eine kleine Filmcrew alles aufnimmt. Eve kommt sich unsichtbar vor. Daran ist sie gewöhnt, als Frau, die auf die fünfzig zugeht – daran, dass Verkäufer im Baumarkt nicht hören, wenn sie mit ihnen redet; daran, dass junge Frauen ihr die Tür vor der Nase zufallen lassen, weil sie Eve einfach nicht wahrnehmen. Heute Abend ist sie jedoch froh darum. Niemand außer Micajah und Bethany scheint sich ihrer Gegenwart bewusst zu sein.

Sie findet einen Tisch, auf dem eine Cateringfirma geradezu schizophren anmutendes Essen aufgebaut hat: Krispy Kreme, Pizza, Grünkohl-Quinoa-Salat, exotische Früchte, Getränke in Flaschen mit darin herumschwimmenden Samen sowie Kühlboxen voller Pepsi und Red Bull. Sie nimmt etwas, das sich *Taos Montain*-Energieriegel nennt und voller seltsam aussehender Samen und Körner ist.

»Sylvain hat die einfliegen lassen«, erklärt ein junger Mann in weiten Shorts und einer Anglerweste mit vollgestopften Taschen, der sich gerade Kaffee eingießt. »Er hält keinen Fototermin ohne die Dinger durch.« Eve stellt sich Sylvain wie ein edles, teures Rennpferd vor, das mit teuren Salben eingecremt wird, ehe es seine zwei Minuten im Licht der Scheinwerfer bekommt.

»Sind die so gut?«, will sie wissen.

»Sie sind *unglaublich.*« Vor allem weil Sylvain sie extra einfliegen lässt. Und Sylvain ist unglaublich, weil er so etwas kennt. Wenn auch niemand sonst in New York diese Energieriegel isst, dann hat eben niemand sonst in New York das, was Sylvain hat.

»Kann ich einen nehmen?«

Der junge Mann zuckt sichtbar zusammen. Er benutzte Eve nur als Möglichkeit, sein Insider-Knowhow an den Mann zu bringen, und erwartete offenbar nicht, dass sie ihn um etwas bitten würde. Anstatt ihr eine Antwort zu geben, eilt er in Sylvains Richtung, der in seinem Geschirr von einer Leiter zur nächsten transportiert wird und dabei die Kamera jeweils auf die verschiedenen Bandmitglieder richtet und dabei wie verrückt abdrückt. Währenddessen brüllt er immer wieder ermutigend:

»Grrhh!«

»Aaahhh!«

»Mehr!«

»Mach schon, das kannst du besser!«

»Eure Musik bringt die Erde zum Rotieren!«

Während Sylvain Bilder macht, spielt Micajah Teile von Songs und scheint nicht auf ihn zu achten. Ist das auch Show, überlegt Eve, um ein bestimmtes Image zu festigen? Die Sehnen des Arms, mit dem er den Bogen hält, ziehen sich zusammen – stark und biegsam wie Stahldrähte, die eine Brücke hochhalten. Diese Hände und Arme, die sie umfangen haben, werden schon bald Mädchen, Frauen oder Männer, die Micajah niemals kennenlernt, zum Träumen bringen.

Er ist er selbst, und zugleich scheint er nicht er selbst zu sein. Eve ist sich nicht sicher, welchen der beiden sie sieht. Er legt einen Arm um Bethany und streicht mit dem Bogen über ihren Bauch, als würde er sie spielen. Sie lehnt sich so weit zurück, dass er sie festhalten muss. Seine andere Hand wandert zu ihrem Hüftknochen, um sie besser im Gleichgewicht halten zu können.

»Ich liebe es, das ist wunderbar!«, zwitschert Sylvain von oben herunter. Er baumelt inzwischen direkt über ihren Köpfen – ein übergroßer Cupido mit einer Kamera statt mit Pfeil und Bogen.

Einer der Fahrer wandert zu Eve hinüber und nimmt sich ein paar Donuts. »Gehören Sie zur Band?«

Eve lacht über das Klischee. Er lacht mit. Der Mann wirkt freundlicher, als ihr Fahrer es gewesen war. Fast ein wenig zum Flirten aufgelegt.

»Mehr oder weniger. Jedenfalls zu einem der Bandmitglieder.«

»Eine Mutter?«

Eve weiß, dass er nur wissen will, ob sie eine normale Person oder eine dieser Medientussis ist, die hier sonst überall herumschwirren. Wahrscheinlich hofft er, dass sie eine geschiedene Mutter ist, über ihren tollen Sohn oder ihre tolle Tochter reden will und ihm dankbar dafür sein wird, dass er ihr zuhört.

»Nicht ganz.«

Sie schlendert weiter zu den geparkten Limousinen. Er lässt sie ziehen.

»Könnten Sie mich jetzt wieder nach Hause fahren?«, fragt sie ihren Fahrer, als sie ihn schließlich unter den identisch gekleideten Fahrern und den identisch geparkten Autos entdeckt hat.

»Keine Lust mehr, länger herumzuhängen?« Er ist deutlich gesprächiger als auf der Hinfahrt.

»Es war ein langer Tag.«

Mit geschlossenen Augen, um nicht reden zu müssen, sitzt Eve auf der Rückbank und spürt, wie sich der Wagen seinen Weg über die zahlreichen Schlaglöcher bahnt. Er hält an jeder Ecke und biegt dann vorsichtig ab. Der Gurt schneidet unangenehm in ihren Hals.

»Verdammt noch mal! Was soll das, du Arschloch!«, brüllt plötzlich der Fahrer.

Sie sieht, wie er einen Blick in den Rückspiegel wirft. Er scheint zu fürchten, dass sie sich über sein unprofessionelles Fluchen beschweren könnte.

»Was ist los? Alles in Ordnung bei Ihnen?«

Ihr besorgter Tonfall beruhigt ihn sichtlich.

»Tut mir leid, Ma'am. Aber dieser Kerl mit diesem windigen Moped taucht plötzlich aus dem Nichts auf und hat mich volle Kanne gerammt.«

»Sie gerammt?«

»Ja, verdammt. Gerammt!«

»Ist bei ihm alles in Ordnung? Wahrscheinlich ist er betrunken.« Eve reckt sich, um besser sehen zu können.

Der Fahrer zieht auf einmal eine Pistole aus dem Handschuhfach.

»Bleiben Sie im Wagen, Ma'am. Das hier ist kein gutes Pflaster.«

Als er langsam aussteigt, sieht Eve, wie der Lichtstrahl vor ihnen von etwas durchbrochen wird: einer schwankenden Gestalt. Micajah.

»Oh, mein Gott!« Eve spürt mehr, dass sie diese Worte ausspricht, als sie tatsächlich zu sagen.

Der Fahrer geht zögernd auf Micajah zu. Eve kann nicht erkennen, ob der Mann etwas sagt. Micajah hebt jedenfalls seine Hände, als ob das Ganze ein Witz wäre. Dann schwankt er und bricht zusammen.

Im Bruchteil einer Sekunde kniet Eve neben ihm. Seitlich an seinem Gesicht ist eine Blutspur zu sehen. Er lächelt sie an. Seine Pupillen sind klein wie Stecknadeln.

»Du kannst nicht wegfahren.« Seine Worte klingen undeutlich. »Du musst mich küssen.«

»Du hast eine Gehirnerschütterung«, erwidert sie. »Deine Augen.«

»Ja. Das sind ziemlich grelle Scheinwerfer.« Er schließt die Augen, als ob er auf einmal mitten auf der Straße eingeschlafen wäre.

Eve wendet sich dem Fahrer zu, der die Waffe in seinen Gürtel geschoben hat – als ob er damit seinen Teil der Inszenierung abhaken könnte.

»Er gehört zur Band, oder?«

Eve nickt. »Ich brauche Ihre Hilfe.«

Sie merkt, was er denkt: Ich will kein Blut auf der Rückbank.

»Bitte.«

Der Fahrer besinnt sich und zerrt Micajah hoch. Er stöhnt, als er sein Gewicht auf seinen linken Fuß verlagert. Der Fuß knickt ein. Später wird er Eve erzählen, dass er von der Vespa gesprungen ist, ehe er sie in die Limousine fahren ließ. Er wollte nicht, dass seine Handgelenke bei dem Aufprall zu Schaden kommen. Ein gebrochenes Bein riskierte er dennoch, ebenso wie einen angebrochenen Arm, um sie aufzuhalten. Und dabei wollte sie doch nur nach Hause.

Der Fahrer schiebt die Vespa achtlos mit dem Fuß zur Seite, ehe er seine Tür lauter als nötig schließt. Micajah zuckt zusammen. Sein blutender Kopf ruht auf dem oberen Rand der Rückbank.

»Wie lautet deine Adresse?«, fragt sie ihn. Er nennt sie ihr.

»Haben Sie das gehört? Das ist in Brooklyn. Wir fahren dorthin.«

»Verstanden.« Er gibt die Adresse in sein Navi ein. Eine Straßenkarte erscheint auf dem Bildschirm des Armaturenbretts. Während Eve in die Sitztasche greift, um eine Flasche Wasser herauszuholen, schaut sie nach vorne, um zu sehen, wohin sie eigentlich fahren. In jener mondbeschienenen Nacht bemerkte sie kaum, wohin Micajah sie entführte. Es war ihr auch egal. Doch diesmal ist es anders. Sie will so viele Informationen wie nur möglich.

Sie gibt Micajah das Wasser und nimmt dann die Flasche, um den Saum ihres Kleides zu befeuchten. Bis zu seinem Gesicht reicht der Stoff nicht. Also zieht sie Micajah vorsichtig zu sich herab und platziert seinen Kopf in ihren Schoß. Als sie seine Schläfe abtupft, holt er mühsam sein Handy aus der Tasche und beginnt eine SMS zu schreiben.

»Alex wird das Moped abholen«, sagt er. »Falls es noch

da ist. Wahrscheinlich nicht. Vermutlich bekommt irgendein Junkie dadurch heute Nacht seinen nächsten Schuss.«

»Oder es rettet jemand, der sonst seine Miete nicht zahlen könnte.«

Sein schönes Gesicht in ihrem Schoß erinnert sie an einen gefallenen Engel. Oder einen eingesperrten Leoparden. Seine Augen sind genauso faszinierend und unendlich grün wie die ihrer Katze.

»Das war verrückt, was du da gemacht hast.«

»Ich wollte nicht, dass du ohne mich gehst.«

»Ich war müde. Und du warst beschäftigt.«

»Ja, ich war beschäftigt.« Seine Wut scheint von ihm abzufallen. »Bethany hat übrigens gesehen, wie du weggegangen bist.«

Bethany, die in ihn verliebt ist. Ein Auge auf Micajah, das andere auf Eve – den ganzen Abend lang.

»Und sie hat es dir gesagt?«

»Nein. Ich habe nur gesehen, wie sie sich entspannt hat.« Dann fügt er hinzu, als ob Eve noch eine Erklärung bräuchte: »Sie ist eifersüchtig.«

»Du musst mir nichts erzählen. Ich will es gar nicht wissen.«

Er schließt die Augen und fasst mit einem Arm hinter seinen Kopf und hinter Eves Taille. Seine Finger finden die Knochen ihres Kreuzes. Er beginnt sie zu massieren – stärker als sie das nach seinem Sturz erwartet hätte. Wieder muss sie an ihre Katze denken, als er die Augen schließt und im Bewusstsein eine Ebene weiter nach unten zu rutschen scheint, ohne dabei ganz seine Sprungbereitschaft zu verlieren.

Die Limousine hält vor dem ihr bekannten Stahltor. Eve

erinnert sich an das erste Mal, als sie hierherkam und das ehemalige Fabrikgebäude betrat, das Labyrinth aus Betontreppen durchlief und durch die schweren Türen trat, die sich zur Seite schieben ließen. Sie steigt aus und geht um den Wagen, damit sie Micajah heraushelfen kann.

»Möchten Sie, dass ich warte?«, erkundigt sich der Fahrer.

Sie stellt sich vor, wie sie allein im Auto sitzt und nach New Jersey zurückgefahren wird. Es fühlt sich sicher an. Verunsichernd hingegen ist der Gedanke, bei Micajah zu bleiben. Aber falls er tatsächlich eine Gehirnerschütterung hat, sollte er nicht alleine schlafen.

Ehe Eve antworten kann, sagt Micajah: »Nein. Fahren Sie nach Hause.« Dann fügt er noch hinzu: »Danke, Mann. Tut mir leid, wenn ich Ihren Wagen schmutzig gemacht habe. Aber keine Angst, das Plattenlabel wird garantiert für alle Kosten aufkommen.«

Benommen fischt er seine Schlüssel aus der Hosentasche und lässt sie in Eves ausgestreckte Hand fallen. Eve hat das Gefühl, dass er zu einem gewissen Grad die Folgen des Sturzes übertreibt. Er stützt sich auf sie, während sie die Treppe hinaufsteigen, und lehnt sich dann an die Wand, um zu warten, bis sie die Tür aufgesperrt hat.

Die wie Stalaktiten aufgehängten Fotografien zeigen heute ein Labyrinth aus Obsessionen. Eve geleitet ihn zu seinem Bett und geht dann in die Küche. Sie entdeckt Pfefferminzteebeutel, aber keinen Wasserkocher. Also füllt sie einen kleinen Topf mit Wasser und stellt ihn auf den Herd. Im Spiegel neben dem Herd sieht sie, wie sich Micajah aufsetzt und auf dem Arm eine Geige hält.

»Hör zu«, sagt er. »Das ist für dich.«

Er spielt die Melodie, die sie bereits so gut kennt wie ihren eigenen Herzschlag. Sein Spiel ist ungenau, und ein paar Mal trifft er eine Note nicht. Es scheint ihm schwerzufallen, sich zu konzentrieren. Eve stellt die Teetasse neben ihn und lässt sich am Fuß des Bettes nieder.

»*Lover we'll surrender to the sweet smell of nature*
Bewitched by the danger of its blossoming nectar …«

Zum ersten Mal hört sie den Songtext. Er spricht ihn mehr, als ihn zu singen, als wollte er ihr ihn auf jeden Fall verständlich machen. Nach einer Strophe bricht er jedoch wieder ab.

»Gefällt es dir?« Seine Stimme klingt leise wie im Halbschlaf oder hypnotisiert.

»Ja.«

»Danke, dass du mir das Lied geschenkt hast«, fügt er hinzu.

Einen Moment lang fragt sie sich, ob er das sarkastisch meint und damit implizieren will, dass sie sich bei ihm bedanken solle. Aber nein – es ist ihm ernst.

»Spielst du es noch mal? Alles?«

»Hörst du noch mal zu?«

»Ja.«

»Und dann vergiss es.«

»Was meinst du?«

»Es gibt verschiedene Arten des Hörens. Man kann mit den Ohren und mit dem Verstand hören, oder man kann die Musik in seinen Körper hineinlassen.« Sein Lächeln wirkt lasziv. »Wie einen Liebhaber. Man kann seine Vernunft eine Weile vergessen.«

Wieder hat sie das Gefühl einer seltsamen, dunklen Vorahnung.

»Erinnerst du dich an das Dach?«

»Ja.«

»Wenn du hinuntergestürzt wärst, hättest du das nicht überlebt.«

»Ich weiß.«

»Und es war intensiver, als du dir das vorgestellt hattest, oder?«

»Ja.«

»Also.« Er fasst nach seiner Jeans, die auf dem Boden neben dem Bett liegt, und holt eine kleine Silberdose aus einer der Taschen. Darin befinden sich Pillen.

»Lass mich dir eine Hörerfahrung schenken, die dein Bewusstsein erweitert.« Sie hat noch nie LSD genommen und will es auch jetzt nicht. Bill war in diese Welt eingetaucht und nie mehr daraus zurückgekehrt.

»Was ist das?« Wenn sie jetzt stehen würde, wäre sie zurückgewichen.

»Quaaludes.«

Eve hat den Begriff irgendwann schon einmal gehört. Vielleicht las sie ihn in der Zeitung, oder Quaaludes waren etwas, was ihre Eltern immer vor ihr verborgen halten wollten. Wie alle Drogen.

»Genau«, sagt Micajah, als ob er ihre Gedanken lesen könnte. »Ziemlich retro.« Er hält die Pille zwischen zwei Fingern vor ihren Mund. »So heißen die auch nicht mehr. Sind aber die gleichen mit der gleichen Wirkung. Wunderbar verführerisch und sinnlich.«

»Nein.«

Er zieht die Hand zurück, als ob sie ihn geschlagen hätte. »Ich kann dir ein Taxi rufen, wenn du willst. Das ist deine Entscheidung. Ich bin dir nicht böse.«

Er ist mir nicht böse, wiederholt sie in Gedanken. Aber

wenn er tatsächlich eine Gehirnerschütterung hat, wie sie das an seinen Augen zu erkennen glaubte, wäre es sehr leichtsinnig, ihn allein zu lassen. Allerdings ist sie sich inzwischen ziemlich sicher, dass es keine ist. Sein Gehirn funktioniert noch ausgezeichnet.

Es kommt ihr wie ein Test vor – obwohl es nicht Micajah ist, der sie testet. Es ist kein Machtspiel oder eine Mutprobe. Sie glaubt ihm, dass für ihn alles im Dienst der Musik geschieht. Es mag eine großartige Idee oder eine miserable sein – ein kosmischer Gerechtigkeitsabend, der ihr unglaubliches, unverdientes Glück belohnen oder abstrafen wird. Wenn das der Fall ist, würde eine Entscheidung aus Angst dagegen das Schicksal geradezu beleidigen.

Er streicht mehrmals mit dem Knöchel seines Zeigefingers über ihren Mundwinkel, als würde er sie mit einer Feder streicheln. Seine Finger berühren ihre Zunge, als er die Pille darauf legt. Ihr ist bereits leicht schwindlig, denn die Furcht vor dem Unbekannten lässt das Adrenalin in ihr ansteigen. Er führt mich weiter und weiter, denkt sie. Und sie hat nicht die geringste Ahnung, wo ihre Grenzen sind.

Micajah presst seinen Handrücken unter ihr Kinn, damit sie den Mund schließt. Er führt vorsichtig die Teetasse an ihre Lippen, und sie spürt, wie die Pille ihre Speiseröhre hinuntergleitet.

»Und jetzt zieh dich aus und komm mit mir unter die Dusche.«

Micajah seift ihren ganzen Körper ein: Nacken, Schultern, Brüste, Taille, Bauch und Rücken, Hüften, Schenkel, Waden, bis hinunter zu ihren Füßen. Jeder Nerv wird dadurch angeregt, einer nach dem anderen. Eine samtene Euphorie breitet sich in ihr aus.

»Bist du schon da?«, fragt er sie, während er ein Handtuch um sie wickelt. Er sucht in seinem Kleiderschrank herum und zieht ein ausgewaschenes, dunkel kariertes Flanellhemd heraus, das durch viele Jahre Waschen ganz weich geworden ist.

»Ich glaube schon.« Ihre Stimme klingt fern, als ob sie über einen See und einen dichten Nebel zu ihr hindurchdringen würde.

»Zieh das an.« Er hält ihr das Hemd so hin, dass sie hineinschlüpfen kann. »Ich möchte nicht, dass dir kalt ist.«

Das Hemd reicht bis zu ihren Schenkeln. An einigen Stellen ist es gerissen. Luft umstreicht sie. Es zuzuknöpfen, erscheint ihr wie eine riesige Aufgabe, weshalb sie es lieber wie einen Mantel um sich zieht.

Micajah hat eine pyjamaartige Hose angezogen, die sich um seine Hüften schmiegt. Er setzt Eve auf sein Bett, sodass sie an einem Berg von Kissen lehnt. Dann dreht er die Lichter so weit herunter, dass es beinahe völlig dunkel ist.

»Und nun«, meint er mit einem Lächeln in der Stimme, »wird es ernst.«

Pinkfarbene Strahlen fallen durch die Lamellen der Jalousien. Das Licht stammt von dem Neonschild auf der gegenüberliegenden Straßenseite und wirft Streifen auf Micajahs nackte Brust und Füße. Während er das Intro spielt, sagt er: »Es ist Lowells Stimme auf der Aufnahme. Lowell hat eine tolle Stimme. Fast so toll wie seine Haare.« Er grinst. »Im Vergleich zu ihm klinge ich wie ein Frosch. Und diesen Frosch kannst du dann später küssen.«

Micajahs Singstimme ist ruhig und tief, als sie vorsichtig der Melodie folgt. Er sieht Eve dabei die ganze Zeit über an, was für sie irgendwann kaum mehr auszuhalten ist. Sie würde am liebsten schreien, losrennen, explodieren. Ihre Glieder sind dabei allerdings so schwer, dass sie glaubt, sie würden auf dem Bett schmelzen.

Als er die Augen schließt, lässt Eve ihren Blick über die Muskeln seiner Brust und seines Abdomens streifen, die sich zusammenziehen und wieder lösen, während er mit dem Bogen über die Saiten streicht. Auch die Musik scheint Muster in die Fasern seines Körpers zu weben.

»*I'll kiss across the borders of your once cold shoulders*
When the night blooms jasmine …«

Die Musik fließt durch Eves Adern, wärmt sie und lässt sie gleich darauf mit einem Mollakkord frösteln – als wäre ihr Körper ein Instrument, auf dem Micajah eine Melodie mit wechselnden Tempi spielt. Sie scheint aus dicker Flüssigkeit zu bestehen, aus Quecksilber. Nie mehr wird man sie einfangen können. Nie mehr.

Micajah zieht die letzte Note bis zu jener Grenze hinaus, wo Ton auf Stille trifft. Als Eve ihn nicht mehr hören kann, öffnet sie die Augen und sieht, wie die Vibration der Melodie noch in der neonhellen Aura, die ihn umgibt, nachzuhallen scheint.

»Ich will es auf deinen Körper schreiben«, erklärt Micajah.

Er wandert mit seinen Händen unter ihr Flanellhemd und legt sie auf ihren Bauch, wo er sie so hin und her bewegt, als würde er ein Blatt Papier glattstreichen. Das Hemd öffnet sich dabei.

»Was?«

»Dein Lied.«

Er sieht, dass sie verstanden hat, und umfasst ihr Gesicht mit beiden Händen.

»Glaubst du, dass ich dir wehtun will?«

»Du bist heute … irgendwie anders. Du machst mir Angst.« Es ist schwer, die Worte zu finden und sie in einen sinnvollen Zusammenhang zu bringen. Die verschiedenen Funktionen ihres Gehirns – diejenigen, die Wörter kennen und auswählen, diejenigen, die diese Wörter miteinander verbinden, und diejenigen, die diese Wörter zu Sätzen formen – scheinen Galaxien voneinander entfernt zu sein.

»Es ist nur Tinte. Kein Piercing. Kein scharfes Instrument.«

Er schreibt mit seinem Fingernagel über ihren Brustkorb, wobei er die Worte halb singt. »*Lover we'll surrender …*«

»Okay«, sagt sie und merkt, wie sich ihr Widerstand durch seine Berührung bereits aufgelöst hat.

Sie beobachtet ihn, wobei er auf einmal aus ihrem Blickfeld verschwindet und dann mit einer Flasche Tinte und einem langen Füllfederhalter wiederkommt.

»Du hattest das also schon griffbereit«, stellt sie überrascht fest.

»Es gibt Nächte, in denen ich aufgeben will«, erwidert er. »Dann schreibe ich meine Songs mit der Hand auf. Dadurch sehen sie schon mal schöner aus.«

Micajah taucht den Federhalter in das Tintenglas und zieht eine geschwungene Linie unter ihren beiden Brüsten. Dort, wo sich die Linien treffen, entsteht so etwas wie eine Blume. Er beginnt mit den ersten Worten auf der nächsten Rippe darunter, wobei er nach ein paar Buchstaben den Federhalter ins Tintenglas taucht. Während er die Spitze in langsamen Schwüngen von links nach rechts wandern lässt, spürt Eve, wie diese über ihre Haut kratzt – gleich den abgewetzten Klauen einer Katze.

»Beweg dich nicht«, sagt er. »Halte es in dir. Das ist Tantra.«

Sie versucht, das Kitzeln zu ertragen, doch durch die Droge geben ihre Muskeln nach, als wären sie aus Gummi. Zugleich sind ihre Nerven zum Zerreißen gespannt zwischen Kampf und Kapitulation. »Psst, Eve. Noch nicht. Atme langsam weiter.«

Sie erinnert sich an ähnlich klingende Anweisungen in der Yogaklasse, öffnet den Mund und holt tief und bewusst Luft. Doch es gelingt ihr nicht dabeizubleiben. Ihre Finger krallen sich in das Laken, während sie versucht, sich nur unter Micajahs gnadenlosem Federhalter zu winden, der inzwischen unterhalb ihres Nabels hin und her wandert. Bald – das weiß sie – wird sie nicht länger in der Lage sein, sich zusammenzureißen, und ihr Körper wird sich aufbäumen, wodurch die Tintenlinien in unkontrolliertem Zickzack über ihren Körper wandern werden.

Der Federhalter wandert weiter nach unten. Micajah schreibt etwas, das sich wie ein schlingernder Großbuchstabe anfühlt, um ihren linken Hüftknochen, und wendet sich dann wieder ihrer Mitte zu.

»Beinahe da.«

Jeder Atemzug, den Eve jetzt tut, ist ein Stöhnen, und es bedeutet eine unglaubliche Anstrengung, sich nicht zu bewegen. Micajah taucht die Feder erneut ins Tintenglas und kehrt zu ihrer Haut zurück. Sie spürt, wie die Spitze seine Initialen schreibt. MB, spiegelverkehrt auf sie geschrieben. Die Leichtigkeit der Berührung durch den Federhalter lässt sie fantasieren, dass er einen Zettel unterschreibt und diesen dann mit dem Wind fortwehen lässt.

Eve wandert durch einen dichten Wald ohne Pfad oder Wegweiser. Farnwedel streifen über ihre Haut, sie schwebt irgendwo zwischen Wachsein und Schlaf. Obgleich ihre Lider zu schwer sind, um sie zu öffnen, merkt sie doch, dass die Dunkelheit von Lichtstrahlen durchbrochen wird. Seltsame Fischwesen umgeben sie. Dort ist ein Narwal, der das Horn eines Einhorns vor sich herträgt.

Sie will ihre Augen nicht öffnen. Sehen wird sie aus diesem Schwebezustand reißen und wieder in die Jetztzeit versetzen. Sie hat Angst, dass ein Zerbrechen der Halluzinationen für sie nur scharfe Scherben zurücklassen wird.

Die Spitze des Horns stupst sie in die Seite. Der Narwal schimmert nicht, wie ein Einhorn das tun sollte. Er leuchtet eher weißlich bedrohlich und irgendwie stumpf. Eve will weg, aber sie vermag sich nicht zu bewegen. Ihr Körper, der im Traum noch schwerelos war, fühlt sich jetzt bleiern an. Das Horn stößt in sie, als wäre sie ein Stück Fleisch in einer Bratpfanne.

Sie spürt, wie es zwischen ihren Beinen nach dem Punkt sucht, der sie zum Stöhnen bringt. Eve weiß, dass es einen Laut von ihr hören will. Sie versucht, das Stöhnen zurückzuhalten, ist dazu aber nicht in der Lage. Der Druck ist zu stark.

Eine Warnsirene heult in Eves Kopf auf, wenn auch nur so schwach, als würde sie aus weiter Ferne zu ihr durchdringen. Mit größter Willensanstrengung gelingt es ihr, die Augen zu öffnen.

Über ihr schwebt ein kalt wirkendes und neugieriges Gesicht, das sie mustert. Sie sollte es eigentlich kennen. Eve versucht, die Einzelteile ihres Gehirns zusammenzusuchen und kommt sich dabei vor, als würde sie dafür an unendlich schweren Schiffstauen ziehen müssen.

Bethany. Das Mädchen aus der Band.

Sie ist nackt, dürr wie ein Bündel Reisig. Ihr Körper ist der des weißen, toten Narvals. In ihrer Hand hält sie den Federhalter. Sie stochert damit auf Eves Körper herum, als wollte sie die Reflexe eines ihr unbekannten Lebewesens testen. Eve versucht von ihr abzurücken, aber ihre Glieder versagen ihr den Dienst. Die einzigen Bewegungen, zu der ihr Körper bereit ist, sind die, welche Bethany auslöst.

Nein, will Eve ihrem abtrünnigen Körper zurufen, du gehorchst mir! Aber das Quaalude hat sie zu einem Mechanismus aus Reiz und Reaktion werden lassen. Die Tatsache, dass Bethany sie zum Stöhnen bringen kann, widert sie an. Das ist die eigentliche Missachtung – nicht das Stochern und Anstupsen. Damit hat Bethany ihre Seele gestohlen.

Und Micajah. Weiß er, dass Bethany das macht? Wo ist er eigentlich?

Ihre Augen wandern zu der Stelle neben ihr im Bett, wo sein goldener Körper mit dem Gesicht nach unten auf den zerwühlten Laken liegt. Hat Bethany ihn umgebracht?

»Ja, klar«, sagt Bethany. Dann voller Verachtung: »Hysterikerin.«

Hat sie das etwa laut ausgesprochen? Eve glaubte, es nur gedacht zu haben. Ihr Hirn funktioniert momentan nur extrem verlangsamt. Sie konzentriert sich jetzt auf Micajahs Brust und sieht, wie sich diese regelmäßig hebt und senkt. Warum verspürte sie eine solche Panik, dass er tot sein könnte?

Bethany stochert noch immer mit dem harten Ende des Federhalters auf ihrem Körper herum. Eve windet sich zur Seite, und Bethany schreckt zurück, als würden ihr Flammen entgegenschlagen.

Auf den Beinen taumelnd ist sich Eve bewusst, dass Bethany es genießt, ihr zuzusehen, wie sie zu fliehen versucht. Verzweifelt versucht sie sich daran zu erinnern, wo sie in der letzten Nacht ihre Kleider hatte fallen lassen. Neben der Dusche liegt ein Berg von Klamotten. Eve zieht sich ihr Kleid über den Kopf und schlüpft dann in ihre Sandalen. Falsch: Sie hat ganz vergessen, zuerst ihre Unterwäsche anzuziehen. Entschlossen stopft sie sich diese in die Handtasche und stolpert an den baumelnden Fotoreihen vorbei zur Tür.

Bethany, noch immer nackt, steht vor der Tür und will Eve offenbar nicht durchlassen. Ihre Augen bohren sich in die ihres Gegenübers.

»Hat es dir gefallen, wie er dich geleckt hat – hä?«

Eve bemüht sich um eine undurchdringliche Miene. Sie zwingt sich dazu, die Kontrolle über sich zurückzugewinnen. Sie wird Bethany garantiert nicht die Genugtuung verschaffen, die Herrlichkeit jenes Moments mit ihrem Hass zu vergiften.

»Ich habe ihm beigebracht, wie er das am besten machen soll.«

Eve starrt durch sie hindurch zu der Tür und der Welt, die jenseits davon liegt.

»Wir haben ein anderes Mädchen benutzt, um es besser einüben zu können.«

Wenn sie jetzt zusammenbricht, wird es sie zerstören. Sie darf es nicht zulassen, dass Bethanys Worte sie treffen. Ihre einzige Waffe ist Geduld. Sie wird Bethany nicht bitten, sie durchzulassen. Ihr Gelächter würde sie sonst wie die Schläge eines Dreschflegels verletzen.

Eine Minute vergeht, dann eine zweite. Fünf Minuten. Bethany streckt langsam eine Hand aus, als wollte sie ein scheues Tier nicht erschrecken. Eve hält ihren Körper ganz und gar still.

Bethanys Hand wandert zu dem Saum von Eves Kleid und hebt ihn hoch. Eve spürt, wie der Stoff ihre Schenkel hochwandert. Dann schiebt sich Bethanys Finger in sie, wo er sich krümmt und sie kitzelt, als würde Bethany ein Kind unter dem Kinn kraulen.

Sie könnte widerstehen. Sie könnte vermutlich Bethanys dürren Körper überwältigen, aber jede Reaktion würde für Bethany einen Sieg bedeuten. Zorn schwelt in ihr; sie wird ihn später ausleben. Jetzt geht es um einen echten Willenskampf.

Du kannst mir nichts anhaben, denkt sie und lässt die Worte bewusst in sich aufsteigen, bis sie glaubt, sie laut hören zu können. Aber du selbst, du wirst wie ein Zweig zerbrechen.

Bethany nimmt den Finger in ihren Mund und leckt Eves Säfte ab. Eve konzentriert sich wieder auf Bethanys eisigen Blick. Sie weicht ihm nicht aus. Auf Bethanys Arm ist eine frische rote Narbe, die noch kaum verheilt scheint. Ein Schnitt. Als Bethany bemerkt, dass Eve sie sieht, zuckt sie unwillkürlich zusammen.

Mit der Schnelligkeit einer zubeißenden Schlange presst Bethany ihren Mund auf den von Eve. Sie drückt ihre Lippen so hart auf Eves, dass es schmerzt. Sie fährt mit der Zunge über Eves Lippen, als sie sich von ihr löst.

»Verpiss dich von hier, Eve«, sagt sie, lächelt sie freudlos eisig an und tritt endlich zur Seite, um sie durchzulassen.

Mit der Hand auf der Klinke, schaut sich Eve noch ein letztes Mal in der Wohnung um: die großen Fenster mit dem pinkfarbenen Neonschild, das mit dem Rosa des morgendlichen Himmels verschmilzt; die Musikinstrumente, die überall herumliegen; und Micajah bewusstlos auf dem Bett. Auf dem Laken in der Nähe seines Kopfs ist ein Blutfleck an der Stelle zu sehen, wo die Wunde wieder aufgegangen ist.

11

Auf der Straße rief Eve einen Krankenwagen und zeigte den Sanitätern, wo sie hinmussten. Dann machte sie sich auf die Suche nach der nächsten U-Bahn-Station. Zuvor fragte sie noch, in welches Krankenhaus man Micajah bringen würde, und rief dann später an jenem Tag dort an, um sich nach seinem Zustand zu erkundigen. Er sei nie eingeliefert worden, teilte man ihr mit. Offenbar stellten die Sanitäter fest, dass er nicht ernsthaft verletzt war.

War Bethany die Besudelung, vor der Micajah sie hatte schützen wollen? Eve konnte nicht glauben, dass er irgendetwas mit ihrem Auftauchen in seinem Apartment zu tun hatte. Er hätte Eve nie Lust geschenkt, nur um sie dann als Spielzeug in Bethanys Hände zu legen. Doch wie auch immer Bethany dort hingelangt sein mochte – es ging darum, dass sie, Eve, nicht in Micajahs Welt passte. Sie vermag nicht die dort geltenden Regeln und die Motive der Wesen, die sie bevölkern, zu verstehen. In ihre Welt kann sie ihn auch nicht bringen, und die Zwischendimension, die für eine kurze Zeit bestand und in der sie sich treffen konnten, war verschwunden.

Es ist aus, sagt sie sich. Nie mehr in ihrem restlichen Leben wird sie so empfinden, wie sie das bei Micajah getan hat. Diese quälende Erkenntnis ist der Preis, den sie dafür bezahlen muss. Das Schicksal, das weiß sie, hat sie reich beschenkt: Larry hat sie verlassen, Micajah tauchte auf, alles schien sich von selbst zu fügen. Jetzt dreht sich das Schicksalsrad weiter, und der Moment des Glücks ist vorbei.

Die schlimmste Qual ist zu erleben, wie diese brennende Leidenschaft zu etwas Fernem, Vergangenem wird und sich in einer Nische ihres Gedächtnisses niederlässt – wie in einer Grabkammer. Sie versucht verzweifelt dagegen anzukämpfen, indem sie sich an die Schmerzen der Geburt ihres Sohnes erinnert – die einzige Erfahrung in ihrem Leben, die sich mit der Intensität vergleichen lässt, die sie bei Micajah empfunden hat. Doch es gelingt ihr nicht. Ihre Erinnerung ist nur noch eine Geschichte, eingerahmt und gezähmt, zu etwas geworden, was sie einmal erlebt hat: die überwältigende Qual, die, kaum nachgelassen, schon wieder über sie hereinbrach, und die Angst, als die Spritze für die PDA in ihr Rückgrat traf. Es ist für sie jetzt kaum spürbarer, als wenn es jemandem anderen passiert wäre.

Mit der Zeit wird Micajah in ihr abgeschliffen werden wie ein Stück Holz und ebenfalls zu einer Geschichte zusammenschrumpfen, die vielleicht nicht einmal sie selbst ganz glauben wird.

Sie hatte angenommen, dass ihre Beziehung langsam auslaufen würde – kein Drama, sondern nur ein würdevolles Akzeptieren und der Wunsch der beiden, dass es dem anderen gut damit ginge. Sie hatte nicht geglaubt, dass sie sich auf diese Weise von ihm losreißen müsste. Es fühlt sich grausam, brutal an, als ob sie langsam ein hilfloses Wesen erwürgen würde, dessen Hals sie gnadenlos zudrückt, bis es aufhört, zu strampeln und um sich zu schlagen.

Eve stellte ihr Festnetz so ein, dass sie sehen konnte, wer bei ihr anrief. Sie ignorierte das Trommelfeuer aus SMS-Nachrichten und Voicemails, bis es von allein aufhörte. Die Tinte wurde nach und nach in der Dusche abgewaschen, bis nur noch einige wenige, schwache Flecken übrig waren. Diese betrachtet sie wie die Narben eines schweren Autounfalls.

Es kommt ihr so vor, als hätte sie keine Haut mehr, keine Schutzschicht. Das Leid in der Welt um sie herum ist größer, als sie es zu ertragen vermag. Manchmal sehnt sie sich so sehr nach Micajah, dass sie das Gefühl hat, ihr würde das Herz aus der Brust gerissen werden. Ihr ist übel, sie bringt kaum etwas herunter. Dann wiederum kann sie nicht aufhören zu essen, weil sie zumindest irgendetwas anderes als diese Leere in sich spüren will. Ein konstanter Kopfschmerz bohrt sich in ihre linke Augenhöhle. Sie nennt es innerlich das Micajah-Kopfweh. Es lässt alles vor ihr verschwimmen und scheint auch ihren Blickwinkel auf die Dinge ins Wanken zu bringen.

Nachts, wenn sie halb wach daliegt und zittert, kämpft sie mit den Laken, als wäre sie in einem Fischnetz an einem kalten Strand im Norden gefangen. Tagsüber ist sie langsam und benommen, nickt am Steuer ihres Autos ein, vergisst Termine und sucht immer wieder nach passenden Worten. Manchmal wird sie von einem starken Bedürfnis erfasst, laut zu schreien, und sie muss ihre Fingernägel in ihre Handflächen bohren, um es zu unterdrücken. Die meiste Zeit über ist sie jedoch wie betäubt, und jegliches Gefühl ist aus ihr verschwunden.

Alles, was sie jemals verloren hat – Larry, ihren Bruder Bill –, ist zu einer amorphen Masse namens Micajah geworden. Bill spielte oft Bowie auf seiner Stereoanlage, und die Songs suchen Eve jetzt heim, als würde der Geist ihres Bruders versuchen, mit ihr in Kontakt zu treten. Wie Major

Tom hat auch sie jede Verbindung zur Erde verloren. Selbst ihre innere Nabelschnur zu ihrem Sohn scheint aufgelöst. Allan befindet sich in einer anderen Umlaufbahn und lebt sein eigenes Leben. So nahe sie sich sein mögen – er winkt ihr nun nur noch zu, wenn er vorüberschwebt.

Das war es, wovor sie damals so Angst hatte, als sie nach Bills Tod ihre inneren Schotten dichtgemacht hat und sich entschloss, den zuverlässigen, vorhersehbaren Larry zu heiraten: dass sie sich zu weit nach draußen wagen würde und nicht mehr zurückfinden könnte.

Sie will keine Freundinnen treffen, weil sie nicht über Micajah reden will, und zugleich er das Einzige ist, über das sie sprechen will. Über ihn reden, würde ihre Liebesgeschichte zu einer objektiven Tatsache machen. Er ist in ihr Bewusstsein gewebt, und sie kann an nichts anderes denken als an das, was sie von ihm weiß, was sie über ihn gedacht hat, was sie von ihm vermutet, erwartet und was sie an ihm ablehnt. Doch sie spürt, wie sie ihn ein zweites Mal verliert. Stunde um Stunde verschwindet die Realität dessen, was sie miteinander verband, wird untergraben und ins Wanken gebracht durch die Gegenwart von Bethany, die allmählich alles überlagert. Warum war sie dort? Wusste er, dass sie kommen würde? Hat er mir deshalb das Quaalude gegeben?

Ich sollte Trost in meiner Arbeit finden, sagt sich Eve. Aber sie kann sich nicht für die Gärten anderer Leute oder für Aufträge von Behörden begeistern. Larry hat recht: Ihr Beruf ist nur eine Spielerei. Alles, was ihre volle Aufmerksamkeit verlangt, entreißt sie dem Gefühlskarussell ihrer Obsession. Ihr Zorn quillt wie Blut aus einer Wunde in ihrem Inneren.

Ihr Handy hat keinen Saft mehr. Sie lädt es nicht auf.

Morgens fällt es ihr schwer aufzustehen, abends fällt es ihr schwer, ins Bett zu gehen. Eines Tages wacht sie um drei Uhr nachmittags auf, nachdem sie fast den ganzen Tag über gedöst hat. Sie schleicht nach unten, um Kaffee zu kochen, um zu funktionieren, sich an ihre Arbeit zu machen. Gedankenverloren wirft sie einen Blick aus dem Fenster neben der Haustür und entdeckt einen vertrauten grünen Chevy Nova. Auf ihm sitzt mit überkreuzten Beinen Micajah.

Sie spürt, wie ihr Inneres nach oben steigt, als müsse sie sich übergeben. Hastig zuckt sie vom Fenster zurück. Warum verstecke ich mich, denkt sie. Das ist mein Haus. Er lauert mir auf. Ich sollte die Polizei rufen.

Aber dann, fährt sie in Gedanken fort, müsste ich mich erklären. Ich müsste etwas erklären, was ich mir selbst nicht erklären kann.

Sie stellt sich in eine dunkle Ecke, von wo aus sie durch das Fenster im Esszimmer blicken kann, ohne von draußen gesehen zu werden. Micajah sitzt noch genauso da wie zuvor. Sie fragt sich, wie lange er schon da ist. Den ganzen Tag? Im Haus brennt kein Licht, und das Garagentor ist geschlossen. Er weiß also nicht, ob sie zu Hause ist oder nicht. Hat er an der Tür geklingelt? Vielleicht hat sie so tief geschlafen, dass sie es nicht gehört hat? Eigentlich kann sie sich das nicht vorstellen, denn die Glocke ist laut und durchdringend, sodass sie diese selbst dann noch hört, wenn sie hinten im Garten beschäftigt ist. Nein, er hat nicht geläutet.

Sie beobachtet ihn, wie er schicksalsergeben und still dasitzt, wie jemand, der an einem Totenbett Wache hält. Ihr ist klar, dass dies sein letzter Versuch sein wird, der Versuch, den man unternimmt, wenn man die Hoffnung fast aufgegeben hat. Er erwartet nichts mehr. Es ist Ausdruck seiner eigentümlichen Rechtschaffenheit, seines altmodischen Glaubens daran, dass man etwas wirklich Wichtiges persönlich erledigen muss. Er muss sich selbst darbieten, und sie muss ihn zurückweisen – keinen Anruf und keine E-Mail, sondern seine Person. Wenn er keine Reaktion von ihr bekommt – entweder weil sie ihn ignoriert oder weil sie nicht zu Hause ist –, wird er nicht wiederkommen.

Er wird bis zum Einbruch der Dunkelheit bleiben, vermutet sie richtig. Danach wird er gehen.

Eine Woche vergeht, dann noch eine. Mahnungen für unbezahlte Rechnungen beginnen einzutrudeln. Sie lässt die Umschläge ungeöffnet auf einem Stapel im Wohnzimmer liegen. Während sie ein paar nötige Erledigungen macht, fährt sie an Allans Grundschule vorbei oder an der Zahnarztpraxis, die sie früher aufsuchte, oder an dem Büro, wo Larry lange Zeit arbeitete.

Auf dem Weg zurück nach Hause, vorbei an neuen, ihr unbekannten Gebäuden, entdeckt sie etwas: ein Geschäft für Kunsthandwerk. Instinktiv reißt sie das Steuer herum und fährt über eine Fahrbahn mit Gegenverkehr in eine Parklücke vor dem Laden. Der Fahrer hinter ihr hupt verärgert. Zu Eves Überraschung lacht sie.

Als Eve schließlich ihr Handy wieder auflädt, gibt es eine wahre Salve von Klingeltönen von sich ob all der SMS, Voicemails und unbeantworteter Anrufe.

Eve, meine Liebe, ich bin es, Barbara – Micajahs Freundin. Ich habe etwas für Sie. Wie kann ich es Ihnen zukommen lassen?

Yann habe ihr nicht mitgeteilt, ob er das Instrument repariert oder das Ganze hat sein lassen, erklärt Barbara am Telefon, als Eve sie anruft. Sie vereinbaren einen Termin, an dem Eve das Instrument bei ihr abholen kann. Kommen Sie bald, sagt Barbara.

Der Long Island Expressway ist durch den vielen Regen im August überflutet. Eve starrt angestrengt durch die Windschutzscheibe. Sie kann wegen der laufenden Scheibenwischer kaum etwas erkennen und fährt lieber in eine Parkbucht, um abzuwarten, bis der Sturm vorüber ist. Während sie dasitzt und der Regen auf die Scheiben prasselt, versucht sie, keine großen Hoffnungen zu hegen und realistisch zu bleiben. Höchstwahrscheinlich hat Yann das Instrument nicht mehr angefasst. Selbst wenn es repariert werden kann, erkannte er vielleicht die Qualen, denen Micajah ausgesetzt war, und führte sie alle auf Eve zurück. Das Ganze würde seiner Einschätzung von ihr als törichter Person neue Nahrung geben, die einfach nur hübsche Dinge sammelt, ohne auf deren Seelen oder Eigenarten zu achten.

Nach dem Sturm steht Barbaras Haus windumtost und einsam da. Wasser tropft von der herabblätternden Wandfarbe. Eve fällt erst jetzt etwas auf, was ihr beim letzten Mal entgangen ist: Das Kliff, auf dem das Haus steht, bricht langsam weg. In ein oder auch zwei Jahrzehnten wird das Gebäude ins Meer hinabstürzen.

Eve klopft an, vernimmt aber keine Antwort. Sie versucht, die Tür zu öffnen. Diese ist nicht verschlossen. Also tritt sie ein.

Die Zimmer im Erdgeschoss sind leer und kalt. Dort, wo die Feuchtigkeit durch die Fensterrahmen dringt, riecht es nach nasser Wolle. Barbaras Wesen ist überall zu spüren: in den bestickten Kissen, dem wettergegerbten, silbern schimmernden Treibholz, in dessen Ausbuchtungen Muscheln liegen, die Beinschnitzereien auf den Tischchen und den Fensterbrettern. Eve lächelt. Sie erinnert sich an Barbaras derben Witz und ihrem Wunsch, dass er den Tatsachen entsprechen möge.

Sie steigt die Treppe hinauf nach oben und findet dort Barbara im Bett, eingewickelt in eine Wolljacke und einen zerlumpten Kaschmirschal, obwohl es im Zimmer sehr warm ist. Es riecht süßlich nach Krankheit. Barbara lehnt an einem Berg Kissen und wirkt kleiner, als Eve sie in Erinnerung hatte. Sie sieht zerbrechlich aus.

»Sie hätten mir sagen müssen, wenn ich nicht hätte kommen sollen«, sagt Eve. »Aber zumindest kann ich mich jetzt ein wenig um Sie kümmern.«

»Es ist alles gut. Man muss sich nicht um mich kümmern. Ich hasse es, versorgt zu werden. Ehrlich, lieber sterbe ich. Ich habe sowieso lange genug gelebt. Aber trotzdem danke für das Angebot.«

Barbaras Augen strahlen noch wie zuvor, und auch ihre Stimme ist zwar heiser, aber weiterhin kraftvoll.

»Keine Angst, es steht noch nicht der große Schritt bevor. Die Nachrufschreiber werden Sie nicht als denjenigen Menschen verfolgen, der mich als Letzter lebend gesehen hat.«

Eve lacht. »Gut.«

»Verscheuchen Sie die Katze von dem Sessel da und setzen Sie sich zu mir.«

Die Katze miaut empört und stolziert dann davon, als Eve sich auf dem niedrigen Sessel niederlässt, der mit einem verblichenen blauen Samtstoff bezogen ist.

»Ich werde Sie nicht fragen, was zwischen Ihnen und unserem gemeinsamen Freund passiert ist. Das geht nur euch beide etwas an. Alles hat seine Lebensdauer, und wenn es nicht vorzeitig umgebracht wurde, sollten wir uns nicht beklagen.«

»Das wurde es nicht«, erwidert Eve. »Das Ende war zwar seltsam und abrupt, aber ich glaube, man kann es als ein natürliches Ende bezeichnen.«

Barbara nickt. »Micajah hat etwas Ähnliches gesagt. Er betrachtet sich allerdings als den Schuldigen. Seiner Meinung nach hat er Sie verletzt, was ihn schmerzt.«

»Das hat er. Aber es ist schon in Ordnung. Das war immer Teil der Abmachung.« Eve fällt es immer noch schwer zu begreifen, was in jener Nacht passiert ist. Oder vielmehr kämpft sie damit, es nicht alles andere überschatten zu lassen. »Das wusste Micajah allerdings nicht«, fügt sie hinzu. »Das war eine Abmachung, die ich mit mir selbst getroffen habe.«

Barbara nimmt einen Schluck aus einer Tasse, die neben ihrem Bett steht. »Ich liebe diesen Jungen, ramponierter Engel, der er ist.«

»Ramponiert?«

»Ach, hat er Ihnen seine Geschichte nicht erzählt? Es ist nicht an mir, das für ihn zu tun. Vielleicht erzählt er es Ihnen eines Tages, wenn Sie wieder Freunde sind.«

Eve zuckt mit den Schultern. »Unsere Leben sind so anders. Wir könnten genauso gut auf zwei verschiedenen Planeten wohnen.«

»Aber Sie sind sich doch begegnet. Warum also nicht noch einmal? Kennen Sie die Theorie von der Quantenerinnerung?«

»Nein.«

»Vielleicht ist es ja auch nur meine Theorie. In meinem Alter wird es schwer, die eigenen Ideen von denen anderer Leute zu trennen. Aber ich glaube, es ist wissenschaftlich bewiesen, dass beim Zusammenstoß von Atomen, was ständig passiert, diese einen Abdruck aufeinander hinterlassen. Zwei Formen, die durch den Zusammenstoß entstehen und die zusammenpassen. Ein Installateur würde das männlich und weiblich nennen. Und sie werden von diesem vollkommenen Zusammenpassen wieder magisch angezogen. Daher rührt übrigens vielleicht auch das Wesen der Liebe. Und das der Wiedergeburt.«

Sie rutscht in eine andere Lage. Einer aktiven Frau muss so ans Bett gefesselt zu sein beinahe genauso schlimm erscheinen wie die Krankheit selbst.

»Sehen Sie das Gemälde dort an der Wand?«, will Barbara wissen.

Es ist eine lange, schmale Leinwand, die links dunkelgrau ist und dann in ein strahlendes Gold übergeht.

»Ich werde Ihnen nicht verraten, wer das gemalt hat, denn das würde zu sehr ablenken. Er meinte jedenfalls, es sei ein Bild meines Lebens. Ich habe es lange in einem Schrank aufbewahrt, weil es mich zu sehr daran erinnert hat, was ich verloren habe. Er entwickelte sich weiter und malte andere Bilder, so wie Micajah andere Lieder schreiben wird. Aber Sie und ich, wir müssen uns der Gefahr bewusst sein, die die Rolle der Muse mit sich bringt. Diese wunderbaren Dinge lähmen uns. Sie stehlen uns unsere Lebenskraft. Und wir müssen danach unser eigenes Wesen wieder zurückgewinnen.«

»Haben Sie ihn geliebt?«, will Eve wissen.

»Ja. Ich habe ihn geliebt. Danke, dass Sie fragen. Ich wollte das laut aussprechen. Und das ist alles, was ich dazu sagen will. Wie Sie merken, stelle ich Ihnen diese Frage nicht.«

Die beiden lächeln sich an.

»Ich habe wieder geliebt«, fährt Barbara fort. »Und das werden Sie auch tun. Machen Sie es Micajah nicht zum Vorwurf. Sie und ich wurden durch unsere Eltern geprägt und diese wiederum durch ihre Eltern. Wir alle sind etwa fünfundzwanzig Jahre hinterher. Die Zeiten sind schneller geworden, und die Kette ist gerissen. Deshalb sind die jungen Menschen auch so gefährlich. Der Nährboden ihrer Welt ist ein völlig anderer. Was uns schockiert, ist für sie völlig normal.«

Der nächste Hustenanfall zehrt an ihren Kräften. Das Strahlen in ihren Augen schwindet.

»Ich sollte gehen«, meint Eve.

Barbaras Lächeln ist schwach und wächsern. Eve fragt sich, ob sie trotz ihrer gegenteiligen Beteuerung doch im Sterben liegt und das schon seit einiger Zeit weiß.

»Die Schachtel befindet sich unten, in der Küche«, sagt Barbara.

»Ich habe sie gesehen.«

»Viel Glück, meine Liebe. Und danke, dass Sie den ganzen Weg zu mir herausgekommen sind. Schalten Sie bitte die Lichter aus, wenn Sie gehen, ja?«

Eve würde sie gerne umarmen, so wie sie es das letzte Mal tat, als sie hier war. Doch sie hat das Gefühl, dass es diesmal aufdringlich wäre, und lässt es bleiben. Sie wagt auch nicht, auf Wiedersehen zu sagen.

Tagelang steht die Schachtel ungeöffnet in ihrer Küche, gleich neben der Tür, wo Eve sie abgestellt hat, als sie aus der Garage hereinkam. Mehrmals täglich muss sie darüber steigen, doch sie räumt die Box nicht zur Seite. In ihrem Haus gibt es keinen Ort, wo sie hingehört. Das Instrument kann in keinem Schrank verstaut werden – zumindest noch nicht. Außerdem befindet sich in der Schachtel eine Rechnung, die sie bezahlen muss.

Sie fällt darüber und hat Angst, dass sie den wertvollen Gegenstand noch einmal kaputt gemacht haben könnte – falls Yann ihn tatsächlich repariert hat. Was sie bezweifelt. Sie muss die Schachtel öffnen. Nur noch nicht heute, sagt sie sich Tag für Tag.

Irgendwann beginnt die Schachtel eine bedrohliche Form anzunehmen, wie sie da neben der Tür wartet. Deborah misstraut Gegenständen, die *wabi sabi* sind, wie die Japaner das nennen: schön in ihrer Unvollkommenheit. Hat das Instrument vielleicht Auschwitz überlebt, denkt Eve, und wurde später von seinem Besitzer zerstört, weil er dazu gezwungen wurde, es für andere zu spielen, während diese in den Tod marschieren mussten? Hat es vielleicht ein Pogrom oder eine andere Art Massaker erlebt? Wurde es vom Granatsplitter einer Bombe erwischt? Hat es vielleicht auf einem Karren als einziger, nutzloser Besitz eines Flüchtlings die Wüste durchquert, weil dieser es nicht über sich brachte, es zurückzulassen – bis er es eines Tages vor Durst in seiner Verzweiflung mit einem Stein zerschlug?

Im Vergleich zu solchen Schicksalen ist Eves Leid harmlos. Ihr Herz ist nicht gebrochen. Es war bereits gebraucht, und sie hat es für Micajah nur noch einmal poliert, ehe es von jemandem mit schmutzigen Fingern befleckt wurde. Es war ihre eigene Entscheidung, ihr Herz wieder zurückzuholen, eine Entscheidung, die sie jederzeit ändern könnte. Schließlich weiß sie, wie ein Telefon funktioniert.

Was sie hatte, war eine Fantasie, die dem wirklichen Leben natürlich nicht standhalten konnte. Genau wie ein herrliches Essen nicht jeden Tag morgens, mittags und abends gegessen werden kann. Wenn sie das Ganze so betrachtet, erscheint ihr Bethany wie eine ungeschickte Kellnerin, die ein Glas mit Rotwein auf ihren Rock verschüttet hat.

Es ist Sonntag, und es regnet. Eve hat keine Aufträge auszuarbeiten und keine Bewerbung am Laufen. Als sie den Klebestreifen durchschneidet, stellt sie sich Yann vor, wie dieser das Instrument einpackt und sich über die richtigen Verpackungsmaterialien den Kopf zerbricht. Luftpolsterfolie und Verpackungschips aus Styropor kommen ihr für sein Selbstverständnis als Restaurator zu grob vor. Wahrscheinlich benutzte er Sägespäne und zusammengeknüllte Zeitungen.

Sie hebt den Deckel. Er verwendete doch Verpackungschips. Es liegt eine Rechnung in der Schachtel – nur für Verpackungschips. Quer darüber steht geschrieben: »Bricht mir mein verdammtes Herz.«

Obwohl sie sich innerlich darauf vorbereitet hat, ist sie doch schwer enttäuscht. Yann war ihre einzige Hoffnung, das Instrument restauriert zu bekommen. Der Mann in Paris könnte genauso gut auf dem Mars leben. Sie hatte auf diese Chance gesetzt, auch um ihre finanziellen Sorgen besser in den Griff zu bekommen. Aber offenbar hat sie das Ende einer Sackgasse erreicht.

Sie holt den Kasten aus der Schachtel. Sein raues, gerissenes Leder wurde poliert. Als sie den Deckel aufklappt, macht ihr Herz einen Sprung.

Das Instrument ist noch schöner, als sie es in Erinnerung hat. Yann hat das Holz gewachst, sodass es nun dunkel schimmert. Ihr war nicht klar, dass einige der Ranken abgebrochen waren, aber nun sieht sie, dass er auch die Schnitzereien ersetzt hat, sodass die Ranken fast wild zu wuchern scheinen, nur gezähmt durch das Können des Schnitzkünstlers.

Mit pochendem Herzen dreht sie das Instrument um. Der Riss ist verschwunden. Yann hat Ranken dort platziert, wo die Zerstörung früher einmal alles bestimmt hatte. Jetzt sind nur noch Linien zu sehen, deren Bedeutung bloß er, Eve und Micajah kennen. Als sie dem Verlauf der Ranken mit ihrem Finger folgt, beginnt sie zu weinen. Das einzige andere Mal in ihrem Leben, dass sie so geweint hat, war bei Allans Geburt, als sie sah, dass er vollkommen war.

Am nächsten Tag stellt Eve die große Schachtel mit dem ganzen Verpackungsmaterial auf den Rücksitz ihres Autos und fährt in die Stadt. Sie kann das Instrument nicht im Vorortzug und der U-Bahn und auch nicht in einem Taxi transportieren. So etwas lässt man wahrscheinlich in einem Taxi stehen. Sie verspürt die völlig irrationale Angst, dass das Energiefeld des Taxis ihr diesen Schatz entreißen könnte. Eve fährt früh los, ehe die Parkhäuser voll sind. Sie hat Glück: Sie muss nur drei Blöcke weit bis zum Auktionshaus laufen.

Das ist es, was Yann mit seinem Satz meinte. Aber sie kann sich sein Urteil nicht leisten.

Sie drückt den Kasten eng an sich, während sie in Richtung Auktionshaus läuft. Es kommt ihr so unwirklich vor: etwas auf einer Straße zu tragen, das Hunderttausende Dollar wert sein könnte. Ich sehe wahrscheinlich wie eine dieser verrückten Frauen aus, denkt sie, wie ich es so fest umklammert halte. Die Leute glauben vielleicht, dass der Kasten leer ist oder ich ein totes Baby darin transportiere. Wenn ich jünger wäre. Oder sie vermuten, dass ich mich schon seit zehn Jahren nicht von ihm trennen kann.

Sie konzentriert sich besonders stark auf jeden Schritt, vor allem wenn sie vom Bürgersteig auf die Fahrbahn tritt und umgekehrt. Jetzt wäre der völlig falsche Zeitpunkt, zu stolpern und zu stürzen.

Im Inneren des Gebäudes läuft sie direkt zu dem Raum im hinteren Bereich, wo statt Eichenvertäfelung und Punktstrahlern Linoleumboden und Neonröhren vorherrschen. Sie zieht eine Nummer von der Ticketmaschine an der Wand. Inzwischen weiß sie, wie das Ganze hier läuft.

Die wohlerzogenen jungen Frauen tragen inzwischen Kaschmir-Twinsets, denn es ist Herbst geworden. Sie eilen hin und her, um hoffnungsvolle Verkäufer mit bleichen Experten zusammenzubringen. Eve bittet, ihren Experten sehen zu dürfen, den sie mit seinem Namen nennt.

»Ich weiß nicht, ob er heute da ist«, meint die junge Frau. »Haben Sie einen Termin?«

Daran hat Eve nicht gedacht.

»Ich habe ihm das hier schon einmal gezeigt«, erklärt sie. »Er meinte, es könnte sehr wertvoll sein, wenn es fachgerecht restauriert wird. Das ist jetzt geschehen.«

»Ich schaue mal, ob er im Haus ist«, sagt die Angestellte in einem Tonfall, der signalisiert, dass sie das sicher nicht annimmt, und verschwindet.

Der Experte ist jedoch da und mehr als bereit, sich das Instrument noch einmal anzusehen. »Ziemlich großartig«, sagt er und streichelt über den reparierten Hohlkörper, als wäre es der Körper eines Geliebten oder – und dieser Gedanke erschreckt Eve, weil er mehr über sie sagt als über ihn – der Körper eines Kindes, das er zu verspeisen gedenkt.

»Sechsstellig, wie ich schon meinte«, fährt er fort. »Und die erste Zahl ist höchstwahrscheinlich nicht vertikal.«

Eve braucht einen Moment, um zu verstehen, was er damit sagen will. Offensichtlich ist er auf seine kryptische Sprechweise stolz. Eve vermutet, dass er sie über die Jahre perfektioniert hat – vermutlich weil er zutiefst frustriert ist. Entweder sind die Instrumente uninteressant und langweilen ihn, oder sie sind interessant und er hätte sie gerne für sich, kann sie sich aber nicht leisten. Das Einzige, was ihm bleibt, ist die kleine Befriedigung, Verkäufer mit Schätzungen zu überraschen, die deutlich niedriger oder höher ausfallen, als von ihnen erwartet.

Seine Zungenspitze fährt heraus und benetzt seine Lippen, während sein auffallender Adamsapfel auf und ab springt.

»Meine Sekretärin wird Ihnen mit den Formularen behilflich sein. Ich empfehle Ihnen, ein Foto im Katalog abbilden zu lassen. Man muss Geld investieren, um Geld zu machen, wie es so weise heißt.« Als er das Instrument wieder in seinen Kasten legt, verweilen seine Finger einen Moment lang auf dessen Kurven. Unwillig zieht er sie zurück und klappt den Deckel zu. Seine schmalen Handgelenke und Hände schlingen sich wie Tentakeln um den Koffer und ziehen ihn an sich.

Eve streckt die Arme nach dem Instrument aus. Überrascht will er es nicht loslassen. Es kommt beinahe zu einer Art Kampf, bis ihm klar ist, dass er es doch nicht bekommt.

»Ich habe es mir anders überlegt«, sagt Eve. »Vielen Dank für Ihre Hilfe.«

Rasch eilt sie den kurzen Korridor entlang in die Ausstellungsräume, die Augen auf den Ausgang gerichtet. Sie malt sich aus, wie bewaffnete Wachen ihr hinterherrennen und ihr den Weg abschneiden, damit sie nicht mit diesem Schatz verschwinden kann – einem Schatz, den sie von jenen gestohlen hat, die reich genug sind, um ihn sich leisten zu können. Ihre Nervosität lässt erst nach, als sie sich draußen im herbstlichen Sonnenlicht befindet und wieder zu ihrem Wagen zurückkehrt.

Eve hat die ganze Zeit über geahnt, was passieren würde. Yann hat das Instrument nicht wieder zum Leben erweckt, damit es zur Trophäe eines reichen Sammlers werden kann, sondern damit jemand es spielt. Eves Rolle ist nun die des Brautvaters: es jemandem zu überreichen, der es mehr als alles andere in seinem Leben zu schätzen weiß.

Wenn sie das Instrument behält, wird sie es so lange als Geisel halten, bis Micajah wieder in ihr Leben tritt. Sie könnte es Yann zurückbringen und ihn bitten, es Micajah zu geben. Aber das käme ihr feige vor – ein Verrat von Liebe und Mut.

Sie fährt Richtung Brooklyn.

Sie entsinnt sich, wie sie dem Fahrer der Limousine Micajahs Adresse genannt hat, während er verletzt auf ihrem Schoß lag – verletzt von einem Unfall, den er selbst und bewusst verschuldet hatte. Sie kramt in ihrem Gedächtnis und versucht sich an den Namen der Straße oder die Hausnummer zu erinnern. Doch es fällt ihr nicht mehr ein.

Während sie über die Brücke fährt, denkt sie an die Fahrt

mit der Vespa – das Gefühl des Winds auf ihren Schenkeln, wie der Mond in die Straßenschluchten fiel, wie sich sein Licht im East River spiegelte. Bogen sie nach der Brücke nach rechts oder nach links ab? Sie kann sich nur daran erinnern, wie sie eine lange, breite Straße entlangfuhren, immer auf den Mond zu.

Sie entdeckt neben einem Drugstore einen Parkplatz, wo sie hält und sich die U-Bahn-Karte auf ihrem Handy anschaut. Welcher Bahnhof war das noch mal, von dem sie an jenem Morgen abfuhr, die Unterwäsche in ihre Handtasche gestopft? Während sie sich die Karte ansieht, erinnert sie sich allmählich wieder an die Namen der Stationen – Worte, die sie durch ihre verweinten Augen an sich vorbeiziehen sah. Mit Hilfe des Navi wird sie zumindest in die richtige Gegend kommen. Dort kann sie dann durch die Straßen fahren, bis sie die große Metalltür wiedergefunden hat.

Und wenn sie die Tür gefunden hat – was dann? Muss sie Micajah wirklich persönlich treffen? Ihr Fluchtreflex ist in höchster Alarmbereitschaft. Aber schließlich kann sie nicht einfach an der Tür klingeln, den Kasten auf der Straße stehen lassen und davonfahren. Was wäre, wenn er nicht zu Hause ist? Kann sie das Paket bei einem Nachbarn lassen? Hat er denn überhaupt Nachbarn? Vielleicht sollte sie den Namen seines Agenten oder Managers herausfinden und das Instrument so an den Mann bringen. Allerdings könnte seine Agentur diese Sendung als eine verrückte Fanpost verstehen und gleich entsorgen, ohne sie ihm überhaupt je gezeigt zu haben.

Und schließlich findet sie es. Da ist die Tür, verschlossen und kalt. Sie parkt am anderen Ende der Straße und bleibt im Wagen sitzen. Als sie zu seinen Fenstern hochschaut, kann sie dort keinen Hinweis entdecken, ob er zu Hause ist oder nicht. Sie hofft, dass er nicht da ist. Auf keinen Fall möchte sie von ihm dabei erwischt werden, wie sie hier herumlungert und auf ihn wartet. Wie eine Stalkerin. Außerdem hat sie Angst, dass er sie wieder an sich binden wird, allein durch die Kraft seiner grünen Augen.

Aber wenn er nicht zu Hause ist, muss sie wiederkommen. Sie merkt sich die Adresse, die auf die dunklen Ziegel gesprüht ist. Etwas so Wertvolles wie dieses Instrument kann sie allerdings nicht mit der Post schicken.

Es bleibt ihr also nichts anderes übrig: Sie kann entweder warten wie ein Cop bei der Observierung eines Verdächtigen, bis Micajah heraustritt oder nach Hause kommt – was Stunden oder auch Wochen dauern könnte –, oder sie kann ihn anrufen. Es sind inzwischen beinahe zwei Monate vergangen, doch es war ihr nicht möglich, seine Nummer zu löschen. Eine stärkere Frau wäre dazu in der Lage gewesen.

Micajah hebt nach einem Mal Klingeln ab.

»Ich bin unten«, sagt sie. »In dieser Straße. Ich habe etwas, das ich dir geben möchte.«

Sie legt auf, ehe er antworten kann. Während sie wartet, spielt sie in Gedanken alle möglichen schrecklichen Szenarien durch: Sie könnte ihm eine Ohrfeige geben oder auch eine Kugel verpassen.

Die Tür schabt schrill über den Boden. Argwöhnisch bleibt Micajah auf der Schwelle stehen. Eve steht neben ihrem Auto, den Instrumentenkasten in ihren Armen. Sie sieht, wie er erschrickt, als er versteht, was sie ihm geben will. Doch er rührt sich nicht von der Stelle.

Das letzte Mal, als sie ihn sah, war das in ihrer Straße gewesen. Ihr Bewusstsein war damals so benebelt und schwach wie das Licht. Eve will noch immer Antworten, aber sie will nicht mehr die Dinge durcheinanderbringen. Jetzt ist nicht der richtige Zeitpunkt, um zu fragen. Wahrscheinlich wird sie es nie erfahren.

Sie überquert die Straße, gibt Micajah das Instrument und dreht sich zu ihrem Auto um.

»Eve, warte. Bitte!«

Sie läuft weiter.

»Ich habe nicht gewusst, was passiert ist, bis Bethany es mir erzählt hat.«

Eve verschließt innerlich die Ohren und versucht, seine Worte auszublenden. Es gelingt ihr nicht.

»Ich habe ihr nie einen Schlüssel gegeben. Sie hat ihn mir gestohlen. An jenem Tag, als ich den Nova nicht abholen konnte …«

Eve schlägt die Autotür hinter sich zu und lässt den Motor an.

Aus dem Augenwinkel sieht sie, wie er auf sie zugeht. Einen Moment lang befürchtet sie, dass er wieder etwas Drastisches tun könnte, um sie aufzuhalten. Das Instrument in seinen Händen hält ihn jedoch ab. Er kann es weder beiseitelegen noch fallen lassen. Er kann nur zusehen, wie sie davonfährt.

12

Eve hat die Bilder von den Wänden im Esszimmer abgenommen und stattdessen vier große Stück Korkwände befestigt. Ihr waren diese Wände in einem Großmarkt für Künstlerbedarf aufgefallen, als sie sich gerade auf dem Weg zur Kasse befand, um Ton und ein paar kleine Werkzeuge zu kaufen. An den Kork kann sie Dinge heften, wie zum Beispiel Bilder, inspirierende Zitate, Pläne, Skizzen oder laufende Projekte.

Schon komisch, denkt sie, dass ich das früher nie für meine Entwürfe gemacht habe. Der Wunsch, wirklich ein Ziel konsequent zu verfolgen, fühlt sich gut an. Es muss nicht unbedingt der Ton bleiben – noch ist sie sich nicht sicher. Aber zumindest hat sie das Zimmer schon einmal für sich erobert, das zuvor für alle gedacht war und ziemlich steif wirkte. Sie hat es als ihr Territorium markiert. In diesem Raum wird sie etwas aus nichts erschaffen.

Eve ist bisher immer verantwortungsbewusst, vorsichtig, ja sogar sich selbst verleugnend gewesen. Sie hielt ihr Zuhause so ordentlich, als könnte es jeden Moment offiziell inspiziert werden. Alles war ordentlich, es gab kaum Anzeichen einer individuellen Betätigung, vor allem nicht in den unteren Räumen. Jetzt bedeckt sie den Esstisch mit Plastikfolie und klebt sie an den Ecken fest. Sie leert die dekorativen Schalen, die auf der Anrichte stehen, und räumt sie weg. Das wird nun ihr Werkzeug- und Materialschrank. Die Kargheit der wenigen Blöcke Ton und der Werkzeuge auf den Regalen gibt ihr Energie. Lange wird es nicht so karg hier aussehen.

Sie schaltet kaum den Fernseher ein und liest auch keine Bücher. Ihre ganze Aufmerksamkeit gilt dem Ton. An manchen Tagen verbringt sie vier bis sechs Stunden damit. Sie stellt sich zunehmend schwierigere Aufgaben, wie eine Pianistin, die Läufe einübt. Zuerst ein Käfer, dann eine Schildkröte, ein Vogel, eine Katze. In einem Trödelladen kauft sie ein besonders schönes Holzpferd und versucht, das feine Gleichgewicht zwischen Zartheit und Kraft nachzubilden. Die meisten Stücke – selbst die gelungenen – zerstört sie wieder und knetet sie in die große Kugel zurück. Dabei hat sie das Gefühl, dem Ton mehr Möglichkeiten zu geben. Noch weiß sie nicht, was sie wirklich machen will. Aber ihr ist klar, dass sie diese Entscheidung nicht rational treffen kann.

Es geht nicht darum, eine gute Bildhauerin zu werden. Sie beginnt damit spät in ihrem Leben und wird sicher nie ein Michelangelo oder Rodin werden. Die Befriedigung besteht jedoch darin, besser zu werden, schrittweise mehr Fähigkeiten zu entwickeln und ein konkretes Ergebnis zu erleben, dass aus der investierten Zeit resultiert. Wenn sie mit dem Ton arbeitet, löst sich die Zeit auf. Wenn die Fortschritte dann auf einmal in Sprüngen kommen, ist sie überglücklich und hört sich selbst laut und begeistert sagen: »Ich habe es geschafft.«

Auch wenn sie nichts Außergewöhnliches erschafft, macht das nichts. Es geht ihr darum, sich Raum und Zeit zu nehmen, um das zu tun, was sie möchte. Schon das allein bedeutet einen großen Sieg.

Ein paar Mal hatte sie bereits früher daran gedacht, sich Ton zu kaufen, aber Larrys Gegenwart hatte sie stets davon abgehalten. Sie wollte nicht beobachtet werden, wollte ihre Ergebnisse nicht beurteilt bekommen, als ob diese allein sie berechtigen würden, ihre Zeit mit so etwas zu verbringen. Zudem wollte sie das, was sie vielleicht tun würde, nicht dadurch trivialisieren, indem sie es als ein Hobby betrachtete, dem sie einmal pro Woche nachging. Hinter diesen Überlegungen steckte auch das Gefühl, dass Larry in gewisser Weise über ihre Zeit und Energie verfügen konnte und sie ihm dieses aufgrund ihrer Ehe schuldete. Selbst nachdem Larry begonnen hatte, seinen spirituellen Übungen nachzugehen, hat sie sich nicht dem Ton zugewandt, denn alles schien von dem Gefühl der Rache überschattet zu sein. Außerdem war es ihr im Vergleich zu Larrys Tätigkeiten unbedeutend vorgekommen, und sie war zu sehr damit beschäftigt, sich mit seinem verletzenden Verhalten ihr gegenüber auseinanderzusetzen.

Eves Bedürfnis lag also brach. Zudem war sie mit ihrer Tätigkeit als Gartenarchitektin beschäftigt, die ihr weitere Ausreden lieferte, warum sie sich keine Zeit für sich und ihre wahren Interessen nahm.

Die Freude, ihre Hände mit dem Ton schmutzig zu machen, ist ähnlich groß wie die bei der Gartenarbeit, allerdings ohne die heiße Sonne, ohne das mühselige Unkrautjäten und den ständigen Druck, Aufträge an Land ziehen zu müssen oder gut auszuführen. Eve muss an die prähistorischen Höhlenmalereien denken, die rußschwarzen Fingerabdrücke der Cro-Magnon-Maler, die mit angekokelten Zweigen Auerochsen und Antilopen auf die raue Felswand zeichneten. Damals waren alle schmutzig, aber Eve, die eine

Art Verbindung über die Jahrtausende verspürt, stellt sich vor, dass die Künstler den harzigen Dreck auf ihren Händen besonders wertschätzten, der es ihnen erlaubte, Tierspuren aus dem Nichts an die Wände zu zaubern.

Je besser Eve wird, desto stolzer ist sie auf den Ton an ihrer Nagelhaut und unter ihren Fingernägeln, dort, wo die Nagelbürste nicht hinkommt. Sie fühlt sich fast wie eine Revoluzzerin, wenn sie ihre Erledigungen in dem mit Nagelstudios gespickten Einkaufszentrum in ihrer Nähe macht. Schon bald entwickelt sie geradezu einen Hass auf die Studios mit ihrer engstirnigen Vorstellung, dass ein zivilisierter Mensch eine perfekte Maniküre haben muss. Lange Nägel sind für die Moderne das Gleiche wie das Füßebinden im alten China oder Japan, findet sie – eine weitere Möglichkeit, Frauen in ihrer Bewegungsfreiheit einzuschränken. Sie davon abzuhalten, etwas selbst zu tun, indem man ihnen vorgaukelt, so wertvoll und begehrenswert zu sein, dass sie es gar nicht müssten. Um ihnen auf diese Weise von früh an Hilflosigkeit und damit Abhängigkeit anzutrainieren.

Larrys Acura steht noch in der Garage, eine gespenstische Erinnerung an Eves früheres Leben. Sie fragt sich, ob Larry jemals zurückkommen und ihn holen wird oder ob er sie bittet, den Wagen zu verkaufen. Es wäre ihr recht, wenn er weg wäre, weil sie sich beim Nachhausekommen lieber als Frau mit Zukunft fühlen möchte und nicht als übrig gebliebene Hälfte eines nicht mehr vorhandenen Paares.

Sie holt eine einzige Tüte mit Lebensmitteln vom Rücksitz ihres Autos. Sie ist leicht. Inzwischen hat sie ihre Bedürfnisse auf das Nötigste heruntergeschraubt. Es ist November, sie hat weniger als viertausend Dollar auf der Bank, und vor ihr liegen Monate ohne Arbeit als Gartenarchitektin. Sie hofft, dass sie sich finanziell über Wasser halten kann, bis Allan aus Kambodscha zurück ist und ihr helfen kann herauszufinden, wie es weitergehen soll.

An den meisten Tagen versucht sie, nicht daran zu denken. Sie ist zu stolz, um ihren Schwestern davon zu erzählen, die beide am anderen Ende der Staaten leben und sich mit Teenagern herumschlagen müssen. Bills Tod hatte eine Distanz zwischen Eve und den jüngeren Geschwistern geschaffen. Sie erlebten den Verlust nicht so stark wie Eve und machten sich auch nicht solche Sorgen, dass Bills Wildheit auch in ihnen schlummern könnte. Alle drei versuchten über die Jahre, die Distanz zwischen ihnen zu überbrücken, aber die Brücken stellten sich als wetterabhängig heraus. Wenn das Leben angenehm dahinlief, waren die Brücken stark, aber in stürmischen Zeiten wurden sie schwach und brachen auch manchmal ganz. Wenn die Schwestern sie dann wieder aufbauten, waren sie weniger robust als zuvor. In den langen Jahren, als Eve sich nicht eingestehen wollte, wie unglücklich sie war, hingen sie irgendwann völlig durch.

Sie zieht ihren Mantel aus, hängt ihn an einen Haken bei der Eingangstür und geht mit ihrem Einkauf in die Küche. Die Mayonnaise steht offen auf der Arbeitsplatte. Am Tisch sitzt Larry und isst ein Sandwich.

»Hi, Eve«, sagt er.

Sie ist auf einmal nicht mehr in der Lage, auch nur ein einziges Wort herauszubringen.

»Der Job in Arizona war nicht das Richtige für mich«, fährt Larry fort. »Also bin ich nach Hause gekommen.« Sein

Tonfall klingt locker, als würde es sich um gute Neuigkeiten und etwas nicht weiter Bemerkenswertes handeln. Aber hinter seiner Fassade spürt sie seine Angespanntheit. Diese Erkenntnis gibt ihr etwas, woran sie sich festhalten kann.

»Das ist nicht mehr dein Zuhause«, erwidert sie. Sie hört die Worte, als würde eine andere sie aussprechen.

»Natürlich ist es das«, entgegnet er mit einem schlauen Grinsen. »Wölfe verbinden sich fürs ganze Leben.«

Sein Versuch, sich charmant zu geben, lässt Eve beinahe würgen.

»Du bist ein Mensch«, sagt sie. »In gewisser Weise jedenfalls.«

Die sachliche Tonlosigkeit ihrer Stimme, die sie wie eine Verwaltungsangestellte klingen lässt, gefällt ihr, denn sie spiegelt nicht die Benommenheit wider, in der sie sich in ihrer Ehe befand, sondern das völlige Fehlen von Gefühlen für Larry. Sie betrachtet einen ihr vertrauten Fremden – jemanden, den sie kennt, der ihr aber nichts bedeutet.

Larrys Blick wandert unsicher hin und her. »Blaine war nicht der Mann, für den ich ihn hielt. Er hat mein Vertrauen nicht verdient.«

Eve starrt ihn an.

»Tut mir leid, wenn ich dich verletzt habe.« Als ihm klar wird, dass das nicht reicht, fügt er hinzu: »Ich habe eine schlechte Wahl getroffen.«

Und das ist die ganze Entschuldigung, die sie bekommen wird. Das weiß Eve.

»Willst du nicht auch was sagen?« Er steht auf und kommt auf sie zu. »Wie zum Beispiel, dass du froh bist, mich wieder hier zu haben?«

Sie ist zu fassungslos, um sich von der Stelle zu rühren.

Er presst seine Lippen auf die ihren, hart und so lange, dass Eve sich fragt, wann er sie endlich wieder loslässt. Offenbar fühlt er sich besser, wenn er dieses Schauspiel aufführt, selbst wenn die Katze das einzige Publikum ist.

Sie kommt sich wie ein Pfosten vor. Das war kein Kuss. Das war die Markierung seines Territoriums.

Sie muss weg von hier und sich überlegen, was nun zu tun ist. Wenn sie nach oben geht, wird er ihr folgen, und vermutlich wird es zu einem grotesken Versuch kommen, Sex mit ihr zu haben. Ihr früheres Selbst hätte dem nachgegeben, ihr jetziges Selbst tut es nicht. Sie weiß, dass Larry kein Mann ist, der sie zu so etwas zwingen würde.

Sie geht in die Speisekammer und tut so, als wollte sie ihre Einkäufe wegräumen. Auf dem Boden neben dem Waschkorb liegt ein Haufen mit seinen Klamotten. So wie früher soll sie sich auch jetzt wieder darum kümmern.

»Du bist kein echtes Arschloch«, sagt sie, als sie mit einem Armvoll schmutziger Wäsche in die Küche zurückkommt. »Du tust nur so, als wärst du eines, weil du nicht weißt, wie du dich sonst verhalten sollst. Das ist mir schon klar.«

Sie lässt die Wäsche auf seinen Schoß fallen. Sie vergräbt das Sandwich in seiner Hand. Ein paar der Kleidungsstücke fallen auf den Boden.

»Das hier ist nicht mehr dein Zuhause«, fährt sie fort. »Geh. Jetzt.«

»Es ist auch mein Haus«, entgegnet er.

»Gut, dann gehe ich.«

Er fasst nach ihr, ohne aufzustehen – diesmal so, als wollte er sie auf seinen Schoß ziehen. Eve packt die Rückenlehne seines Stuhls und drückt ihn ruckartig nach hinten. Er fällt um und schlägt mit dem Kopf auf den Boden.

»Was zum Teufel, Eve! Das ist ein tätlicher Angriff!«

Sie steht über ihm und fragt sich, ob es Hass ist, den sie verspürt, oder nur Verachtung.

»Du hättest es mir sagen können, Larry. Dass du deinen Job verloren hast. Dass du vorhattest wegzugehen. Du hast so getan, als würde ich gar nicht existieren.«

»Es schien leichter zu sein«, sagt er.

Diese Worte sind der letzte Tropfen, der in ihr das Fass zum Überlaufen bringt. Sie tritt ihm heftig in die Rippen. Er schreit auf.

»Lügner.« Sie keucht vor Zorn. »Du bist ein solcher Lügner!«

»Eve, ich habe dich nie angelogen …«

»Nein, weil es *leichter* war, nichts zu sagen! Mich in dem Glauben zu lassen, dass alles in Ordnung ist. Du hast dich selbst belogen. Jeder lächerliche kleine Gedanke, mit dem du dich zu überzeugen versuchtest, dass du so edel und rechtmäßig und respektvoll handelst – jeder dieser Gedanken war eine Lüge. Du hast mich sechsundzwanzig Jahre lang angelogen. Du hast so getan, als wärst du ein Mann, der sich ehrenhaft benimmt. Weil es *leichter* war! Und ich habe dir geglaubt.«

Sie reißt das Telefon an sich und wählt 911.

»Welchen Notfall wollen Sie melden?«

Eve hält den Apparat so von ihrem Ohr weg, dass Larry die Stimme hören kann und weiß, dass sie nicht nur so tut, als würde sie die Polizei rufen.

»Die Polizei«, sagt sie. »Ich habe einen Eindringling im Haus. Aber ich glaube, er ist gerade dabei zu gehen.«

Man hat sie bereits weiterverbunden. Am anderen Ende der Leitung ist niemand zu hören. Nur ein Klingeln. Zum

Glück handelt es sich um keinen echten Notfall. Wer hätte gedacht, dass sie so lange brauchen würden, eine Verbindung zur Polizei herzustellen?

»Ich habe meinen Koffer nach oben gebracht«, sagt er kraftlos.

»Ich mache das«, entgegnet sie.

Eve geht nach oben, das Telefon noch immer an ihrem Ohr. Dort wirft sie den Koffer aus dem Fenster.

»Mein Ex-Mann«, sagt sie, als sie schließlich jemanden in der Leitung hat. »Er ist in mein Haus eingebrochen.«

Sie nennt ihren Namen, die Adresse, Larrys Namen und ein paar Fakten. Dabei kommt sie sich wie in einem Film vor, als ob sie einen Dialog sprechen würde, den jemand anderer für sie geschrieben hat.

Als sie wieder nach unten kommt, sieht sie Larry auf dem Rasen vor dem Haus. Er stopft seine schmutzige Wäsche durch den halb geöffneten Reißverschluss des Koffers. Sie öffnet das Küchenfenster, damit er sie hören kann.

»Er geht jetzt«, sagt sie ins Telefon und hält den Hörer wieder so von ihrem Ohr weg, dass Larry die Stimme am anderen Ende hören kann.

»Du hörst von meinem Anwalt«, sagt er und zerrt den Koffer in Richtung Garage. Dieser letzte Versuch, einen würdevollen Abgang zu machen, erscheint ihr besonders erbärmlich.

»Gut«, entgegnet sie.

Das Motorengeräusch seines Autos wird schwächer, als er die Straße entlang davonfährt. Sie holt das Telefonbuch heraus und ruft einen Schlosser an, damit er das Schloss an der Haustür auswechselt.

Wie stark hat sie nach ihm getreten? Sie kann sich nicht

daran erinnern, einen Widerstand seines Körpers unter ihrem Schuh zu spüren. Nie hätte sie gedacht, dass sie zu so etwas fähig wäre. Das war häusliche Gewalt. Das war nicht in Ordnung. Das gilt für eine Frau, die einen Mann angreift genauso wie für einen Mann, der eine Frau attackiert. Ihr ist schwindlig.

In einem Film würde sich Eve jetzt etwas Alkoholisches einschenken. Oder in die Luft boxen. Oder schluchzend zusammenbrechen. Weinen würde erleichternd sein, als würde sie Wasser auf die Flammen ihres Zorns schütten. Aber sie kann keine einzige Träne vergießen.

Sie ist orientierungslos. Ihr Gefühl für Raum und Zeit ist verschwommen, und zugleich steht die Küche überdeutlich vor ihr: das rötliche Beige der Granitarbeitsplatte, die sie immer gehasst hat (das war die Farbe, die es im Angebot gab, als sie die Küche renovierten); die Delle in der Schranktür, wo Allan einen Cent dagegen geschleudert hatte; die uralten Magnete am Kühlschrank. Nichts hat irgendetwas mit ihr zu tun.

Da sie nicht weiß, was sie sonst tun soll, stellt sie den Stuhl wieder aufrecht hin, wirft das Sandwich weg, schraubt den Deckel auf das Glas mit Mayonnaise und räumt diese in den Kühlschrank. Dann überlegt sie es sich anders und wirft auch das Glas weg. Larry war derjenige, der Mayonnaise aß. Nicht sie. Warum zum Teufel stand sie also noch im Kühlschrank? War das ihr unbewusster Wunsch, dass er zurückkommt? Sie hätte sie schon vor Monaten wegwerfen sollen.

Als Eve am nächsten Morgen aufwacht, drückt sie eine unangenehme Schwere in die Matratze. Nach dem Adrenalinschub vom Tag zuvor hatte sie erwartet, sich befreit, leicht, enthusiastisch und voll neuer Energie zu fühlen. Doch stattdessen scheint sie gefangen wie unter Geröll nach einem Erdbeben: zertrümmerte Sicherheiten, nackte Tatsachen, das zerbrochene Gebäude eines Lebens, das sie ihr ganzes Erwachsenendasein über aufgebaut hatte. Ein Gefühl von Nostalgie – für all die Jahre, die sie mit Larry verbracht hat; für das Kind, das sie gemeinsam großgezogen haben, und für das Heim, das sie zusammen errichteten – drückt sie zutiefst nieder.

Es gibt keine Retter, die sie bergen. Sie muss sich selbst einen Weg aus den Trümmern ihrer Vergangenheit bahnen. Jede Muskelbewegung kommt ihr wie ein Schritt über den letzten Kamm des Mount Everest vor.

Eve hatte gedacht, sie hätte das Trauern hinter sich. Es ist keine angenehme Überraschung, als sie feststellen muss, dass dem nicht so ist. Wieder gibt es ein geheimes Lager an toten Träumen, die sie begraben muss: die alten Hoffnungen, wie ihr Leben mit Larry hätte werden können. Nicht dass sie jemals wahr geworden sind, doch jetzt hat sie die endgültige Bestätigung: Sie sind verkümmert, abgestorben. So schwach und zerbrechlich wie die Namen, die sie sich einmal für ihre Töchter und weitere Söhne überlegt hatte.

Vor dem gestrigen Tag hatte sie geglaubt, dass sie Larry wieder aufnehmen würde, wenn er zurückkäme. Sie hatte die Zähne zusammenbeißen wollen und versuchen, so schnell wie möglich zu vergessen – Micajah als eine Tändelei, so flüchtig wie ein Sonnenuntergang, in ihrem Inneren abheften. Ihre Affäre musste nicht das Ende ihrer Ehe bedeuten, vor allem, da das eine mit dem anderen sowieso nicht direkt etwas zu tun hatte. Es war ein herausgezogener Faden im Stoff ihres Lebens – kein Riss. Wenn sie an Larry dachte, was öfter geschah als zuvor – weil das die wirkungsvollste Art und Weise war, Micajah zu vergessen –, war sie nicht mehr wütend gewesen oder hatte sich betrogen gefühlt. Sie ging eine Möglichkeit nach der nächsten durch. Was wäre, wenn sie einen Brief von einem Anwalt bekäme, in dem um Scheidung gebeten wird? Würde sie ihm jeden Cent aus der Tasche ziehen oder sich bereit erklären, das Ganze in gegenseitigem Einverständnis zu regeln? Was wäre, wenn sie einen Anruf bekäme, um ihr mitzuteilen, dass er gestorben sei? Würde sie weinen oder feiern? Was, wenn er zurückkäme und sie um Verzeihung bitten würde? Aus irgendeinem Grund kam ihr die Vorstellung, ihn rauszuwerfen, unrealistisch vor (ihn körperlich anzugreifen wäre ihr zu diesem Zeitpunkt niemals in den Sinn gekommen). In einem Szenario tat sie so, als wäre er nur auf einer Geschäftsreise gewesen, und sie begrüßte ihn auf die übliche Weise: mit einem Essen auf dem Tisch und der *CSI*-Sendung, die er sehen wollte. (Das war zu einem Zeitpunkt, als sie das Esszimmer noch nicht in ihren Bereich umfunktioniert hatte.) In einem anderen bettelte er schluchzend um Vergebung, und sie wuchs über sich hinaus, indem sie ihm verzieh, aber nicht, ohne dies an Bedingungen zu knüpfen. Die Geheimniskrämerei musste aufhören, und er müsste ihre Autonomie respektieren. Zusammen konnten sie neue Interessen entwickeln, vielleicht gemeinsam durch die Welt reisen, an Wochenenden abtauchen und versuchen, sich neu ineinander zu verlieben.

Das war der Hauptgrund, weshalb sie Larry wieder zurück in ihr Leben lassen wollte: weil sie sich nicht vorstellen konnte, allein zu sein. Sie empfand Larrys Bedürfnis nach ihrer Nähe als bedrückendes Gewicht um ihren Hals; nachdem sie dieses jetzt abgeworfen hatte, kam sie sich leicht, aber auch ankerlos vor. Sie wollte nie mehr Single sein, sondern war bereit, dieses Gewicht von Larry bis in ihr Grab mit sich herumzuschleppen.

Brauche ich also jemanden, um das Gefühl zu bekommen, ein Recht auf Leben zu haben?, überlegt sie jetzt. Brauche ich jemanden, der mich begehrt, um mich lebendig zu fühlen? Denken Männer auch so? Sie erinnert sich an ihren Großvater nach dem Tod ihrer Großmutter: Ohne jemanden, um den er sich kümmern und den er beschützen konnte, wurde er bitter und launisch. Jeder kämpft für sich allein in dieser verdammten Welt, pflegte er zu sagen. Und jetzt kann Eve hören, was er nie aussprach: *Wenn es niemanden gibt, der mich braucht.*

13

Monate sind vergangen, seitdem Eve das letzte Mal beim Yoga war. Als sie und Deborah danach ihren üblichen Kaffee trinken gehen, kommt es ihr seltsam vor, die alten Bilder von Hawaii an der Wand zu sehen, die Regale mit handbemaltem Porzellan, das man erwerben kann, sowie die alten Ledersessel und die kleine Sammlung von CDs neben der Kasse. Eves Leben hat sich in ein Davor und ein Danach geteilt, und als sie nun dieses Café betritt, wird ihr fast schwindlig.

Während die Barista die Lattes macht, singt sie zu einem Song, der gerade aus den Lautsprechern dringt.

»*Lover we'll surrender to the sweet smell of nature …*«

Eve merkt, wie sie kalkweiß im Gesicht wird.

»Was ist los, Süße?« Deborah legt eine Hand auf ihren Arm.

Eve will lügen. Sie will »Nichts« sagen, aber es geht nicht. Das Lied löst all die sorgfältig aufgebauten Geschichten auf, die sie benutzt hat, um Micajah in die hinterste Ecke ihres Bewusstseins zu verbannen.

»Dieser Song«, murmelt sie und hält inne. Sie hasst es, das Zittern in ihrer Stimme zu hören.

»Echt schön«, meint Deborah. »Hab ich noch nie gehört. Sollte ich den kennen?«

»Nein.«

»Also? Warum bist du dann so verstört?«

»Er wurde für mich geschrieben.«

Deborah starrt sie mit einem Ich-kann-das-gerade-nicht-verarbeiten-Blick an. Eve schaut zur Barista in der Hoffnung, dass sie nicht hört, was Eve gerade sagt. Zum Glück hätte sie brüllen können, und das Mädchen würde sie wohl trotzdem nicht wahrnehmen, denn es schenkt ihr in etwa so viel Beachtung wie den Säulen in dem Café.

Das Lied geht in einen rein instrumentalen Teil über, in die Melodie, die Micajah ihr in jener Nacht schickte. Die Instrumente klingen exotisch – fremdartig schön und mit einem hypnotischen Rhythmus, der beinahe an ein Schlaflied erinnert. Es ist eine Art von Melodie, die man schon immer im Blut zu haben glaubt und die etwas Verführerisches hat, das man immer wieder hören will.

Das Mädchen stellt Eves Latte auf die Theke und wendet sich der nächsten Bestellung zu. Deborah hat ihren Kaffee bereits bekommen und wartet darauf, dass Eve ihr Glas nimmt. Nach einem Moment nimmt sie Eves Kaffee und drückt ihn ihr in die Hand.

Noch immer weicht Eve nicht von der Theke. »Entschuldigen Sie«, sagt sie zu der Barista.

Das Mädchen schaut mit dem typisch aufgesetzten Lächeln ihrer Branche auf. »Klar«, meint sie. »Wie kann ich Ihnen helfen?«

»Dieser Song«, sagt Eve. »Was ist das?«

»Ist gerade rausgekommen. Krass, oder? Wir können gar nicht aufhören, ihn immer wieder zu spielen.«

Sie zeigt zu den CDs an der Kasse.

»Eine neue Band. Der Song ist allerdings nicht auf der CD. Kann man sich nur direkt runterladen.«

»Danke.«

»Kein Problem.« Sie wendet sich wieder der Maschine zu und scheint Eve schlagartig zu vergessen. Wenn ich es ihr erzählen würde, denkt Eve, dann würde sie mir bestimmt nicht glauben. Sie würde mich für verrückt erklären.

Das Café um sie herum verschwindet – das Stimmengewirr, das Dampfen und Mahlen der Kaffeemaschine, das Rauschen der vorbeifahrenden Autos. Eve hat das Gefühl, in einem Strahl warmen Mondlichts zu stehen. Das Lied durchdringt sie und löst die Verwirrung, die Verdächtigungen und das Leid auf, die es zur Folge hatte.

Erst als es zu Ende ist und ein anderes beginnt, erinnert sie sich daran, wo sie sich eigentlich befindet. Sie dreht sich zu Deborah um, doch die hat es sich bereits auf einem Sofa in der hintersten Ecke bequem gemacht und ist mit ihrem Handy beschäftigt. Eve beginnt zu zittern, als die Wirkung des Lieds nachlässt. Sie bedauert es jetzt, Deborah davon erzählt zu haben, doch gleichzeitig musste sie es jemandem erzählen. Es ist zu groß, um es für sich zu behalten.

»Ein Typ hat also diesen Song für dich geschrieben«, sagt Deborah mit einer stillen Ernsthaftigkeit, als Eve sich neben ihr niederlässt.

Sie nickt.

»Wie *Angie.* Oder *Light my Fire.* Oder *Layla.*«

»Ja, vermutlich.«

»Wow.«

Eve hat Deborah noch nie zuvor sprachlos erlebt.

Deborah nimmt die CD in die Hand. Eve hat gar nicht bemerkt, dass sie eine gekauft hat. Auf der Rückseite ist das Foto, das in den verlassenen Docks aufgenommen wurde.

»Welcher ist es?«

Eve zeigt auf Micajah.

»Ehrlich?« Deborah wirkt fassungslos.

Der Song im Café geht zu Ende, und *Night Blooming Jasmine* beginnt von Neuem.

»Das Mädchen hinter der Theke ist jedenfalls sehr begeistert«, meint Deborah. »Singt er das?«

»Nein.«

Deborah betrachtet die CD.

»*So* jung sieht er gar nicht aus.«

»Er ist achtundzwanzig.«

»Na also, wo liegt das Problem?«

Er ist nur vier Jahre älter als mein Sohn. Aber das ist nicht das Problem. »Es ist seine Welt. Sie ist einfach nicht die meine.«

»Ach, weißt du. Dasselbe könntest du über einen Hedgefonds-Manager oder einen Astrophysiker sagen.«

»Ich glaube nicht, dass ich mich in einen Hedgefonds-Manager oder einen Astrophysiker verlieben würde. Bisher habe ich allerdings auch noch nie welche kennengelernt.«

»Bisher hast du auch noch nie einen heißen, jungen Rock'n'Roll-Musiker kennengelernt. Wie ist das passiert?«

»Ich kenne seinen Vater noch aus der Highschool.«

»Und er war auch hinter dir her?«

»Niemand war hinter mir her. Es war ein zufälliges Treffen auf der Straße, und dann gingen wir zusammen Mittagessen und … Na ja, so ist das passiert.«

»Aha, so also.«

Eve hat noch nie zuvor diesen Ausdruck in Deborahs Augen gesehen: als ob sich ihre Welt verschoben hätte. In ihrer Miene liegt nicht die leiseste Andeutung von Eifersucht oder Verurteilung, sondern eher so etwas wie Bewunderung.

»Versprich mir, dass du niemandem davon erzählst.«

»Wenn ich du wäre, würde ich Himmelsschreiber anheuern! Aber keine Angst, ich verrate nichts. Nur noch eine Frage: Warum zum Teufel ist dieses fantastische Lied nicht auf der CD? Oder hat es irgendeinen bizarren Titel?«

»Wahrscheinlich war das Album bereits fertig, als er den Song geschrieben hat. Das ist noch nicht so lange her.«

Deborah betrachtet erneut das Foto. Sie will die aufregenden Details hören, da ist sich Eve sicher.

»War er wundervoll?«

»Ja.«

Deborah lächelt. Sie hat verstanden, dass Eve nicht mehr verraten wird.

»Warum ist es dann auseinandergegangen?«

Diese Frage hat Eve gefürchtet. Eine Standardantwort wird Deborah nur dazu bringen, genauer nachzuhaken. Schlimmer jedoch war das Gefühl, sie würde das verraten, was sie und Micajah miteinander verband. Sie zerknüllt den Stoff ihres Rocks und versucht, die richtigen Worte zu finden.

Deborah löst Eves Hände und platziert sie auf ihre Knie, ehe sie ihre eigenen Hände darüberlegt.

»Ist schon in Ordnung, meine Liebe«, sagt sie. »Ich bin nicht so dämlich, wie ich mich gerne gebe. Ich muss es nicht wissen.«

Eve verspürt auf einmal eine große Zuneigung für ihre Freundin. Sie ist manchmal ein Monster, denkt sie, aber sie ist *mein* Monster. Mit dem Finger wischt sie sich eine Träne weg.

»Ich habe eigentlich wasserfeste Wimperntusche«, stellt sie fest.

»Toll«, erwidert Deborah trocken. »Dann solltest du die auch benutzen.«

So viele Fragen.

Warum der Song als Special Release? Warum wartete er nicht auf das nächste Album?

Warum singt Lowell ihr Lied?

Wird irgendjemand herausfinden, dass es in dem Song um sie geht?

Wird das irgendjemand – also Journalisten – herausfinden wollen?

Erste Antwort: Weil er zu gut war, um ihn zurückzuhalten. Die Band will ihn bei ihren Konzerten spielen, und wenn er irgendwie durch eine Raubkopie in Umlauf kommt, bedeutet das für sie einen echten Verlust.

Oder: Weil Micajah ihn extra für mich veröffentlichen wollte.

Oder: Weil er das Lied durch die Veröffentlichung irgendwie loswird, es aus seinem persönlichen Leben in den öffentlichen Raum entlassen kann. Weil es ihm nichts mehr bedeutet und es nur noch ein Song für die Band ist. Was die zweite Frage beantworten würde.

Micajahs schräge und zu raue Stimme ist für Aufnahmen nicht gut genug. Das hat er selbst gesagt. Lowells Rolle in der Band ist die des Sängers. Dass es seine Stimme ist, die *Night Blooming Jasmine* singt, bedeutet gar nichts.

Eve ist nicht davon überzeugt, dass Deborah ihr Versprechen, nichts zu verraten, halten wird. Sie wird es nicht absichtlich brechen, aber sie wird es irgendwann in einem aufgeregten Moment verraten. Es gibt nur eine Art, ein Geheimnis zu bewahren, hatte ihre Mutter erklärt: es keiner Menschenseele zu sagen.

Von ihrem direkten Umfeld abgesehen, wird es aber sicher auch niemanden weiter interessieren. Wenn sie berühmt wäre oder mit jemandem Berühmten zu tun hätte, dann wäre das natürlich etwas anderes. Es ist ganz und gar unwahrscheinlich, überlegt sie, dass jemand sich vorstellt, ein solches Lied wäre für eine ganz normale, durchschnittliche Frau wie mich geschrieben worden. Das ist keine Geschichte für ein Hochglanzmagazin. Die würden eine Künstlerin erwarten, eine verrückte, unkonventionelle Frau, eine Feuerschluckerin, die wie eine Nomadin in einem alten Schulbus lebt.

Wenn allerdings jemand herausfindet, dass es um mich geht, und das nicht glauben kann, dann ist das deren Problem, beschließt sie. Ich bin bestimmt nicht der einzige Mensch auf der Welt, dessen Normalität zugleich Realität und geschickte Verkleidung ist.

Der Song hat offensichtlich das Potenzial zum Klassiker. In zwanzig, dreißig, vierzig Jahren werden die Leute ihn spielen, dazu singen, ihn immer wieder von Neuem lieben. Sie öffnet iTunes und stellt fest, dass er an achter Stelle der an diesem Tag am meisten heruntergeladenen Titel steht.

Eve klickt sich so lange durch ihr Handy, bis es ihr gelungen ist, für Allan einen Download des Songs zu kaufen und zu ihm nach Kambodscha zu schicken. Vorsichtshalber schickt sie ihm eine E-Mail und erklärt ihm, dass sie dieses Lied sehr mag und hofft, es möge auch ihm gefallen. Er wird ihr später zurückschreiben. Auch ihm gefällt der Song, und er wird ihr erzählen, dass sie ihn jetzt in Siem Reap spielen, wo sie so viele Stunden vor der Zeit in New York liegen, dass es jetzt schon fast wieder der nächste Tag sei. Als Antwort wird er Eve einen YouTube-Link mit einem anderen Song schicken, der momentan sein Favorit ist, wobei er bezweifle, dass er ihr gefallen wird. Und er wird damit recht behalten.

Sie schaut in ihrem Posteingang nach und entdeckt dort eine E-Mail von einem Absender, den sie nicht kennt – mit dem Titel *Night Blooming Jasmine*.

Eve ist sich unsicher, ob sie die Mail öffnen soll. Warum bringt sie jemand mit diesem Lied in Verbindung? Kann ein Journalist sie bereits ausfindig gemacht haben? Vielleicht der Dicke bei den Fotoaufnahmen? Wird es eine Art Eingeständnis sein, wenn sie die E-Mail aufmacht? Vielleicht ist es auch nur eine Spam-Nachricht. Aber werden Spam-Mails mit dem Titel eines Top-Ten-Hits verschickt, weil niemand mehr den Ich-stecke-in-Schwierigkeiten-Mails glaubt?

Sie öffnet sie. Der Absender stellt sich als eine Rechtsanwaltskanzlei heraus.

»Bitte entschuldigen Sie die ungewöhnliche Kontaktaufnahme«, fängt die Mail an. »Aber unser Klient konnte uns keine Postanschrift für Sie mitteilen. Wir vertreten Micajah Burnett. Mr Burnett bat uns, Ihnen oder einem von Ihnen genannten Rechtsträger hundert Prozent der Musikverlagsrechte für den Song *Night Blooming Jasmine* (Text und Musik von Mr Burnett) auf Dauer und unbegrenzt zu überschreiben. Da der Song erst heute veröffentlicht wurde, sind noch keine Zahlungen eingegangen. Wir wären Ihnen dankbar, wenn Sie uns wissen lassen könnten, wie überwiesen werden soll und an welche Adresse wir die notwendigen Dokumente für Sie schicken dürfen.«

Eve liest die Mail noch zweimal, ehe sie ganz begriffen

hat, was darin steht. Sie ist sich nicht sicher, was Musikverlagsrechte beinhalten und wie viel Geld das bedeuten kann. Ihre Mutter meinte immer, dass etwas, was zu gut scheint, um wahr zu sein, das vermutlich auch ist. Trotzdem fällt es ihr schwer, nicht zu hoffen. Sie kann nicht anders und schaut noch einmal bei iTunes nach. *Night Blooming Jasmine* steht jetzt auf Platz Nummer sieben.

Auf der Suche nach Dingen für Deborahs Laden trägt Eve die Schuhe mit einem Absatz, der ihr einen beschwingteren Schritt verleiht. Es geht ihr nicht darum, bemerkt zu werden, sondern weil es hilft, dieses innere Prickeln zu bewahren. Sie will dringend das schöne Gefühl, am Leben zu sein, in sich erhalten, das ihr der Song zurückgegeben hat – nach Monaten, in denen sie ihre Lebensfreude beinahe gänzlich verloren hatte und nach dem Jahrzehnt, in dem sie nicht merkte, dass sie im Grunde bereits tot war.

Überall in den Trödelläden und auf den Flohmärkten sieht Eve jetzt Beinschnitzereien. Die meisten sind grobe Arbeiten aus Walfischknochen. Vielleicht wurde keine davon aus dem Grund angefertigt, den Barbara vermutete. Trotzdem muss Eve an jene Fischerwitwen denken, die sich ihre männerlosen Leben aufbauten und vor möglichen Verführungen standhaft die Augen verschlossen, wenn sie ihre Wäsche aufhängten, die Böden wischten oder ein Feuer entzündeten.

Micajah befindet sich für Eve im Reich dieser verlorenen Walfänger. Sie haben sich getrennt, und jetzt hat sie keine Ahnung, wo auf der Welt er sich gerade befindet, um dem

Ungeheuer des Erfolgs nachzujagen. Es gibt keine zuverlässigen Möglichkeiten der Kommunikation. Manchmal erhält sie auf verschlungenen Pfaden ein Zeichen, mehr durch Zufall, das ihr allerdings wenig zu sagen vermag oder bereits veraltet ist, wenn es bei ihr ankommt. Ihn im Fernsehen zu sehen, verbucht sie in dieser Kategorie. Sie weiß im Grunde nicht, ob er noch lebt oder bereits tot ist, wenn sie ihn auf dem Bildschirm sieht. In ihrer Fantasie malt sie sich aus, wie es für die Walfänger-Frauen auf seltsame Weise irgendwann egal war. Man konnte die Jahre der Trennung nicht ertragen, wenn man täglich ganz konkret an den anderen dachte und an die Gefahren, in denen er sich vielleicht befinden mochte.

Während sie an ihrem Esstisch sitzt, der noch immer mit einer Plastikplane beklebt ist, und das feuchte Tuch von dem Stück Ton nimmt, weiß sie, dass sie eigentlich an ihrem Schreibtisch sein sollte. Glücklicherweise und völlig unerwartet hat sie in dieser Jahreszeit einen Auftrag von einer kleinen Stadt erhalten, neunzig Kilometer von hier entfernt. Aber sie kann sich nicht dazu aufraffen. Sie macht blau. Die anstehenden Tantiemen ermöglichen das.

Sie ist sich nicht sicher, was sie heute machen will. Sie weiß nur, dass sie etwas machen will, was *sie* will – und nicht ein weiteres Standardpflanzprogramm. Sie liebt die Arbeit im Garten, aber die ewig gleiche Tretmühle, in der sie sich befindet, um ihre einzige echte Fähigkeit in Geld umzuwandeln, zieht sie mental und körperlich herunter. Es ist ein Gefühl, das sie nicht länger akzeptieren will. Ich werde radikaler, denkt sie. Wird allmählich auch Zeit.

An ihrem Arbeitstisch denkt sie an diese typischen städtischen Pflanzungen und beginnt eine Tulpe zu formen. Die armen Tulpen: Früher einmal waren sie wertvoller als

Gold und wurden wegen ihrer einzigartigen Unterschiede hoch geschätzt. Jetzt jedoch züchtet man sie um ihrer Einheitlichkeit willen. Sie sollen kerzengerade in reglementierten Reihe stehen – die Blumentapete der städtischen Landschaftsgärtnerei. Sie schenkt diesem einzelnen Exemplar nun ihre ganze Aufmerksamkeit und stellt sich dabei vor, wie die Tulpe im Holland des siebzehnten Jahrhunderts Millionen wert gewesen ist – eine Tulpe, die Süleyman dem Prächtigen oder Großmogul Akbar präsentiert wurde. Etwas Außerordentliches. Sie gestaltet sie rund und geschwungen, mit flackernden Blütenblättern, die mehr versprechen, sowie einem langen Stiel.

Als sie die Tulpe hochhält, errötet sie auf einmal bei dem Gedanken, der ihr durch den Kopf schießt. In den folgenden Wochen fertigt sie eine Pfingstrose, einen Jasmin und einen Fliederzweig. Verschiedene Formen, die vielleicht unterschiedliche Empfindungen auslösen.

Sie macht eine 3D-Druckerei ausfindig. Harz ist in diesem Fall günstiger als Ton. Die Anfertigung ist nicht billig. Sie hat kaum noch etwas auf dem Konto, nachdem sie drei der vier Exemplare hat herstellen lassen. Dabei hat sie keine Ahnung, woher die Hypothekenrate im nächsten Monat kommen soll. Aber sie betrachtet diese Blumen als Prototypen. Wenn sie das tun, was sie sich von ihnen erhofft, wird sie jemanden wie Yann beauftragen, schönere Versionen für das Endprodukt zu schaffen. Vielleicht könnte sie Deborah für den Vertrieb und das Marketing gewinnen.

Für den Moment ist sie jedoch noch in der Experimentierphase.

Ein Umschlag von FedEx trifft ein, in dem sich ein weiterer großer Umschlag befindet. Auf diesem sind die fünf Namen einer Rechtsanwaltskanzlei auf der Fifth Avenue erhaben geprägt. Das ist nicht von Larrys Anwalt. Er hat sich keinen genommen. Vor einiger Zeit schickte er ihr die Scheidungsunterlagen, die er offenbar von einer Anwaltswebseite im Internet heruntergeladen hat. Er hatte sie ausgefüllt und unterschrieben, zusammen mit einer Urkunde, in der er ihr das ganze Haus überließ. Da sie das Ganze nicht anzufechten gedachte, wird die Scheidung bald vollzogen sein.

Der protzige Umschlag lässt sie an Robert denken. Sie fragt sich, ob Robert vielleicht sogar für diese Kanzlei arbeitet. Sein Name ist nicht unter den fünf verzeichneten, aber es kann genauso gut sein, dass die alle bereits das Zeitliche gesegnet haben. Wahrscheinlicher ist es allerdings, dass er die Kanzlei aussuchte und das Geld seines Sohnes ausgab, ehe es verdient war. Micajah würde dem nichts entgegenhalten, sondern seinem Vater diese Genugtuung lassen. Eve kann sich nicht vorstellen, dass sich Micajah jemals wegen Geld streiten oder auch nur den Kopf zerbrechen würde. Sie vermutet, dass er als Yanns Lehrling arbeitet, kaum etwas verdient, seine Blattgoldunterwäsche trägt und auf dem heruntergesessenen Sofa schläft – ganz und gar zufrieden.

Während Eve die Dokumente liest, beginnen ihre Hände zu zittern. Das ärgert sie. Nie mehr will sie sich ohnmächtig fühlen. Die Schriftstücke sind in dem typischen unverständlichen Juristenjargon verfasst, und sie muss sich zwingen, sie ganz zu lesen. An acht Stellen, die farbig markiert sind, muss sie unterschreiben.

Zwischen den letzten zwei Seiten entdeckt sie einen kleineren Umschlag. Darin befindet sich ein Flugticket auf ihren

Namen. Diagonal über den Umschlag geschrieben steht: ›Bitte benutze es. M.‹«

Der Flug geht in zwei Monaten nach Venedig. Der Rückflug ist offen.

Eve ist noch nie in Venedig gewesen. Natürlich hat sie eine Vorstellung von der Stadt: Kanäle und Gondeln, geheimnisvolle Gassen und Feuchtigkeit. Sie glaubt sich auch daran zu erinnern, gelesen zu haben, dass Venedig sinkt. Oder wurde es doch gerettet? Es gab eine Zeit, da kam die Stadt oft in den Nachrichten vor, aber sie kann sich nicht erinnern, weshalb genau.

Nach einigen Tagen wird Eve bewusst, dass nicht klar ist, ob Micajah auch in Venedig sein wird. Will er ihr das Ticket vielleicht nur als Geschenk geben? Aber warum Venedig genau zu dieser Zeit? Hätte er ihr dann nicht eher einen Reisegutschein geschickt, bei dem sie Zeit und Ziel selbst bestimmen kann, unabhängig von ihm?

Sie holt ihren Pass aus einem Aktenschrank, wo sie ihn zusammen mit anderen wichtigen Dokumenten aufbewahrt. Er ist noch gültig. Sie wird sich also noch nicht für die Reise festlegen müssen, indem sie ihn verlängert, oder die Reise unmöglich machen, indem sie ihn bewusst nicht verlängert. Eine Weile kann sie sich also noch mit ihrer eigenen Unentschlossenheit in Ruhe quälen.

Eine Entscheidung wäre allerdings genauso quälend. Zu beschließen, nicht zu fahren, würde sich grausam und feige zugleich anfühlen. Würde sie fahren, käme ihr hingegen so vor, als würde sie sich auf ein rotierendes Netz aus Messern zubewegen.

Vielleicht wird Micajah in Venedig sein, wenn sie das will. Soll sie es ihn wissen lassen? Das fühlt sich falsch an –

als ob sie ihn bitten würde, zu ihr zurückzukommen, und als würde sie somit die Entschlossenheit aufgeben, die sie gezeigt hat, als sie den Kontakt zu ihm abbrach. Wenn er mit mir reden will, denkt sie, kann er anrufen. Er hat meine Nummer. In dieser Überlegung verbirgt sich die unausgesprochene Bereitschaft ihrerseits, tatsächlich auch abzuheben, falls er es tut.

Er ruft nicht an.

Eine Woche vor dem Abflug trifft eine weitere E-Mail von den Anwälten ein. Diesmal wird sie darüber informiert, dass ihr Klient sie gebeten hätte, zehntausend Dollar auf ihr Konto zu überweisen – als Vorschuss der Tantiemen, die ihr in einigen Monaten zustehen werden.

14

Bis zum Morgen des Abflugtages war sich Eve nicht sicher, ob sie fahren sollte. Sie hatte Vorbereitungen getroffen, die sie ohne den Vorschuss nicht hätte tun können: Sie hatte einen neuen Koffer gekauft (weil sie nicht den benutzen wollte, der zu dem von Larry passte), ein paar schmeichelnde neue Kleider, bequeme Schuhe und einen Pashminaschal erworben. Außerdem ging sie zum Waxing und zur Pediküre. Bis auf eine konnte sie jede dieser Ausgaben vor sich selbst als mehr oder weniger notwendig rechtfertigen. Sie waren zuvor eben nur aufgrund ihres finanziellen Engpasses nicht möglich gewesen. Und den Koffer hätte sie früher oder später auch gebraucht. Sie plante, im nächsten Jahr auf jeden Fall zu verreisen, auch wenn sie dabei nicht an Venedig gedacht hatte.

Sie nahm in den zwei Monaten seit dem Eintreffen des Flugtickets zehn Pfund ab – die Larry-Pfunde, wie sie es für sich nannte und was das Abnehmen einfacher machte. Lieber wären ihr fünfzehn Pfund.

In der Umkleidekabine von Nordstrom, wo sie BHs probierte, musterte sie sich nüchtern in den Spiegeln. Wenn deine Finanzen nach unten gehen, hängen auch deine Brüste. Obwohl sie ihre BHs mit der Hand wäscht, verlieren sie ihre Spannkraft. Die besten dieser neuen in einer anderen Größe lassen sie noch einmal um fünf Pfund leichter erscheinen.

Ihre Taille ist wieder da. Ihr missfällt zwar weiterhin die fehlende Glätte ihres Rückens um die BH-Träger, aber das lässt sich nicht ändern. Der BH muss schließlich einiges tragen. Deshalb auch der Pashminaschal.

Ich treffe mich nicht mit meinem Liebhaber, ermahnt sie sich. Selbst wenn ich fahre. Wir sind kein Liebespaar. Schon lange nicht mehr.

Als das Flugzeug abhebt, fragt sich Eve, ob Micajah vielleicht an Bord ist. Sie sitzt in der Business-Klasse. Nein, er ist es nicht. Ist er vielleicht in der Ersten Klasse, weil er so spät eingecheckt hat? Sie sieht ihn vor ihrem inneren Auge, wie er durch die Reihen läuft und nach ihr Ausschau hält, sobald das Flugzeug einmal seine Flughöhe erreicht hat.

Nein. Er würde ihr keinen schlechteren Platz gebucht haben als sich selbst.

Sitzt er vielleicht in der Economy-Klasse? Das wäre eher wahrscheinlich. Vielleicht konnte er sich nicht zwei Business-Tickets leisten. Eve weiß, dass Bekanntheit deutlich schneller kommen kann als das damit verbundene Geld.

Als das Zeichen für die Sicherheitsgurte abgeschaltet wird, ist sie versucht, zur Hauptkabine durchzugehen, um zu sehen, ob er dort sitzt. Und wenn er es tut? Sie kann sich kaum ein schlimmeres Wiedersehen vorstellen als eine halb verrenkte Umarmung in diesen schmalen Gängen. Wenn er nicht da ist, wird es ihr peinlich sein, dass sie so etwas überhaupt gedacht hat.

Also streckt sie sich in ihrem Sitz aus, wählt die Radiostation mit Alternative Rock und schlägt ihr Buch auf. Draußen ist es bereits dunkel, und sie hat einen Vorhang, den sie zuziehen kann, um für sich zu sein. Mit etwas Glück schläft sie sogar ein.

Sie ist noch nie zuvor allein verreist. Mit Larry buchte sie Flüge und Hotels, aber sie ließ sich von ihm den Weg vom Gepäckband zum Taxistand zeigen. Er übernahm die täglichen Anforderungen an sie als Touristen, und sie fühlte sich in seiner Gegenwart an diesen unbekannten Orten stets geborgen. Obwohl sie nicht weniger kompetent war – tatsächlich musste sie ihm oft sagen, was er tun sollte –, bevorzugte sie es, wenn er derjenige war, der vorgab, wo es langging. Wenn sie in letzter Zeit ans Reisen dachte, überlegte sie, ob sie sich mit einer Freundin zusammentun sollte. Vielleicht mit Deborah. Erst als sie diesen Koffer kaufte, kam ihr die Idee, dass sie ja auch alleine reisen könnte.

Nach dem, was sie mit Micajah erlebt hatte, erscheint ihr ein Flug in eine der berühmtesten Städte Europas mit einem Rückflugticket nicht sonderlich riskant zu sein. Und was ist mit dem Netz aus Messern? Sie wird sich mit ihrer augenblicklichen Verfassung dagegen wappnen. Keine Fragen hinsichtlich Bethany; keine Gedanken an die Zukunft; nichts jenseits der neuen Blase, in die sie eintauchen werden – voller Licht und aufregend schimmernd, bis sie platzt.

Und wenn er nicht am Flughafen ist? Sie wird nach Venedig hineinfahren, sich in ein Hotel einmieten (sie hat eines im Internet gefunden, in dem sie für alle Fälle ein Zimmer gebucht hat), ihren Rückflug auf eine Woche später buchen und dann die Zeit dort mit Kunst und Geschichte verbringen, während sie sich wie eine Königin verwöhnen lässt.

»*Sometimes you find love, and a storm comes through and destroys it, and you don't know if it will flower again.*« Micajahs Stimme.

Eve war eingenickt. Jetzt ist die Stimme wieder verschwunden. *Night Blooming Jasmine* ist zu hören. Vielleicht war es ihre Einbildung, die beim Vernehmen dieser Melodie seine Stimme hinzufantasierte.

Wie Schatten in einem Traum hört sie die Schritte der Flugbegleiter, die an ihrer Kabine vorbeilaufen. Schritte halten direkt neben ihrem Vorhang, und Micajah schlüpft hindurch. Er hockt sich auf den Sitz wie auf einem Kinderbild von einem Engel. Dann gleitet er neben sie, hebt ihr Kleid an und beginnt sie mit winzigen Auf- und Abbewegungen zu streicheln, im Rhythmus des Lieds, das er für sie geschrieben hat. Er spielt mit ihr, virtuos wie mit einem seiner Instrumente und zieht ihre eigene innere Musik instinktiv und gekonnt immer wieder in die Länge.

»Ihr Bistecca fiorentina, Ms Federman.« Die Stimme des Flugbegleiters auf der anderen Seite des Vorhangs, laut und fröhlich, reißt sie aus dem Halbschlaf. Sie will ihre Beine zusammenpressen, aber sie sind bereits zusammen und brav unter einer Decke, wie es sich gehört. Ihr Kleid ist auch nicht verrutscht.

Während sie isst, blättert sie durch das Flugmagazin. Sie entdeckt, dass Micajah eine Playlist für die Fluglinie zusammengestellt hat. Es kann kein Zufall sein, dass er mir gerade diesen Flug gebucht hat, denkt Eve.

Nachdem sie das Flugzeug verlassen hat, läuft sie so langsam zur Passkontrolle, dass die Passagiere aus der Economy-Klasse sie überholen können. Sie schaut sich suchend nach Micajahs breiten Schultern und seinem federnden Gang um, kann ihn aber nirgends entdecken. Als sie schließlich als eine der Letzten dieses Flugs von der Gepäckausgabe durch die automatischen Türen in die Ankunftshalle tritt, sieht sie sich dort um. Wieder ist er nirgendwo zu sehen.

Ihre Stimmung und ihr Selbstbewusstsein bewegen sich rapide nach unten. Die Enttäuschung hat sie mental und körperlich erschöpft. Ihr bleibt nichts anderes übrig, als sich auf den Weg zu dem Hotel zu machen, das sie gebucht hat. Angestrengt beginnt sie in ihrer Tasche nach der Reservierung zu suchen, die sie vor der Abreise ausgedruckt hat.

»*Scusi, signora.*«

Sie blickt auf und sieht in ein dunkles Gesicht, gezeichnet von Alter und Wetter. Der Mann hält ihr ein Schild hin, auf dem SIGNORA EVE steht. Sie hat sich nach ihrem Nachnamen umgeschaut und deshalb das Schild nicht bemerkt, als sie durch die Schiebetüren trat.

Sie folgt dem Mann zu einer Reihe von Taxibooten. Am Horizont erheben sich Fabrikschlote in den Himmel – so ganz anders, als sie sich Venedig vorgestellt hat.

Sie tuckern an Pfählen vorbei, die nur halb aus dem Wasser ragen und die Eve nach einer Weile als Straßenmarkierungen erkennt. Hinter ihnen versinkt die Industrielandschaft in Nebel, ihre Schornsteine wirken nur noch wie optische Illusionen. Eve hat das Gefühl, zwischen den Welten zu sein, nur geleitet von der Linie aus grünlich verschlammten Pfählen in der flachen Lagune und von einem schweigsamen Bootsführer, der sie ins Unbekannte begleitet.

Schließlich tauchen vor ihnen Formen aus dem Nebel auf: Kuppeln und schlanke Türme, die immer höher werden, je näher das Boot ihnen kommt. Die Stadt wirkt wie eine Luftspiegelung, als ob die schweren Steine der Gebäude auf dem Wasser schwimmen würden.

So unmöglich wie wir, denkt Eve. Vielleicht ist das der einzige Ort, an dem wir uns wiedersehen können.

Als sie in den Canal Grande einbiegen, drosselt der Bootsführer seinen Motor. Es ist auf einmal überraschend still um sie herum. Die wenigen Motoren, die Eve vernimmt, gehören zu anderen vorbeituckernden Booten. Auf beiden Seiten des Kanals, wo sich immer wieder zwischen den Steinfassaden ein paar Freiflächen zeigen, steigen menschliche Stimmen wie Vogelgesang in die Luft.

Der Bootsführer hält an einer Anlegestelle auf der rechten Seite. Er springt an Land und wirft ein Tau um einen Pfeiler. Dann reicht er Eves Koffer einem uniformierten Hotelpagen hinauf, hilft ihr beim Aussteigen und fährt davon, ein weißliches Kielwasser hinter sich zurücklassend.

Eve folgt dem Pagen in eine Lobby, die schöner ist als alles, was sie jemals gesehen hat: delikat bemalte Wände und silbergefleckte Spiegel, in denen sich verschwommen die verschnörkelten Glaslüster, die schweren Damast- und Samtstoffe sowie die Seiden ins Unendliche widerspiegeln. Der Page deutet auf die Rezeption. Die luxuriöse Üppigkeit dieses Raums schüchtert Eve ebenso ein wie die stille Autorität der Angestellten. Sie gerät für einen Moment in Panik. Warum hat Micajah sie allein in diesen Palast geschickt, der sich so unheimlich anfühlt wie das Zauberschloss aus einem Märchen? Sie zwingt sich, diese Überlegungen sein zu lassen, weil sie a) lächerlich, b) irrelevant und c) ganz einfach falsch sind. Micajah ist nicht grausam. Es ist ein Zeichen seiner Großzügigkeit: zuerst ein Flugticket in der Business-Klasse und dann das möglicherweise teuerste Hotel von ganz Venedig.

Wahrscheinlich, denkt sie, wartet er auf mich. Sie schaut sich noch einmal genauer in der Lobby um, wobei sie diesmal auch die dunklen Ecken und die Ohrensessel mustert, wo sich ein Gesicht verbergen könnte. Er ist nicht hier. Natürlich ist er nicht hier. Wenn er hier auf sie warten würde, hätte er sie längst gesehen, und sie lägen sich in den Armen.

Würden wir das?, überlegt sie. Sie ist sich immer noch nicht sicher, ob sie möchte, dass wieder alles von vorne beginnt.

Unentschlossen steht sie in diesem zurückhaltend prächtigen Raum und ist verunsichert. Zögernd tritt sie an die Rezeption heran.

»Ich habe hier nicht selbst gebucht«, beginnt sie. »Und deshalb bin ich mir auch nicht sicher, unter welchem Namen mein Zimmer zu finden ist.«

»Sie sind *Signora* Eve, nicht wahr?«, fragt der Mann hinter der Theke.

»Ja«, antwortet sie erleichtert. »Haben Sie mich denn erwartet?«

»Selbstverständlich.« Er schiebt ihr ein Formular über die Theke zu und reicht ihr einen schweren goldenen Kugelschreiber. Sie füllt ihre Angaben ein und gibt ihm Blatt und Stift zurück.

»Ist das mein Zimmer? Auf meinen Namen?« Sie ist sich nicht sicher, wie sie die Frage stellen soll. Sie weiß nur, dass sie nicht überrascht werden möchte, wenn sie das Zimmer betritt.

»*Certo.*«

»Ein Einzelzimmer?«

»*Certo.*« Diesmal hat sein Tonfall eine gewisse Schärfe, als ob er beleidigt wäre, wie jemand annehmen könnte, dass das Gritti ein Hotel wäre, in dem sich die Gäste ein Zimmer teilen müssten.

»Haben Sie auch einen Gast namens Mr Burnett?«

»Es tut mir leid, *Signora*, aber wir sind nicht befugt, die Namen unserer Gäste zu nennen.«

Wie sollte sie es am besten formulieren? »Mr. Burnett hat für mich die Reservierung vorgenommen. Ich war der Ansicht, dass ich ihn hier treffen würde.«

Im Gesicht des Mannes leuchtet einen Moment lang Mitgefühl für die seltsame Situation auf, in der sie sich offensichtlich befindet. Er ist zu sehr Profi, um nachzuhaken oder zu urteilen, aber auch menschlich genug, um sich weicher zu zeigen.

»Es tut mir leid, *Signora*«, wiederholt er und macht dabei eine Bewegung mit den Händen, als würde er einen Vogel freilassen.

Er winkt den Pagen heran und reicht ihm einen Schlüssel. »Ich wünsche Ihnen einen angenehmen Aufenthalt«, sagt er mit einer angedeuteten Verbeugung, um dann seine Aufmerksamkeit auf einen kaum sichtbaren Bildschirm zu lenken.

Der Lift, der mit hohen Spiegeln mit demselben gefleckten Glas verkleidet ist, kommt Eve wie eine dunkle Version von Aschenputtels Kutsche vor. Der Prinz wartet allerdings nicht auf mich, denkt sie. Er hält sich noch irgendwo im Verborgenen auf.

Ihr Zimmer ist klein und luxuriös wie die Spieluhr einer

Kaiserin. Sie reicht dem Pagen einen Zehn-Dollar-Schein, da sie momentan zu müde ist, um sich mit der Euro-Währung zu beschäftigen. Sobald die Tür hinter ihm ins Schloss gefallen ist, sinkt sie auf das Bett. Mit Jetlag und nur wenig Schlaf sowie der emotionalen Achterbahnfahrt, die sie durchlaufen hat, fühlt sie sich seltsam benommen.

Sie zwingt sich dazu, aufzustehen und ins Badezimmer zu gehen – einem hell erleuchteten Zeitsprung vom achtzehnten ins einundzwanzigste Jahrhundert. Sie putzt die Zähne, kriecht zwischen die gestärkten Laken und schläft sofort ein.

Als sie viele Stunden später erwacht, bemerkt sie auf einem kleinen Sekretär einen Umschlag, auf dem einfach EVE steht. Als sie ihn öffnet, sieht sie, dass er mit einem grün marmorierten Seidenfutter ausgeschlagen ist. Darin befindet sich eine Karte, auf dem oben die Krone des Gritti eingeprägt ist.

»Ich bin froh, dass du gekommen bist. M.«

Eve starrt auf die vertraute, geschwungene Handschrift, die sich in die körnige Oberfläche des Papiers gegraben hat. Dann bemerkt sie, dass sich noch etwas in dem Umschlag befindet. Sie zieht es heraus. Es ist eine Seite aus einem Stadtführer, auf der ein verlassenes Kloster auf der abseits gelegenen Insel Torcello beschrieben wird.

Eve isst am Canal Grande zu Abend, auf einer schwimmenden Terrasse vor dem Palazzo. Vor diesem Abend hätte sie es als traurig empfunden, alleine in einem schicken Restaurant zu essen. Doch je länger sie dort mit ihrem Tintenfischrisotto sitzt (sie hat bewusst das für sie ungewöhnlichste Gericht auf der Speisekarte gewählt), desto besser gefällt es ihr, an ihrem Tisch allein zu sein. Sie kann sich in Ruhe Geschichten über die großen und kleinen Menschen ausmalen, die über die breite Ponte dell'Accademia wandeln, Schulranzen auf dem Rücken tragen oder kleine Hunde an Leinen führen – oder über die anderen Gäste, meist in Eves Alter oder älter. Ein Tisch mit Männer streitet sich erhitzt auf Deutsch, eine andere Familie mit einem finster dreinblickenden Teenager und einer sich ständig schminkenden Tochter. Eve ist frei, sich auf diese Leute zu konzentrieren oder stattdessen ihre Sinne ganz auf die Stadt zu richten, die jeglichen Gesetzen der Schwerkraft trotzt.

Sie kann auch mehr über das Kloster auf Torcello lesen. In ihrem Zimmer hat sie nach der Insel gegoogelt und sich dann die Seiten an der Rezeption ausdrucken lassen.

Vor beinahe eintausend Jahren lebten auf Torcello mehr Menschen als in Venedig. Als die Lagune verschlammte und das Land sumpfiger wurde, zogen die Leute stattdessen in die wachsende Stadt, die etwas weiter von der Küste entfernt lag. Sogar die Gebäude wurden bei dieser Gelegenheit abgetragen und Stein für Stein abgeholt. Einige der Palazzi am Canal Grande sind aus Steinen errichtet, die von Torcello stammen.

Micajah hat Eve bisher noch nicht direkt kontaktiert. Allmählich beginnt sie sich zu ärgern. Jedes Mal, wenn ein Page oder ein anderer Hotelangestellter nach draußen tritt, glaubt sie, dass er ihr eine Nachricht bringen könnte. Doch es kommt keine Nachricht. Sein Schweigen vermittelt ihr das Gefühl, er würde mit ihr spielen.

Gelegentlich hinterlässt ein vorbeifahrendes Motorboot

eine akustische Spur: das Schlagen des Wassers gegen die Holzstege und die Steinmauern, mal lauter und mal leiser, findet seinen Widerhall in den unbenutzten Schleusentoren. Eine Reihe von Gondeln schaukeln im Kanal ganz in der Nähe ihres Tischs sanft auf und ab, die niedrigen Sitzkissen sind mit goldenen Quasten verziert. Ich könnte nach dem Essen eine Fahrt machen, denkt Eve. Aber alleine? Eine abendliche Gondelfahrt durch Venedig, angeblich eines der romantischsten Dinge der Welt. Es wird schwer sein, da nicht das Fehlen von Micajah an ihrer Seite zu bemerken.

Sie muss an das berühmte Foto von Prinzessin Diana vor dem Taj Mahal denken. Es wurde an Weihnachten oder ihrem Geburtstag oder ihrem Hochzeitstag aufgenommen – jedenfalls an einem Tag, an dem Prinz Charles bei ihr hätte sein sollen und es nicht war –, und sie saß auf einer Bank, mit hängenden Schultern, die Hände sittsam auf den Knien, der Blick traurig und einsam. Nach dem ersten reflexhaften Mitgefühl hätte Eve ihr dann am liebsten eine Ohrfeige verpasst, wenn es denn möglich gewesen wäre.

Als sie nach der Rechnung verlangt, denkt sie: Ich genieße diesen Abend so sehr wie selten einen Abend in meinem Leben. Die ersten Abende mit Larry waren aufregend, die mit Micajah berauschend. Doch jetzt, allein, begreift Eve, wie überempfindlich sie an diesen anderen Abenden gewesen war. Sie wollte alles perfekt haben. Sie wollte, dass die Liebe ohne die geringste Störung zwischen ihnen hin- und herströmt, wobei es ihr stets mehr darum ging, dass der Mann glücklicher war als sie selbst. Sie wollte nur das Richtige sagen und wünschte sich nichts mehr, als dass ihr Gegenüber sie wunderbar fand. Und auch sie wollte ihn wunderbar empfinden. Jenen kostbaren Moment festhalten, ehe er vorübergeht.

Sie beschließt, eine Gondel zu mieten. Doch zuerst geht sie zurück in ihr Zimmer. Kurz vor ihrer Abreise war ein Paket mit Prototypen eingetroffen, in einem biegsamen Material. Die Tulpe hatte sie in ihren Koffer gesteckt. Jetzt schneidet sie die Luftpolsterfolie mit einer kleinen Nagelschere auf und nimmt die Tulpe mit der samtig weichen Oberfläche in die Hand. Diese Blume hatte sie in einem cremigen Weiß und mit einem grünen Stengel anfertigen lassen.

Das wird eine gute Geschichte, wenn sie eines Tages erzählen kann, dass ihre Tulpe ihren ersten Test in einer Gondelfahrt erlebte.

Sie läuft die Treppen hinunter und spürt, wie sich die Tulpe leicht in ihrem Körper hin und her bewegt. Die Ränder der Blütenblätter streicheln sie sanft auf und ab. Ein Kribbeln durchläuft sie.

Nachdem sie den Bootsführer bezahlt hat, ist sie geradezu erleichtert, allein zu fahren. Sie hat das Gefühl, als würde sie wachsen und den Raum um sich füllen, sodass es sowieso keinen Platz mehr für einen Mann neben ihr gäbe.

Die Gondel kippt und schwankt, als sie einsteigt. Die Wellen spritzen sanft gegen den hölzernen Steg. Eve muss sich stark konzentrieren, um zu ihrem Sitz zu gelangen, ohne zu stürzen. Die Blütenblätter der Tulpe drücken tief vorne gegen ihren Bauch und berühren dann einen besonders empfindlichen Punkt, als sie sich vorbeugt. Sie sitzt da und genießt den Moment. Vielleicht ist das einer jener Punkte, die Micajah entdeckte und mit einem Buchstaben seines Namens markierte. Jetzt gehören sie alle ihr. Möglicherweise teilt sie die Punkte irgendwann wieder mit Micajah oder einem anderen Mann, doch sie verzehrt sich nicht danach. Augenblicklich wird sie von einer Zufriedenheit erfüllt, wie sie diese noch nie erlebte. Sie erkennt, dass es Glück ist.

Der Bootsführer macht das Tau los und legt ab. Er beginnt zu singen. Eve hebt die Hand.

»Per favore, no.«

Er lässt die Gondel in einen Seitenkanal gleiten, wo es dunkel und still ist. Die einzigen Geräusche sind das Tropfen des Wassers, das von dem Riemen herabströmt und das gegen die Mauern platscht und das flüsternd hallende Echo ferner Schritte.

Der Samt des Sitzkissens fühlt sich seidig unter ihren Schenkeln an. Es gibt noch weitere, lose herumliegende Kissen in Dunkelblau mit goldenen Insignien. Sie spielt mit ihnen, indem sie diese um sich herum aufbaut oder ihre Beine darauf legt, um herauszufinden, welcher Winkel am besten ist, um die Tulpe am wirkungsvollsten zu machen. Winzige Veränderungen ihrer Position jagen Lustschauer durch ihren Körper.

Der Rhythmus der Gondel lullt sie ein – das sanfte Vorwärtsstoßen und dann Gleiten, sogleich gefolgt von einem neuen Stoßen und Gleiten. Immer tiefer dringen sie in die dunklen Gassen der Stadt vor. Schwaches Licht erhellt das pockennarbige, zerbröckelnde Mauerwerk. Das Boot fährt durch enge Kanäle, die in der Ferne vor nackten Wänden enden. Es riecht nach Flechten.

Eve drückt ein Kissen fester auf ihren Bauch. Die Anspannung ihres Armmuskels führt zu einer korrespondierenden Anspannung der Muskeln in ihrem Inneren, wodurch die Tulpe enger umschlossen wird.

Ein Lächeln huscht über ihre Lippen. Durch das Heimliche erlebt sie die Empfindungen ihres Körpers intensiver als sonst. Eve krallt sogar die Zehen zusammen, als Wärme ihre Beine durchflutet. Sie lehnt den Kopf zurück und spürt, wie warme Luft über ihren Hals weht. Ihre Finger kneten die harten Ränder der eingestickten Goldkrone auf dem Kissen in ihrem Schoß. Es ist Lust ohne Ziel – so umfangend wie ein Bad, unkompliziert durch die fehlenden emotionalen Verbindungen. Nur dieser Gegenstand, in ihren Händen entstanden, gibt ihr die Energie zurück, die sie in ihn gesteckt hat, um sie um ein Vielfaches zu steigern.

Sie vermag die Tulpe in ihrem Inneren zu bewegen, ohne dass sie nach außen sichtbar auch nur einen Muskel bewegt. Es ist an ihr zu entscheiden, wie viel sie enthüllt und wie viel sie verbirgt. Hier in der Gondel, in einer dunklen Nacht in einer Stadt, wo sie niemanden kennt, ist wenig Anlass, allzu vorsichtig zu sein. Der Gedanke erregt sie, dass sie tagelang so herumlaufen könnte, immer mit einer geheimen Blume in ihrem Inneren.

Und wenn ich das kann, denkt sie, kann das jede Frau. Man muss dabei nichts können oder erlernen. Nur sich selbst gegenüber aufmerksam sein.

Sie stellt sich ein Café vor, einen Spielplatz, einen Supermarkt. Gereizte Mütter, bombardiert von den Anforderungen durch ihre Kinder – sie würden die Augen schließen und einen Moment lang in ihr inneres Exil eintauchen. Alte Damen, die wieder Lebenskraft verspüren, in ihre Vergangenheit zurückversetzt werden oder sich eine Zukunft ausmalen, welche sie für verboten gehalten haben. Frauen unter der Armutsgrenze, schnell alternd durch Arbeit und Sorgen, von Endorphinen durchflutet, die ihnen das Gefühl von Schönheit geben. Frauen, wie Eve selbst früher eine war, die ihr Leben damit verbringen, den Blick von den Träumen abzuwenden, die sie einmal hatten, würden mit der Blume eine Kraft ureigenen Glücks finden, von dem sie bisher keine Ahnung hatten.

15

Eve verbringt ihre Tage mit Spazierengehen. Sie verliert sich wieder in den Gassen von Venedig abseits der Touristenströme. Sie wandelt durch die Kirchen und *Scuole*, fasziniert von Bellinis Madonnen und der zarten Intimität Carpaccios. Sie malt sich aus, wie Casanova hier durch die Straßen strich, auf der Suche nach seiner nächsten Liebschaft, und wie Kurtisanen auf dreißig Zentimeter hohen Plateauschuhen stolzierten, um nicht vom Flutwasser nasse Füße zu bekommen.

Sie besucht die Sammlung Peggy Guggenheim und lächelt vor sich hin, als sie sich an jenen Morgen in Micajahs Bett erinnert und bemerkt, wie sicher sie sich jetzt ist, dass der G-Punkt eine Frage des Bewusstseins ist. Der Sex mit Micajah scheint schon lange her zu sein – ein Zwischenfall, der sich zwischen ihrem alten und ihrem neuen Leben ereignete. Sie gewöhnt sich allmählich an Micajahs seltsame, ferne Präsenz, ja sie mag sie sogar. Seine Rückkehr in ihr Leben entspannt sie, und zugleich befreit sie seine Abwesenheit von irgendwelchen Forderungen.

Vier Tage sind vergangen, und sie hat nichts von ihm gehört. Zuerst war es ihr bizarr vorgekommen, doch jetzt ist ihr klar, dass es ganz und gar zu ihm passt. Er ist vom Wesen her ein Asket, ein Einsiedler. Einmal hatte er ihr erklärt, dass er Menschenmengen ebenso hasse wie im Blick der Öffentlichkeit zu stehen. Ein Wiedersehen mit ihm in Venedig in einem Luxushotel würde sich falsch für ihn anfühlen, selbst wenn er das anders empfunden haben mochte, als er ihr das Flugticket geschickt hatte. Er ist sogar für sich selbst nicht greifbar – er weiß nicht, was er will, und reagiert allergisch auf Erwartungen. Nie hat er sie bedrängt und nie hat er sich zu jemandem gemacht, dem man nicht entkommen kann. Außer in jener Nacht – und sie wussten beide um die Folgen.

Sie fährt mit einem Vaporetto von Fondamente Nove nach Murano, um sich dort die Glasmacher anzusehen. An der Haltestelle bemerkt sie einen Fahrplan für die Linie 12 nach Torcello. Sie achtet nicht weiter darauf. Doch als sie an jenem Abend nach Venedig zurückkehrt, durch das Viertel in der Nähe von Arsenale wandernd, nachdem sie einen Teller Pasta in einer günstigen und gemütlichen Trattoria gegessen hat, hört sie auf einmal immer deutlicher die Melodie in ihrem Inneren, die sie so gut kennt: das Intro von *Night Blooming Jasmine.*

Ist es Micajah, der sie ruft? Es würde zu ihm passen, ihr Wiedersehen in die Hände des Schicksals zu legen – irgendwo zu bleiben und darauf zu warten, ob sie vorbeikommen würde.

Auf einmal hat sie einen Frosch im Hals. Ihr Herz pocht, als ob es versuchen würde davonzurennen. Sie will zugleich zu Micajah laufen und vor ihm davon. Diese Mischung aus Panik und Sehnsucht lässt sie erstarren und macht sie zur Salzsäule wie Lots Frau.

Dann hört sie das Schlagen der Drums, die Gitarre und die Band, die einsetzt. Es ist nur eine Aufnahme, die über einen Lautsprecher zu ihr dringt. Sie setzt sich auf die Stufen zu einer kleinen Brücke und wartet darauf, wieder ruhig zu werden und dass sich ihr Adrenalinpegel senkt.

Während sie dasitzt, vermengt sich die Musik – Micajahs Verlangen nach ihr, in Töne verwandelt – mit den Bewegungen in ihrem Körper. Das vertraute Muster der Noten ist so eindringlich intim, wie es Micajahs Stimme wäre oder die Berührung seiner Finger. Das wird ihr auf immer bleiben. Doch wenn sie Venedig verlässt, wird sie ihn vielleicht nie mehr wiederhören oder wiedersehen.

Inzwischen leben nur noch etwa zwanzig Menschen auf Torcello. Eve muss mit dem Vaporetto nach Burano, einer weiteren Insel, fahren, wo es eine breite Straße aus eiscremefarbenen Häusern und Berge von spitzenbesetzten Leintüchern gibt, die zum Verkauf angeboten werden. Dort muss sie umsteigen.

Während das zweite Vaporetto Richtung Norden tuckert, verleiht das diesige Licht der Sonne dem Himmel den matten Glanz eines oft benutzten Metalls. Außer Eve sind nur zwei weitere Menschen auf dem Weg in diese ferne Ecke der Lagune. Es ist noch früh in der Saison, und die Touristen sind noch nicht in Horden unterwegs.

Vielleicht ist Micajah gar nicht da. Es ist auch möglich, dass er sie dorthin lotsen wollte, damit sie etwas Weiteres findet – etwas, das er für sie gefunden hat. Möglicherweise bedeutet es für sie sogar eine Erleichterung, dass er wahrscheinlich gar nicht da sein wird. Auch wenn sie nicht mehr die Wut und das Gefühl verspürt, hintergangen worden zu sein, wie sie das nach jener Nacht in Brooklyn tat, hat sie

Angst, wieder in das alte Fahrwasser des Begehrens und Begehrtwerdens zu geraten. Sie ist jetzt eine andere Frau als jene, die sie war, als sie Micajah kennenlernte, und als jene, die sie war, als sie ihn verließ. Aber noch ist sie sich nicht ganz sicher, wie es ihr mit dieser neuen Unabhängigkeit geht.

Im diesigen Licht taucht nun ein Kirchturm auf, dann eine Kirche und schließlich die Insel mit ihren Kaimauern aus Stein.

Gras wächst zwischen den Steinblöcken am Kai. Die Seite am Wasser ist voller Moos und riecht sowohl nach Wachstum als auch nach Verfall – schwer, süßlich und grün, ein Geruch, der in sanften Wellen wie das Wasser zu ihr hinüberrollt. Die Steine sind narbig vom Alter, als ob die Regentropfen der Jahrhunderte dort Dellen hinterlassen hätten. Zugleich sind sie stolze Zeugnisse der Bewohner, gerade geschnittene Quader, um die Menschen an diesem Ort über das Marschland und den Schlamm zu erheben. Eve spürt die Geister vergangener Fußabdrücke um sie herum nur noch schwach, in einem weiteren Jahrhundert werden sie vermutlich ganz verschwunden sein.

Die übrig gebliebenen Mauern sind niedrig und verfallen, überwachsen von blühendem Unkraut und anderen Blumen, die ungestört über die einsamen Steine wuchern. Als Eve einen ungepflasterten Weg entlangläuft, bemerkt sie, dass sich unter der Erde alte Pflastersteine verbergen. Hier kann man erleben, wie sich die Natur alles allmählich zurückerobert, denkt sie.

Auf einmal hat sie das eindringliche Gefühl, im Zentrum ihrer Welt zu stehen – an jenem Ort, wo sich alle Linien ihres Lebens treffen. Wie kann das sein, überlegt sie – wenn sich Allan am anderen Ende des Globus befindet, in der Dunkelheit, während sie im Tageslicht herumläuft?

Weil er sein Leben lebt und sie das ihre.

Als sie auf die Kirche zusteuert und die Hitze von den alten Pflastersteinen durch ihre Sandalen dringt, sieht sie auf einmal Micajah, sitzend, den Rücken an eine Mauer gelehnt. Seine schwarzen Haare und sein schönes Gesicht sind im Schatten, während seine langen Beine von der Sonne beschienen werden. Er hält das Instrument, das sie ihm geschenkt hat, vertikal auf seinem Schoß und spielt leise eine zufällig wirkende Melodie.

Als er beim Klang ihrer Schritte aufblickt, erkennt sie schlagartig etwas, was sie noch nie zuvor bei ihm bemerkt hat: eine fremdartige, engelhaft wirkende Durchsichtigkeit in seinen Augen.

Engel haben keine menschlichen Herzen. Sie wissen nicht, was es heißt zu bluten. Eve muss an Satan denken, den gefallenen Engel, der schönste und strahlendste von allen. Sie stellt sich den Dreizack in Micajahs Hand vor, mit dem er Empfindungen in sie hineinbohrt und den Schleier der Betäubung zerreißt. Sie muss wieder daran denken, wie er sie in New York auf der Brüstung liebte, göttergleich, die Stadt tief unter ihnen.

Drei Meter von ihm entfernt bleibt sie stehen.

»Ich wollte dich hier nicht finden«, sagt sie.

»Ich bin auch nur ein Trugbild«, erwidert er. »Wenn es das ist, was du willst. Berühre mich, und ich löse mich sogleich in Luft auf.«

»Warum hast du mir nicht mitgeteilt, dass du hier sein würdest?«

»Weil du dann nicht gekommen wärst.«

»Und wenn du gesagt hättest, dass du nicht hier sein wirst?«

»Dann wärst du auch nicht gekommen.« Sein Lächeln wirft ein Seil durch den Raum von ihm zu ihr. »Du willst nicht Bescheid wissen. Weißt du das?«

»Ja.«

Eve liebte dieses Gefühl, von Micajah gesehen zu werden. Er tauchte wie eine neue Sonne in ihrem Leben auf, und die wahre Eve erblühte. Doch jetzt braucht sie seine Augen nicht mehr, um sich selbst zu sehen.

»Wie lange bist du schon hier?«

»Seit vier Monaten. Ich recherchiere hier in den Archiven.«

»Was ist mit der Band?«

»Ich habe aufgehört. Mir war klar, dass ich es ihnen schulde, so lange zu bleiben, bis wir Erfolg haben. Aber dieses ständige Weiter-und-höher-Wollen – man hört vor lauter Lärm seine eigenen Gedanken nicht mehr. Erst wenn man da raus ist, wird es wieder leise. In der ganzen Zeit dazwischen merkt man gar nicht, wie dröhnend laut es war.«

Micajah strahlt etwas Mönchisches aus – trotz der sehr unmönchischen Erlebnisse, die sie mit ihm teilt. Sie kann ihn sich in einer klösterlichen Schreibstube vorstellen, wo er das Wissen einer unbekannten Vergangenheit bewahren hilft und es an eine unvorstellbare Zukunft weitergibt.

»Ich kann kein Italienisch«, fährt er fort, »weshalb ich ein Wörterbuch benutze. Es geht nur langsam voran. Aber irgendwann habe ich etwas über eine bestimmte Form von Gambe herausgefunden. Sie wurde für die Mutter des osmanischen Sultans angefertigt.«

»Es ist eine Gambe?«

»Wenn es Saiten und einen Bogen hat, nannte man es Gambe. Mit diesen Formen drehten die damals wirklich durch.« Er lacht.

»Wann ist es entstanden?«

»Gegen Ende des 18. Jahrhunderts.«

»Hier?«

»Hier. Auf Torcello.« Er deutet in die Richtung, wo früher einmal Häuser gestanden haben müssen.

»Der Mönch, der es anfertigte, hätte genauso berühmt wie Stradivari sein können, wenn er das gewollt hätte. Aber seinen Namen habe ich nicht herausgefunden.«

Er scheint die Anonymität des Mönchs zu bewundern, vielleicht ihn sogar darum zu beneiden. Auch Micajah verkörpert diese Widersprüchlichkeit – fest mit beiden Beinen auf dem Boden zu stehen und zugleich kaum dem physisch greifbaren Raum zu entfliehen. Als er für sie gespielt hat, konnte sie erleben, wie er sich für einen Moment von Raum und Zeit löste. Jetzt wird ihr klar, dass es seine Berufung ist zu spielen. Es ist kein Auftritt und sollte deshalb auch nicht öffentlich geschehen.

»Aber schau mal, was ich gefunden habe.« Er zeigt hinter sich auf einen kleinen Garten hinter einer niedrigen Mauer. Die Sonne erreicht gerade eine Reihe von blühenden Salbeibüschen.

»Salbei«, sagt Eve. »Bienen lieben Salbei.«

»Die Mönche hier stellten auch Honig her«, meint Micajah. »Aber schau genau hin.«

Der Garten ist halb kultiviert und halb verwildert. Überall wuchert Unkraut, doch man kann dennoch deutlich Blumenbeete erkennen.

»Flieder, Steinkräuter, Tabak«, stellt Eve fest. »Das sind

die Pflanzen, die ich auf den ersten Blick erkenne. Und Jasmin.«

Micajah sagt nichts, sondern wartet nur. Als sie ihm einen verblüfften Blick zuwirft, spürt sie, wie eine warme Brise ihr Kleid gegen ihren Schenkel weht und ihr der Duft des Flieders in die Nase steigt. In der Ferne, vom Wind über die stille Lagune getragen, erklingt eine Kirchenglocke.

»Ist das eine Blumenuhr?«, fragt sie fassungslos.

»Glaubst du, es könnte eine sein?«

Eve schaut sich um. »Möglich ist es.«

»I fiori delle ore«, sagt Micajah. »*Die Blumen der Stunde.* Ich habe nur diese Worte in den Aufzeichnungen des Klostervorstehers entdecken können. Er hat sie an den Rand gekritzelt.«

Sie erkundet den Garten, berührt die Blüten und die Blätter der Blumen. »Es sind hauptsächlich Duftpflanzen«, meint sie. »Für Blinde wäre das hier ein Paradies.«

»Vielleicht war der Mönch, der das hier gemacht hat, tatsächlich blind«, entgegnet Micajah. »Ich habe mir einen stummen Mann vorgestellt, der Schönheit gegenüber besonders empfänglich war. Aber vielleicht war er auch Gerüchen gegenüber besonders empfänglich. Nicht der Hauptgärtner, sondern einer der Arbeiter. Er hat Linnaeus' Buch in der Bibliothek hier entdeckt, oder vielleicht hat er sich das Ganze auch selbst ausgedacht. Statt der ernst den Takt gebenden Uhr, deren Ticken wahrscheinlich der einzige Laut war, den er den ganzen Tag über hörte, wollte er eine organische Uhr erschaffen, die ihre Kraft aus der Sonne und der Drehung der Erde zog, den Mönchen die Stunden zeigte und darauf hinwies, wann sie Gottes Lob singen sollten.«

Er erzählt die Geschichte, als wäre sie irgendwo aufgeschrieben. Vielleicht hat er das ja getan, denkt Eve. Seine Fantasien sind etwas, das er gerne für sich behält. Eve spürt, dass er sie selten mit anderen teilt.

»Also experimentiert er jahrelang mit den Blühgewohnheiten der Pflanzen, die er ausgewählt hat, und findet allmählich heraus, was sie in puncto Boden, Wasser und Schutz vor Wind und Wetter bevorzugen. Er testet, welche gut zusammen gedeihen und lenkt sie in symbiotische Muster, um so die Natur in Einklang mit Terz, Frühandacht und Abendgebet zu bringen. Er muss sich auf die Stunden eines bestimmten Tages konzentrieren, weshalb er den Johannistag auswählt. Doch jedes Jahr verklemmt sich die Uhr und eine Blumensorte erblüht nicht zur gewünschten Stunde. Dieser geduldige Mönch streichelt die Pflanzen, um ihnen zu versichern, dass sie nichts falsch gemacht haben. Sie haben ihn nicht enttäuscht, sondern sich nur so verhalten, wie von Gott beschlossen. Er war es, der etwas falsch berechnet, falsch gepflanzt, falsch gewässert oder der falsch gemulcht hat.«

Eve lacht. Ihr gefällt Micajahs Wortwahl.

»Für ihn stellt diese unerreichbare Schönheit ein Ebenbild des Garten Edens dar.« Micajah hält inne, als ob ihm etwas eingefallen wäre.

»Und wie geht es weiter?«, hakt Eve nach. »Oder ist die Geschichte schon aus?«

»Sie ist niemals aus.« Er lächelt sie an. Sie versteht, dass er sowohl ihre gemeinsame Geschichte als auch die des Mönchs meint.

»Im nächsten Jahr macht er es besser. Er findet einen Helfer, einen jungen Mönch, der nach einer unglücklichen Liebesaffäre mit einer verheirateten Frau dem Kloster beitrat und schwor, nie mehr an Frauen zu denken. In der Schönheit der Blumen findet er Trost. Er streichelt ihre Blütenblätter und flüstert ihnen Zärtlichkeiten zu, wie er das früher einmal bei seiner Geliebten tat. Sie blühen für ihn. Als der alte Mönch nicht mehr laufen kann, wird er zu Sonnenaufgang an einem Johannistag auf einer Trage nach unten gebracht. Dort sitzt er, an Kissen gelehnt, die ihm nur wegen seines hohen Alters und seiner Gebrechlichkeit gestattet sind. Er will sehen, wie die ersten Blüten aufgehen. Als es Nacht wird und der Jasmin blüht, atmet er ein letztes Mal.«

»Sie hätten ihn wohl in diesem Garten begraben«, fährt Eve fort. »Für sein Grab hätten sie vielleicht etwas geweihte Erde verwendet.«

»Gärtnern ist wie Musik«, erklärt Micajah. »Der vorübergehende Sieg über die Entropie.«

Entropie: die Tendenz der Dinge, ins Chaos zu gleiten. Ordnung ist etwas Flüchtiges und Wertvolles. Eves Mutter irrte sich. Etwas, das zu schön ist, um wahr zu sein, kann wahr sein – aber es ist nicht von Dauer.

»Wir sollten für sie spielen«, sagt Micajah.

»Für die Blumen?«

»Komm hierher.«

Zögerlich geht sie auf ihn zu, noch immer ängstlich, dass sie wieder in sein Kraftfeld gesogen werden könnte. Die Liebe, die sie für ihn empfindet, ist in diesem Moment beinahe überwältigend.

»Setz dich«, bittet er sie und lehnt sich wieder an die Steinmauer. Er bedeutet ihr, sich vor ihn zu setzen, sodass sie von seinen Beinen umfangen wird. Über ihm hängen die Äste eines Apfelbaums herab, vollgespickt mit kleinen Früchten.

Sie lehnt sich an Micajah – ihre erste Berührung nach so vielen Monaten der Trennung. Ohne Blickkontakt.

Er legt die Gambe auf ihr Knie.

»Spiel du sie«, sagt er.

Eine eisige Welle durchfährt sie. Was, wenn der Laut, den sie hervorbringt, ein hässliches Kratzen ist, eine Beleidigung für das schöne Instrument und alles, wofür es steht? Die Gambe fühlt sich seltsam an, als Eve versucht, ihren Körper um sie herum zu legen. Wie soll sie ihre Hände, ihre Arme, ihre Beine halten? Als sie schließlich bereit ist, legt Micajah seine linke Hand über die ihre und drückt ihre Finger sanft auf den Hals der Gambe. Mit seinem Mittelfinger presst er auf den ihren und hält eine Saite gespannt.

Mit der Rechten führt er den Bogen vor sie hin und bedeutet ihr, ihn zu nehmen. Sie tut es, und er legt die Finger seiner Hand halb über die ihren.

Sie merkt, dass sie zu atmen aufgehört hat.

Micajah führt ihre Hand näher heran und lässt den Bogen knapp über den Saiten schweben. Er dreht sein Handgelenk – und das ihre –, um den richtigen Winkel zu finden. Sie bringt sich dazu, ihr Handgelenk locker zu lassen und sich Micajahs Führung zu überlassen, wohl wissend, dass jegliche Anspannung in ihrem Körper den Ton stören wird.

Er hält sie ein kleines bisschen fester. Sie spürt, wie der Bogen hauchzart die unterste Saite berührt. Der Druck nimmt zu, ruhig und entschlossen. Dann zieht er ihre beiden Hände nach rechts.

Ein langer Ton, so tief wie ein Brunnen, nimmt in der Stille der Luft Gestalt an. Das haben wir gemacht, denkt Eve. Micajah und ich – zusammen.

Er führt ihre Hand zurück, diesmal ganz in die Nähe des

Stegs. Der Ringfinger seiner linken Hand drückt ihren Ringfinger auf die zweite Saite. Wieder presst Micajahs rechter Arm sie ein klein wenig enger an ihn, während er den Bogen auf die Gambe legt. Erneut zieht er ihre beiden Hände gemeinsam nach rechts – diesmal für einen längeren Ton, der ein wenig höher ist.

Der Ton hängt in der Luft. Eve stellt sich vor, wie die Blumen ihn aufsaugen und ihm eine größere Tiefe von Farbe und Duft verleihen.

Zum dritten Mal bewegt Micajah den Bogen zurück über die Saiten. Sein linker Zeigefinger führt sie zur dritten Saite. Doch gerade als sie erwartet, dass er auch den nächsten Ton erklingen lässt, lässt er los, seine Hand über der ihren schwebend. Diesmal bildet sie den Ton allein. Er befindet sich irgendwo zwischen den ersten beiden und bringt sie so zur Vollendung.

»Du solltest den Garten wiederbeleben«, meint Micajah. »Ich habe hier ein Haus gemietet. Du solltest bleiben.«

Es wäre idyllisch: ein Sommer jenseits von Zeit und Ort, die Stunden nur durch das Erblühen der Blumen gekennzeichnet. Dann fallen Eve ihre anderen Blumen ein, und sie ist auf einmal aufgeregt darüber, was sie im Begriff steht, ganz allein und eigenständig zu erschaffen.

Sie rückt ein wenig von Micajah ab und dreht sich zu ihm um. Nun fühlt sie sich mutig genug, dem Blick dieser goldgefleckten Augen standzuhalten.

»Mein Flug geht morgen«, sagt sie.

»Du könntest umbuchen.«

Er steht auf. Seine Hände legen sich wie von selbst um den Schwung ihrer Taille. Sie erinnert sich daran, wie perfekt sie sich dort anfühlten. Unter ihren Händen fühlt sich seine Taille schlank und stark an, wie der Stamm eines Baumes, der sich im Wind beugt – eine Birke oder eine Espe. Vor gar nicht so langer Zeit hatte sie sich ausgemalt, wie sie sich bei einem Sturm an ihn klammern würde.

»Nein«, antwortet sie. »Ich kann nicht.«

Sie will sich nicht aus der Welt zurückziehen. Sie will sich vielmehr auf eine Weise ins Leben stürzen, wie sie das bisher noch nie getan hat.

»Das Vaporetto wird bald zurück sein«, fährt sie fort. »Ich muss es erwischen.«

Während sie zum Kai zurücklaufen, halten sie sich leicht an den Händen. Noch haben sie sich nicht geküsst. Eve malt sich aus, wie es geschehen wird, in diesem warmen, goldenen Sonnenschein – mit dem sich kräuselnden Wasser, dem orangefarben blühenden Mohn, dem wilden Thymian, der zwischen den Pflastersteinen wächst, dem Tuckern des Vaporetto-Motors.

Sie erreichen den Kai, als das Boot gerade eintrifft. An einer Mauer, nicht weit entfernt, lehnt ein Rucksack. Micajah lässt Eves Hand los und holt ihn.

»Verlässt du denn etwa auch Torcello?«, fragt Eve verwirrt.

»Ich wollte hier eine Woche lang auf dich warten«, erwidert er. »Und das Haus habe ich gemietet, falls du dich entschließt hierzubleiben.«

»Du hattest also nicht vor, bei mir zu bleiben, falls ich Ja sage«, stellt sie fest.

»Nein.«

Sie gehen an Bord des Vaporetto und stellen sich hinten allein an die Reling.

»Letzte Nacht hast du mich in meinem Traum geküsst«, sagt er. »Wir haben uns voneinander verabschiedet.«

»Wohin fährst du?«, will sie wissen.
»Nach Istanbul. Und von dort weiter.«
Sie schaut nach Torcello zurück, auf seine Kirche und die Türme, die sich bereits im diesigen Licht aufzulösen beginnen. Die Gambe hat diese Reise bereits einmal gemacht: von Torcello Richtung Osten nach Istanbul.
»Es ist eine ständige Suche«, meint Micajah. »Wie beim Bergbau – tief hinein in die Grubenschächte der Musik. Ich will wissen, was da ist. Kurdistan. Jemen. Iran. Afghanistan, wenn ich dorthin gelange. Zentralasien. Die Grenzländer Pakistans.«
Micajah ist dunkel genug, um in vielen dieser Länder als Einheimischer durchzugehen. Eve stellt ihn sich in den gewundenen Gassen irgendwelcher Souks vor oder in von Banditen bevölkerten Bergen, stets dieses wertvolle Instrument bei sich tragend. Wie er ihm komplizierte, verschlungene Melodien entlockt. Wie er vielleicht sogar sein Leben für das Instrument verliert.
»Es geht immer ums Suchen«, fährt er fort. »Man beschließt nicht, wonach man sucht, sondern lässt sich von einem Schatz finden.«
Ich habe damals auch nicht nach der Gambe gesucht, denkt Eve. Oder nach dir.
Er holt einen Schlüsselbund aus einer Tasche seines Rucksacks und reicht ihn Eve.
»Hier. Das sind meine Schlüssel – für den Fall, dass du eine Wohnung in Brooklyn brauchst. Ich habe das Schloss austauschen lassen.«
Sie lächelt ihn dankbar an. Dort könnte ein guter Start für ein neues Leben sein. Sie braucht keine Erklärung wegen Bethany. Das haben sie hinter sich gelassen. Was auch

immer ihn in der Vergangenheit verletzt haben mag – jene Geschichte, von der Barbara sprach –, es hat keine Bedeutung. Er hat es nie erwähnt. Entweder will er ihr nichts davon erzählen, oder es hat auch für ihn keine Bedeutung mehr. Was auch immer es sein mochte, jedenfalls muss sie ihn nicht mehr danach fragen. Als sie an Barbaras Bett saß, sah sie es als Schlüssel zu einer Tür, die sie schon damals nicht mehr öffnen wollte. Sie hatte geglaubt, dass sie ihn besser verstehen würde, wenn sie von seiner Vergangenheit wusste. Dass er ein wenig »verständlicher« für sie werden würde. Doch jetzt erscheint es ihr viel zu einfach, als wäre er nicht mehr als das Ergebnis eines Rezepts, das nach Belieben verändert werden könnte, wenn sie nur einige der Zutaten kannte.

Sie läuft mit Micajah über kleine, gebogene Brücken und durch stille Gassen, bis sie auf der Piazza herauskommen, die auf den Canal Grande blickt. Rechts führen breite Stufen zum Bahnhof hinauf. Auf dem Kanal geht es geschäftig zu. Waren werden auf Boote geladen oder von ihnen herunter an Land getragen.

»Ich fahre nach Osten«, sagt Micajah und stellt seinen Rucksack und den Instrumentenkoffer auf das Marmorpflaster. »Und du fährst nach Westen.«

Er legt seine Hände auf ihre Wangen. Ihre Hände finden seinen Rücken und wandern die Linie seines Rückgrats entlang. Ihr Kuss ist mehr zärtlich als leidenschaftlich – wie weiße Blütenblätter, umrandet in Rot. Ihre Lippen bleiben lange aufeinandergepresst, denn beide sind unwillig, sich vom anderen zu lösen.

Eve ist die Erste, die sich zurückzieht – heißhungrig auf einmal nach der grünen Tiefe seiner Augen und den Flecken aus Gold.

»Ich liebe dich«, sagt sie und erinnert sich an sein Wort: »rein« – Liebe ohne Erwartung oder Erklärung, sich weder auf Vergangenheit noch Zukunft verlassend.

»Ich liebe dich, Eve.«

Er nimmt seinen Rucksack und den Koffer. Ehe er sich abwendet, streicht er unter ihrem Auge entlang, als wollte er eine Träne fortwischen, die sie noch nicht vergossen hat.

»Die Welt ist rund«, sagt er. »Vielleicht finden wir uns auf der anderen Seite wieder.«

Danksagung

Mein Dank geht an:

Gabriel Morgan – für seine Intelligenz und Fantasie, seinen Humor und seinen Glauben. Ohne ihn wäre *Nachtjasmin* niemals entstanden.

Joan Juliet Buck für ihren unerschütterlichen Glauben an mich und dieses Buch.

James Navé für seine Inspiration und seine Lehren, die mich erst zur Autorin machten, sowie für seinen scharfen Lektorenblick.

Rosie Johnston, Tara Lupo und Andrew Harvey für ihre wertvollen Kritiken und Einblicke. Außerdem Tish Vallés, Lara Santoro, Helena Kallianiotes, Ruth Gavin, Lisa Wright, Cheryl Nichols, Christine DeHerrera, Angelica Huston, Anais Rumfelt und Jason Cooper.

Sarah Gillespie für den Song *Night-Blooming Jasmine*, der extra für diesen Roman geschrieben wurde.

Sonali Wijeyaratne für zwei Jahrzehnte der Unterstützung und moralischen Zusprüche.

Roger Landes, weil er mich in die Musik und die Instrumente einführte, die Micajah spielt.

Bob Heflin, ETM, für seinen Rat hinsichtlich des Zusammenstoßes von Limousine und Vespa.

Hank Spangler für seine Recherche, die zu dem Du-kannst-mich-mal-Highway führte.

Sally Williamson bei HQ für ihre präzisen redaktionellen Vorschläge und Lisa Milton für ihre fröhlich enthusiastische Unterstützung.

Margaret Marbury und Kathy Sagan von Mira für ihren Glauben an dieses Buch.

Caroline Wood, meiner Agentin der Superlative.

Die französische Übersetzung des *Jabberwocky* stammt von Frank L. Warrin jr. und wurde zum ersten Mal 1931 im New Yorker veröffentlicht. Ich stieß in der Textsammlung *Christmas Crackers* meines Vaters John Julius Norwich darauf.